出版前言

融入美身

本書透過 229 個商務現場實境引導，教你從第一天上班自我介紹開始，就能夠使用母語人士倍感親切的詞彙來說話！

並以每個實境為軸心，延伸放射狀的相關表達。不會只說一句話就冷場，滿載延續話題、詢問關鍵點、表達自我主張的實務用語！

── 第一天上班，跟大家自我介紹（主題 001）──

大家好，我叫王大衛／王是國王的「王」／請叫我大衛／今天很榮幸站在這裡／請多多關照

────── 該怎麼跟客戶介紹自己（主題 002）──────

我是丁大衛，任職於業務部／我在公司已經服務十年／我很熟悉這領域的工作／我負責處理…

────────── 給對方名片時（主題 004）──────────

您好，我叫丁大衛／我是…部門的／很高興認識您／今後請多關照

── 跟客戶碰面，發現名片用完了（主題 005）──

我的名片用完了／不如我寫電話號碼給你／我會把名片資料 e-mail 給您／我下次一定補名片給您

全書情境多元，並加註許多「小提醒」，告訴你「不同國界的職場思維」，以及文化差異對語言使用的影響力。職場中各種「你看不見的小細節」、「當下該如何表達與回應」，本書都作了最完善的規畫與編排。

由衷希望本書能夠幫助你學會兼顧「互動角色」、「對話場景」的實用英日語！

檸檬樹出版社　敬上

一跨頁一主題，完整呈現學習內容！

【左頁】

1

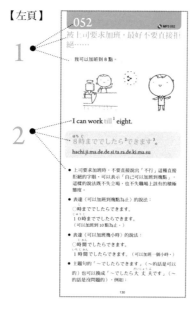

2

【右頁】

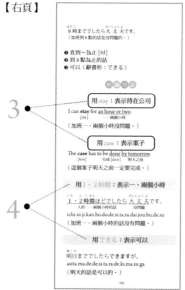

3

4

1. 229 個商務現場實境引導，近距離溝通難不倒你！

涵蓋各種職場狀況，舉凡跟同事、上司、客戶、廠商的互動，都可以透過「實境模擬」學會近距離溝通最恰當的應對說法！229 個主題皆為獨立篇章，學習者可以根據使用場合隨翻速查，完全滿足上班族最需要的即時溝通。

2. 掌握「中‧英‧日」語言差異，說出「道地」又「到位」的職場用語！

書中主題都是具體的「職場實境模擬」，透過互動角色，告訴你這句話英文怎麼說？日文怎麼說，了解語言的使用方式、國情差異，才能讓脫口而出的單字和句子「道地」又「到位」！

3. 透過「關鍵單字記憶點」，開啟會話路徑，即時說出關鍵一句話！

書中每一句會話，都加註「關鍵單字記憶點」，告訴你在這個時候可以使用該單字開啟會話路徑，與人交談時自然湧現話題線索！避免想要回應對方或是發表自己的想法時，想了老半天也不知道如何開口的窘境。

4. 以實境為軸心，補充延伸表達，深入對談一點也不難！

只說一句話就冷場，場面絕對超級尷尬！本書提供豐富多元的延伸用例，滿載延續話題、詢問關鍵點、表達自我主張的實用對話。想談得深入些，絕對有辦法！

融入商務現場，掌握文化差異；
避免直譯中文，說出怪怪的中式英日語！

> 英文較不拘形式，
> 日文重視上下關係、尊謙用法、含蓄表達！

───── **當對方遞出名片時**（主題 003）─────

【中文】謝謝您的名片。
【英文】Thank you.
【日文】那我就恭敬地收下了。（*不說謝謝）

●英文：可以回應「謝謝」。
●日文：因為名片不是禮物，所以不說「謝謝」。
雙方互動時，日文重視「尊稱他人、謙稱自己」，
所以得說「我恭敬地收下了」。

───── **打算請客時**（主題 012）─────

【中文】今天就讓我請客吧！
【英文】Be my guest today!
【日文】今天這個場合就由我…

●英文：直接表示「請做我的客人」！
●日文：不會凸顯自己的善意，不會說出「我請
客」的字眼，而是含糊地表達，非常含蓄婉轉。
不過聽者一聽就知道意思。

───── **工作能力受到上司稱讚時**（主題 051）─────

【中文】謝謝你的稱讚！
【英文】Thank you for the compliment!
【日文】多虧您的幫忙。（*不說謝謝）

●英文：直接表示「謝謝」。
●日文：不會說「謝謝」，而是用「多虧您的幫
忙」來回應。而且即使是自己獨力完成的工作，
也是回應「多虧您的幫忙」，表示心中對於工作
能夠順利完成充滿感謝。

透過小提醒，掌握「跨國界的職場眉角」，
言語、行動，就不會格格不入！

> 不同職場有不同的文化生態，
> 聽聽別人怎麼說、看看別人怎麼做，
> 每個「眉角」都重要！

——— 該怎麼稱呼老闆？（主題010）———

【中文】老闆要你去他的辦公室！

【英文】Mr. Wang wants to see you in his office.
（*稱呼老闆為王先生）

【日文】社長叫你。（*稱呼老闆為社長）

● 英文：多半不稱呼頭銜，習慣稱呼老闆為某某
先生／小姐。不拘泥形式，但不失尊敬。

● 日文：要稱呼頭銜，要用敬語！

—— 對方遞出名片，該怎麼接收？（主題003）——

1）手舉到胸前位置，雙手接收。

2）不確定對方名字的念法，最好當場詢問，避免
日後念錯失禮。（*可從書中找到問法）

3）拿到名片後，應放在桌上，不要立即收起來。

—— 電話響三聲才接，該怎麼處理？（主題071）—

在美英加或日本職場，一般都會對遲接電話表示
歉意。但在日本職場，這一點格外重要，也規範
的非常清楚：上班中的來電需在兩聲內接起，如
超過了，接起電話一定要說「讓您久等了」。

—— 上司要求加班，該怎麼回應？（主題052）——

即使心裡百般不願意，最好不要說出「不行」這
種直接拒絕的字眼。可以表示「自己可以加班到
幾點」，這樣的說法既不失立場，也不失職場上
該有的積極態度。

MP3 230 日語基礎50音【平假名】

a（阿）、i（依）、u（屋）、e（せ）、o（喔）
這五個母音為原則，所形成的讀音。

あ行	か行	さ行	た行	な行	は行	ま行	や行	ら行	わ行	鼻音
あ	か	さ	た	な	は	ま	や	ら	わ	ん
a	ka	sa	ta	na	ha	ma	ya	ra	wa	n
い	き	し	ち	に	ひ	み	い	り	い	
i	ki	si	chi	ni	hi	mi	i	ri	i	
う	く	す	つ	ぬ	ふ	む	ゆ	る	う	
u	ku	su	tsu	nu	fu	mu	yu	ru	u	
え	け	せ	て	ね	へ	め	え	れ	え	
e	ke	se	te	ne	he	me	e	re	e	
お	こ	そ	と	の	ほ	も	よ	ろ	を	
o	ko	so	to	no	ho	mo	yo	ro	wo	

● つ 的兩種讀音法：

（1）大 つ：唸 tsu

（2）小 っ：不發音，停頓一拍，再唸下一個音
　　（拼音寫法則是重複下一個假名的字首拼音）

● MP3 231 「大つ」和「小っ」的發音練習

大 つ		小 っ	
いつ i.tsu 何時	あつい a.tsu.i 熱的	まっちゃ ma.ccha 抹茶	きっぷ ki.ppu 票
くつ ku.tsu 鞋子	つぎ tsu.gi 下次	きって ki.tte 郵票	ゆっくり yu.kku.ri 緩慢的
		しょっぱい sho.ppa.i 鹹的	せっけん se.kke.n 肥皂

a（阿）、i（依）、u（屋）、e（せ）、o（喔）
這五個母音為原則，所形成的讀音。

ア行	カ行	サ行	タ行	ナ行	ハ行	マ行	ヤ行	ラ行	ワ行	鼻音
ア a	カ ka	サ sa	タ ta	ナ na	ハ ha	マ ma	ヤ ya	ラ ra	ワ wa	ン n
イ i	キ ki	シ si	チ chi	ニ ni	ヒ hi	ミ mi	イ i	リ ri	イ i	
ウ u	ク ku	ス su	ツ tsu	ヌ nu	フ fu	ム mu	ユ yu	ル ru	ウ u	
エ e	ケ ke	セ se	テ te	ネ ne	ヘ he	メ me	エ e	レ re	エ e	
オ o	コ ko	ソ so	ト to	ノ no	ホ ho	モ mo	ヨ yo	ロ ro	ヲ wo	

● ツ 的兩種讀音法：
（1）大ツ：唸 tsu
（2）小ッ：不發音，停頓一拍，再唸下一個音
　　　（拼音寫法則是重複下一個假名的字首拼音）

● MP3 232 「大ツ」和「小ッ」的發音練習

大 ツ	小 ッ	
オムレツ o.mu.re.tsu 蛋包	バック ba.kku 背景	バックス ba.kku.su 後衛
キャベツ kya.be.tsu 高麗菜	コップ ko.ppu 水杯	ショック sho.kku 衝擊
シャツ sha.tsu 襯衫	ショップ sho.ppu 商店	マッチ ma.cchi 火柴

MP3 233　濁音・半濁音【平假名】

濁音：假名右上方有「゛」，發音類似有聲子音
半濁音：假名右上方有「゜」，發音類似「音標 P」

が	ざ	だ	ば		は゜
ga	za	da	ba		pa
ぎ	じ	ぢ	び		ぴ
gi	ji	ji	bi		pi
ぐ	ず	づ	ぶ		ぷ
gu	zu	zu	bu		pu
げ	ぜ	で	べ		ぺ
ge	ze	de	be		pe
ご	ぞ	ど	ぼ		ぽ
go	zo	do	bo		po

● MP3 234　濁音・半濁音的發音練習

が行	ざ行	だ行	ば行	ぱ行
めがね me.ga.ne 眼鏡	ざっし za.ssi 雜誌	だるま da.ru.ma 不倒翁	かばん ka.ba.n 包包	えんぴつ e.n.pi.tsu 鉛筆
かぎ ka.gi 鑰匙	じしょ ji.sho 字典	ちぢむ chi.ji.mu 縮小	びじん bi.ji.n 美人	てんぷら te.n.pu.ra 天婦羅
ぐあい gu.a.i 情況	あいず a.i.zu 信號	てつづき te.tsu.zu.ki 手續	かべ ka.be 牆壁	さんぽ sa.n.po 散步
げた ge.ta 木屐	ぜいたく ze.i.ta.ku 奢侈	でんわ de.n.wa 電話		
たまご ta.ma.go 雞蛋		どちら do.chi.ra 哪邊		

濁音・半濁音【片假名】

濁音：假名右上方有「 ゛」，發音類似有聲子音
半濁音：假名右上方有「 ゜」，發音類似「音標P」

ガ ga	ザ za	ダ da	バ ba		パ pa
ギ gi	ジ ji	ヂ ji	ビ bi		ピ pi
グ gu	ズ zu	ヅ zu	ブ bu		プ pu
ゲ ge	ゼ ze	デ de	ベ be		ペ pe
ゴ go	ゾ zo	ド do	ボ bo		ポ po

● 濁音・半濁音的發音練習

ガ行	ザ行	ダ行	バ行	パ行
ガラス ga.ra.su 玻璃	サイズ sa.i.zu 尺寸	サラダ sa.ra.da 沙拉	テレビ te.re.bi 電視	パズル pa.zu.ru 拼圖
アナログ a.na.ro.gu 模擬	デジカメ de.ji.ka.me 數位相機	デジカメ de.ji.ka.me 數位相機	ブラシ bu.ra.si 刷子	ピアノ pi.a.no 鋼琴
ゴルフ go.ru.fu 高爾夫		ドア do.a 門	リボン ri.bo.n 緞帶	エプロン e.pu.ro.n 圍裙
				ペン pe.n 筆

MP3 236-237　拗音【平假名】

拗音：假名右下方，有小一點的 や、ゆ、よ

～や	きゃ kya	しゃ sha	ちゃ cha	にゃ nya	ひゃ hya	みゃ mya	りゃ rya
～ゅ	きゅ kyu	しゅ shu	ちゅ chu	にゅ nyu	ひゅ hyu	みゅ myu	りゅ ryu
～ょ	きょ kyo	しょ sho	ちょ cho	にょ nyo	ひょ hyo	みょ myo	りょ ryo

～や	ぎゃ gya	じゃ ja	ぢゃ ja	びゃ bya	ぴゃ pya
～ゅ	ぎゅ gyu	じゅ ju	ぢゅ ju	びゅ byu	ぴゅ pyu
～ょ	ぎょ gyo	じょ jo	ぢょ jo	びょ byo	ぴょ pyo

● 　MP3 238　拗音的發音練習

～や	～ゅ	～ょ
きゃく kya.ku 顧客	しゅみ shu.mi 興趣	ひしょ hi.sho 秘書
おもちゃ o.mo.cha 玩具	しゅじんこう shu.ji.n.ko.u 主角	じしょ ji.sho 字典
かいしゃ ka.i.sha 公司		
しゃしん sha.si.n 照片		

拗音：假名右下方，有小一點的 ヤ、ユ、ヨ

～ャ	キャ kya	シャ sha	チャ cha	ニャ nya	ヒャ hya	ミャ mya	リャ rya
～ュ	キュ kyu	シュ shu	チュ chu	ニュ nyu	ヒュ hyu	ミュ myu	リュ ryu
～ョ	キョ kyo	ショ sho	チョ cho	ニョ nyo	ヒョ hyo	ミョ myo	リョ ryo

～ャ	ギャ gya	ジャ ja	ヂャ ja	ビャ bya	ピャ pya
～ュ	ギュ gyu	ジュ ju	ヂュ ju	ビュ byu	ピュ pyu
～ョ	ギョ gyo	ジョ jo	ヂョ jo	ビョ byo	ピョ pyo

● MP3 239 拗音的發音練習

～ヤ	～ュ	～ョ
シャツ sha.tsu 襯衫	リュック ryu.kku 背包	ショッピング sho.ppi.n.gu 購物
ジャム ja.mu 果醬		ショップ sho.ppu 商店
キャベツ kya.be.tsu 高麗菜		
ジャンプ ja.n.pu 跳躍		

長音【平假名】

長音：假名發音要拉長，變成兩拍

例：	お か あ さん
（拼音）	ka a
（讀法）	ka 要拉長音
例：	お じ い さん
（拼音）	ji i
（讀法）	ji 要拉長音
例：	ゆ う せん せ き
（拼音）	yu u
（讀法）	yu 要拉長音
例：	お ね え さん
（拼音）	ne e
（讀法）	ne 要拉長音
例：	ほ ど う
（拼音）	do u
（讀法）	do 要拉長音

● MP3 240 長音的發音練習

清音+長音	濁音+長音	半濁音+長音	拗音+長音
おかあさん o.kaa.sa.n 母親	ぞう zou 大象	せんぷうき se.n.puu.ki 電風扇	ぶちょう bu.chou 部長
ゆうがた yuu.ga.ta 浴衣	ぼうし bou.si 帽子	さんぽう sa.n.pou 算法	びょういん byou.i.n 醫院
がっこう ga.kkou 學校	どうぶつ dou.bu.tsu 動物	かんぽう ka.n.pou 中醫	やきゅう ya.kyuu 棒球

長音【片假名】

長音：假名發音要拉長，變成兩拍

例：	モ ニ タ ニ
（拼音）	ta a
（讀法）	ta 要拉長音
例：	ロ ビ ニ
（拼音）	bi i
（讀法）	bi 要拉長音
例：	プ ニ ル
（拼音）	pu u
（讀法）	pu 要拉長音
例：	テ ニ ブ ル
（拼音）	te e
（讀法）	te 要拉長音
例：	オ ニ ブ ン
（拼音）	o o
（讀法）	o 要拉長音

● MP3 241 長音的發音練習

清音+長音	濁音+長音	半濁音+長音	拗音+長音
スカート su.kaa.to 裙子	ベビー be.bii 嬰兒	パーティー paa.tii 派對	ジュース juu.su 果汁
チーム chii.mu 隊伍	ゲーム gee.mu 遊戲	ページ pee.ji 頁	ジョーク joo.ku 玩笑
ケーキ kee.ki 蛋糕	バーゲン baa.ge.n 特價	ペーパー pee.paa 紙	メニュー me.nyuu 菜單

目錄

如何和主管互動

郵件往來

會議

洽談中的應對

建議、反對、疑問

達成共識、確定合作

介紹公司業務、產品

售後服務、退換貨

客服、客訴、客戶滿意度

繁忙、紓壓

離職

公司規定、福利、薪資

MP3 001

第一天上班，跟大家自我介紹⋯⋯

大家好！我叫王大衛，
很高興認識大家，
今天起請多多指教！

Hi everyone, I'm David Wang. It's
nice meeting[1] all of you.

おはようございます。 私、本日よ
り[2]こちらで[3]お世話になります[4]王
大衛と申します[5]。

o.ha.yo.u.go.za.i.ma.su。 watakusi、 hon.jitsu.
yo.ri.ko.chi.ra.de.o.se.wa.ni.na.ri.ma.su.ou.dai.
i.to.mou.si.ma.su

日語中，初次見面時會用「はじめまして」（初次見
面，您好）作為招呼問候語。但在上方的情境中，
第一天上班面對同事時，用「おはようございます」
（早安）較自然。

❶ 認識 [ˋmitɪŋ]
❷ 從～開始
❸ 在這裡
❹ 受照顧（辭書形：お世話になる）
❺ 我叫做～（辭書形：～と申す）

用 call：表示稱呼

Please **call** me David.
（請叫我大衛。）

用 pleasure：表示榮幸

It's a **pleasure** being here today.
[`plɛʒɚ]
（今天很榮幸站在這裡。）

用 ～の～：說明姓氏

おう　　おうさま　　おう
王は王様の王です。
　　國王
ou.wa.ou.sama.no.ou.de.su
（王是國王的王。）

用 お願いします：表示請求

よろ　　　　　ねが
宜しくお願いします。
yoro.si.ku.o.nega.i.si.ma.su
（請多多關照。）

用 指導：表示指教

よろ　　　　し どう
宜しくご指導ください。
　　　　　請指教
yoro.si.ku.go.si.dou.ku.da.sa.i
（請多多指教。）

🔴 MP3 002

該怎麼跟客戶介紹自己……

> 我的名字是丁大衛，
> 任職於營業部。

I am David Ting. I am in charge of[1]
the sales[2] in the merchandising[3]
department[4].

丁大衛と申します[5]。営業をやって
おります[6]。

chou.dai.i.to.mou.si.ma.su。ei.gyou.wo.ya.tte.
o.ri.ma.su

❶ 負責 [ɪn tʃardʒ ɑv]
❷ 業務 [selz]
❸ 商品推銷規劃 [ˋmɛtʃənˏdaɪzɪŋ]
❹ 部門 [dɪˋpartmənt]
❺ 我叫做～（辭書形：～と申す）
❻ 目前從事～（屬於謙讓說法）

用 serve（服務）：說明年資

I have **served** in the company for 10 years.
（我在這家公司已經服務十年了。）

用 familiar：表示熟悉工作

I am **familiar** with most of the <u>tasks</u> in this <u>field</u>.
　　　[fə`mɪljɚ]　　　　　　　工作 [tæsks]　領域 [fild]

（我對這個領域的工作是很熟悉的。）

用 deal with：表示處理某項事務

I **deal with** customer <u>enquiries</u>.
　　　　　　　　　諮詢 [ɪn`kwaɪrɪz]

（我負責處理客戶問題。）

用 勤める（任職）：說明年資

もう**勤**めて１０年になります。
[つと][じゅうねん]

mo.u.tsuto.me.te.juu.nen.ni.na.ri.ma.su

（我已經工作十年了。）

用 ～と申す（我叫做～）：自我介紹

<u>熊本株式会社</u>の林と**申**します。
[くまもとかぶしきがいしゃ][りん][もう]
　　股份有限公司

kuma.moto.kabu.siki.gai.sha.no.rin.to.mou.si.ma.su

（我是熊本公司的林。）

● 商務場合會使用「～と申します」做自我介紹。
中文的自我介紹習慣說出全名，但日本人做自我
介紹時，通常只說姓氏，不說全名。

● 如果是外國人（例如華人或英美人士）在日本，
通常會音譯出自己的名字。左頁主題句的「丁大
衛」即是。

003

對方遞出名片時⋯⋯

謝謝您的名片。

Thank you.

ちょうだい
頂戴いたします[1]。

chou.dai.i.ta.si.ma.su

❶ 那我就恭敬地收下了

相關用法

用 business card：表示名片

Thank you for the **business card**.
　　　　　　　　　['bɪznɪs kɑrd]

（謝謝您的名片。）

用 pronounce：詢問名字怎麼念

I'm sorry, but how should I **pronounce** your
　　　　　　　　　　　　　　　[prə'naʊns]

last name?
姓 [læst nem]

（不好意思，請問您的姓氏怎麼念？）

補充〈姓〉和〈名〉
● last name（姓氏）
● first name（名字）

更有禮貌的說法：

恐れ入ります。頂戴いたします。
　おそ　い　　　　　　　ちょうだい
　謝謝

oso.re.i.ri.ma.su。chou.dai.i.ta.si.ma.su

（謝謝您的名片，那我就恭敬地收下了。）

用 呼ぶ：詢問名字怎麼念

恐れ入りますが、お名前のほうは、
　おそ　い　　　　　　　　　なまえ
　不好意思　　　　　　　您的名字

何とお呼びすれば 宜しいでしょうか。
なん　　　　　　　よろ
要念作什麼　　　　　　比較好呢？

oso.re.i.ri.ma.su.ga、o.na.mae.no.ho.u.wa、
nan.to.o.yo.bi.su.re.ba.yoro.si.i.de.sho.u.ka

（不好意思，請問您的名字應該怎麼念？）

〈接收名片禮儀〉

● 接收名片時，要雙手接收，而且要將手舉到胸前的位置。

● 如果不確定對方姓名的念法，可以當場請問或跟對方確認，以免將來念錯造成不悅與失禮。

● 拿到名片後，應先放在桌上，不要立即收起來。

給對方名片時……

您好，我叫王大衛。

Hi / Hello! I'm [1] David Wang.

初めまして[2]。王大衛と申します[3]。

haji.me.ma.si.te。ou.dai.i.to.mou.si.ma.su

日語中，「初めまして。○○と申します。」是自我介紹的慣用句型，○○的部分可以是：

1. 〈自己的名字〉：
   初めまして。王大衛と申します。
   （初次見面，我是王大衛。）

2. 〈自家公司名稱＋の＋自己的名字〉：
   初めまして。熊本株式会社の王大衛と申します。
   （初次見面，我是熊本公司的王大衛。）

3. 〈自己的部門名稱＋の＋自己的名字〉：
   初めまして。営業課の王大衛と申します。
   （初次見面，我是業務部的王大衛。）

❶ 我是～ [aɪm]
❷ 初次見面
❸ 我叫做～（辭書形：～と申す）

用 from~：說明隸屬某部門

I'm **from** the <u>accounting department</u>.
會計部 [ə`kaʊntɪŋ dɪ`pɑrtmənt]

（我是會計部的。）

用 meet：表示見面

It's nice **meeting** you.
[`mitɪŋ]

（很高興跟您見面。）

- 除了上述說法，第一次見面時也可以說：
  Nice to meet you.＝Nice meeting you.

- 更有禮貌的說法是：
  My pleasure to meet you.（認識你是我的榮幸。）

用 お願いします：表示請求

<u>どうぞ</u>宜しくお願いします。
  請
do.u.zo.yoro.si.ku.o.nega.i.si.ma.su

（請您多多關照。）

用 今後とも：表示今後也～

今後とも、宜しくお願いします。
kon.go.to.mo、yoro.si.ku.o.nega.i.si.ma.su

（今後也請您多多關照。）

🔊 MP3 005

跟客戶碰面，發現名片用完了……

我的名片用完了。

I'm out of¹ business cards².

めい し   き
名刺³切らしてしまって⁴。

mei.si.ki.ra.si.te.si.ma.tte

主題句的「～てしまって」是由「～てしまう」演變
而來，有「突然遇到沒預料到的狀況」的意思。

❶ 用完 [aut av]
❷ 名片 [ˈbɪznɪs kardz]
❸ 名片
❹ 用完了

相關用法

用 write down：表示寫下來

Why don't I **write** my number **down** for you.
　　　　　　　[raɪt]　　　　　　　　[daun]

（不如把我的電話號碼寫給你吧！）

用 next time：表示下次

I'll <u>bring</u> you one **next time**.
　　帶來 [brɪŋ]

（我下次一定補名片給您。）

用 e-mail：表示用電子郵件傳送

I'll **e-mail** the <u>information</u> on the business card
　　　　　　　資訊 [ˌɪnfəˈmeʃən]
over.

（我會用 e-mail 把名片資料傳給您。）

用 書く：表示書寫

<u>では、 私 の電話番号 ここに書いておきます</u>
那麼　　　　電話號碼　　　　先寫在這裡
ね。
de.wa、watasi.no.den.wa.ban.gou.ko.ko.ni.ka.i.te.
o.ki.ma.su.ne

（那麼，我把電話號碼先寫在這裡喔！）

用 次回：表示下次

次回 必 ず お渡ししします。
　　　 一定　　　帶來給您
ji.kai.kanara.zu.o.wata.si.si.ma.su

（我下次一定補名片給您。）

用 Eメール：表示用電子郵件傳送

<u>Eメールで 住 所 などをお送りしますね。</u>
用 e-mail　地址　等等　　我會寄給您
ii.mee.ru.de.juu.sho.na.do.wo.o.oku.ri.si.ma.su.ne

（我用 e-mail 把地址等資料寄給您喔！）

介紹新同事給大家認識……

> 這位是林先生，
> 是我們業務部的新人。

This is Mr. Lin, our new comer[1] in the sales[2] department[3].

こんど か はい りん
今度、うちの課[4]に入った[5]林さんです。

kon.do、u.chi.no.ka.ni.hai.tta.rin.sa.n.de.su

〈英文〉：這位是林先生，是 "我們業務部" 的新人。
〈日文〉：這位是這次要進入 "我們部門" 的林先生。
因為要介紹的是自己部門的同事，所以日文不說出部
か はい
門名稱，而以「うちの課に入った〜」（進入我們部
門的〜）來表示。

❶ 新人 [nju `kʌmɚ]
❷ 業務 [selz]
❸ 部門 [dɪ`pɑrtmənt]
❹ 我們部門
❺ 進入（辭書形：入る）

相 關 用 法

用 first day：表示第一天上班

Today is Mr. Lin's **first day**.
[fɜst de]

（今天是林先生第一天上班。）

用 work at：說明工作部門

Mr. Lin will be **working at** the sales department.
業務部

（林先生即將擔任業務部的工作。）

用 please make ~：請大家照顧他

Please make him feel at home.
（請讓他感覺在家裡一樣。）

用 一緒に～：表示共事

今日からみんなと一緒に仕事する林さんです。
きょう　　大家　　一起　　仕事　工作

kyou.ka.ra.mi.n.na.to.i.ssho.ni.si.goto.su.ru.rin.sa.n.de.su

（從今天開始和大家一起工作的林先生。）

用 初出勤：表示第一天上班

今日は林さんの初出勤です。
きょう　りん　　はつしゅっきん

kyou.wa.rin.sa.n.no.hatsu.shu.kkin.de.su

（今天是林先生第一天上班。）

用 教えてあげる：表示給予指導

みなさん、何かと教えてあげてください。
　　　　　なに　おし
　　　　　各方面

mi.na.sa.n、nani.ka.to.osi.e.te.a.ge.te.ku.da.sa.i

（請大家在各方面給予指導。）

為新同事介紹公司環境……

這是你的座位。

Here's your seat[1].

ここ[2]があなたの席[3]です。

ko.ko.ga.a.na.ta.no.seki.de.su

❶ 座位 [sit]
❷ 這裡
❸ 座位

相關用法

用 down：表示盡頭

The <u>conference room</u> is **down** the <u>hall</u>.
　　 會議室 [ˈkɑnfərəns rum]　　　　 [hɔl]

（會議室在走廊的盡頭。）

用 be located at：表示位置

The kitchen / <u>tea room</u> **is located at** the <u>right side</u>
　　　　　 茶水間　　[ˈloketɪd]　　　　 右側
of the elevator.

（廚房 / 茶水間位於電梯的右側。）

用 that：表示那邊

This is the sales department and **that** is the <u>finance department</u>.
財務部 [faɪˋnæns dɪˋpɑrtmənt]

（這邊是業務部，那邊是財務部。）

用 一番後ろ：表示最後方

かいぎしつ　　　　　　　　　　　　いちばんうし
会議室は<u>オフィス</u>の一**番後ろ**です。
　　　　　　辦公室

kai.gi.sitsu.wa.o.fi.su.no.ichi.ban.usi.ro.de.su

（會議室在辦公室的最後方。）

用 ～の左側 / 右側：說明左右方位

きゅうとうしつ　　　　　　　　　　　　　　みぎがわ
<u>給湯室</u>は<u>エレベーター</u>の**右側**です。
茶水間　　　　　　電梯

kyuu.tou.sitsu.wa.e.re.bee.taa.no.migi.gawa.de.su

（茶水間在電梯的右側。）

用 向こう：表示對面

えいぎょうぶ　　　　　む　　　　　けいりぶ
ここが営業部で、**向こう**が経理部です。
　　　這邊　　　　　　　　　　　　　財務部

ko.ko.ga.ei.gyou.bu.de、 mu.ko.u.ga.kei.ri.bu.de.su

（這邊是業務部，對面是財務部。）

補充〈辦公用具〉：
- 修正液：white-out、 修正液
　　　　　　　　　しゅうせいえき
- 便利貼：Post-it、付箋
　　　　　　　　　ふせん
- 迴紋針：paper clip、クリップ

外出回公司時跟同事打聲招呼……

我回來了。

I'm back[1].

ただ今[2] 戻りました[3]。

ta.da.ima.modo.ri.ma.si.ta

❶ 返回 [bæk]
❷ 剛剛
❸ 回來了（辭書形：戻る）

相 關 用 法

用 hey：喚起對方注意

Hey, you're back. How did it go?
（嘿，你回來了。進行得如何？）

用 called：表示某人來電

Ms. Chen **called**.
[kɔld]
（陳小姐打過電話來。）

用 isn't it?：表示再確認

It's hot <u>outside</u>, **isn't it**?
外面 [ˈaʊtˈsaɪd]

（外面很熱，對吧？）

用 お疲れ様：慰勞對方

お疲れ様です。
o.tsuka.re.sama.de.su

（你辛苦了。）

用 どう：詢問進展

どうでしたか。
do.u.de.si.ta.ka

（進行得如何？）

用 ～より（從～）：表示某人來電

陳様より<u>お電話がありました</u>。
有來電

chin.sama.yo.ri.o.den.wa.ga.a.ri.ma.si.ta

（陳小姐有來電。）

用 ～でしょ（～對吧？）：表示再確認

<u>外</u>、暑かったでしょ。
外面

soto、 atsu.ka.tta.de.sho

（外面很熱，對吧？）

下班時跟同事打聲招呼⋯⋯

不好意思，我先走了。

Sorry, I've got to[1] go.

お先_{さき}に失礼_{しつれい}します[2]。お疲_{つか}れ様_{さま}でした[3]。

o.saki.ni.sitsu.rei.si.ma.su。o.tsuka.re.sama.de.si.ta

● 類似說法還有：
「お先_{さき}に失礼_{しつれい}致_{いた}します。」（我先走了。）

「すみません。お先_{さき}です。」（不好意思，先走了。）

● 依照禮貌程度區分則為：
「お先_{さき}に失礼_{しつれい}致_{いた}します。」＞

「お先_{さき}に失礼_{しつれい}します。」＞

「すみません。お先_{さき}です。」

❶ 我必須 [aɪv gɑt tu]
❷ 先走了（可以簡稱為：お先に）
❸ 辛苦了（可以簡稱為：お疲れ様）

相 關 用 法

用 have ~：下班時和同事打招呼

- **Have** a good one!
（再見囉，我走了，祝你有愉快的一天。）

- **Have** a <u>great</u> <u>vacation</u>!
 美好的 [gret] 假期 [ve`keʃən]

（休假愉快！）

用 see you：說再見

See you <u>next week</u>!
 下周 [`nɛkst wik]

（下周見！）

用 また~：說再見

また<u>明日</u>。/ また <u>来 週</u>。
 あした   らいしゅう
 明天   下周

ma.ta.asita / ma.ta.rai.shuu

（明天見！/ 下周見！）

用 良い~を：祝周末愉快

<u>良い</u> 週 末を。
 よ   しゅうまつ
美好的

yo.i.shuu.matsu.wo

（周末愉快！）

用 楽しむ：表示享受假期

<u>休 日</u>を<u>楽しん</u>でください。
 きゅうじつ たの
 假期   享受

kyuu.jitsu.wo.tano.si.n.de.ku.da.sa.i

（好好享受假期，休假愉快！）

010

 MP3 010

轉達上司交代的話給同事……

老闆要你去他的
辦公室。

Mr. Wang wants to see¹ you in his office².

<ruby>社長<rt>しゃちょう</rt></ruby>³が<ruby>お呼<rt>よ</rt></ruby>びです⁴。

sha.chou.ga.o.yo.bi.de.su

類似說法還有：
<ruby>社長<rt>しゃちょう</rt></ruby>が<ruby>呼<rt>よ</rt></ruby>んでいますよ。
（社長叫你過去唷！）

❶ 見面 [si]
❷ 辦公室 [`ɔfɪs]
❸ 社長、總裁
❹ 呼叫（屬於尊敬語，お～です的用法）

相 關 用 法

用 ask：表示要求

Mr. Wang **asked** you to give him a <u>call</u>.
　　　　　　[æskt]　　　　　　　　　　　　電話

（王經理請你打電話給他。）

- 在英美職場中，談話中間接提到主管或上司時，多半不稱呼頭銜，而稱呼「Mr.○○ / Ms.○○」（某某先生 / 小姐）。

- 例如左頁主題句老闆是王先生，所以稱呼他「Mr. Wang」。
  左頁例句的王經理（Mr. Wang）也是同此用法。

- 雖然在稱謂上不拘泥形式，但並沒有不尊敬的意思。

用 section manager：表示課長

The **section manager** wants us to wrap up the case.
['sɛkʃən 'mænɪdʒɚ]　　　　　完成 [ræp ʌp]

（課長要我們完成這個案子。）

如果是與說話者直接相關的場合，多半會稱呼頭銜。例如上方例句。

用 電話を：表示打電話給我

<ruby>部 長<rt>ぶ ちょう</rt></ruby> が <ruby>電話<rt>でん わ</rt></ruby>を<ruby>と<rt>い</rt></ruby>言っていました。
經理　　　　　　　說給我電話

bu.chou.ga.den.wa.wo.to.i.tte.i.ma.si.ta

（經理請你打電話給他。）

用 急ぐ：表示快點

<ruby>課 長<rt>か ちょう</rt></ruby> から <ruby>急<rt>いそ</rt></ruby>いでくれ とのことです。
來自課長　　　請快點　　　說了這樣一件事

ka.chou.ka.ra.iso.i.de.ku.re.to.no.ko.to.de.su

（課長要我們快點完成。）

011

午餐時間到了，問同事……

你中午想吃什麼？

What would you like to have¹ for lunch²?

お昼³は何が食べたいですか⁴。

o.hiru.wa.nani.ga.ta.be.ta.i.de.su.ka

類似說法還有：

- お昼は何がいいですか。（午餐吃什麼好呢？）
- お昼どうします？（午餐要怎麼解決？）

❶ 享用 [hæv]　　　　❸ 午餐
❷ 午餐 [lʌntʃ]　　　❹ 想吃什麼？

相 關 用 法

用 lunch box：表示便當

I usually bring a **lunch box** to work.
習慣地[`juʒʊəlɪ]　[lʌntʃ bɑks]

（我習慣帶便當去上班。）

用 nice restaurant：表示不錯的餐廳

Let's go to this **nice restaurant** <u>nearby</u> the office.
　　　　　　　　　　　　　　　　　在～附近 [ˋnɪrˏbaɪ]

（我們一起去公司附近一家不錯的餐廳吧！）

用 what's good：表示有什麼好吃的

Let me know **what's good** <u>around here</u>.
　　　　　　　　　　　　　這附近

（這附近有好吃的餐廳要告訴我喔。）

用 お弁当：表示便當

いつも**お弁当**なんです。（我習慣帶便當。）
經常

i.tsu.mo.o.ben.tou.na.n.de.su

用 いいレストラン：表示不錯的餐廳

<u>近</u>くに**いいレストラン**が<u>あるんですよ</u>。
附近　　　　　　　　　　　　　有～喔

<u>行きましょう</u>。
一起去吧

chika.ku.ni.i.i.re.su.to.ra.n.ga.a.ru.n.de.su.yo。
i.ki.ma.sho.u

（附近有不錯的餐廳喔！一起去吧！）

用 おいしいとこ：表示好吃的餐廳

<u>おいしいとこ</u>が<u>あったら</u> <u>教えてくださいね</u>！
好吃的地方　　　　有的話　　　　請告訴我喔

o.i.si.i.to.ko.ga.a.tta.ra.osi.e.te.ku.da.sa.i.ne

（有好吃的餐廳要告訴我喔！）

今天要跟新同事用餐，打算請客⋯⋯

今天就讓我請客吧！

Be my guest¹ today!

きょう
今日のところ²は 私 が…
わたし

kyou.no.to.ko.ro.wa.watasi.ga

- 「說話者不凸顯自己的善意」是日語的特質之一，所以不會說出「我請客」的字眼，而是含糊地表示「今日のところは 私 が…」（今天這個場合就由我…）。

- 說法非常含蓄婉轉，不過聽者一聽就知道意思。

❶ 我請客 [bi maɪ gɛst]
❷ 今天這個場合

相關用法

用 cheers：表示乾杯

Cheers! Let's <u>welcome</u> David.
[tʃɪrz]　　　　歡迎 [ˈwɛlkəm]

（讓我們歡迎大衛，乾杯！）

用 bill / tab：表示帳單

Would you <u>pass</u> me the **bill** / **tab**, please?
　　　　　傳遞 [pæs]　　[bɪl]　[tæb]

（請把帳單給我。）

用 乾杯：表示乾杯

<u>新 入 社 員</u>の大衛さんに、**乾 杯**！
新進職員

sin.nyuu.sha.in.no.dai.i.sa.n.ni、kan.pai

（讓我們歡迎新同事大衛，乾杯！）

用 祝う：表示祝賀

大衛さんの <u>昇 進</u>を<u>祝</u>って、<u>ウーロン茶</u>で
　　　　　　升遷　　　　　　　用烏龍茶
乾 杯！

dai.i.sa.n.no.shou.sin.wo.iwa.tte、uu.ro.n.cha.de.
kan.pai

（讓我們祝賀大衛升職，用烏龍茶乾杯！）

用 伝票：表示帳單

伝 票 を<u>こっちに</u>…
　　　　　我這邊

den.pyou.wo.ko.cchi.ni

（請把帳單給我。）

受招待的一方表達謝意：

ご馳走様でした。
go.chi.sou.sama.de.si.ta

（謝謝你的招待。）

013

🔊 MP3 013

同事邀約吃飯，不好意思讓他請客……

我們各付各的就好了！

Let's go dutch[1]!

べつべつ　　はら
別々に[2]払いましょう[3]。

betsu.betsu.ni.hara.i.ma.sho.u

❶ 各自付帳 [go dʌtʃ]
❷ 各別地
❸ 付錢吧

········· 相關用法 ·········

用 split：表示均分帳單

Let's **split** the <u>bill</u>.

    [splɪt]   帳單 [bɪl]

（讓我們平分帳單吧！）

用 treat：表示招待

Thanks for the **treat**!
              [trit]

（謝謝你的招待！）

用 it's on me：表示我付錢

Thanks for the treat, <u>next time</u> **it's on me**!
下次

（謝謝你這次請客，下次換我請！）

用 separately：表示要分開結帳

We'd like to pay **separately**.
分開地 [ˈsɛpərɪtlɪ]

（我們想分開付帳。）

用 割り勘：表示均分帳單

割り勘にしましょう。
わ かん

wa.ri.kan.ni.si.ma.sho.u

（我們平分帳單吧！）

用 ご馳走様でした：表示謝謝招待

ご馳走様でした。<u>今度</u> <u>ご馳走させてくださ</u>
ち そうさま　　　　　こん ど　　ち そう
　　　　　　　　　　　下次　　　　請讓我請客

<u>い</u>。

go.chi.sou.sama.de.si.ta。kon.do.go.chi.sou.sa.se.
te.ku.da.sa.i

（謝謝你這次請客，下次換我請！）

用 おいしい：表示很好吃

ご馳走様でした。おいしかったです。
ち そうさま

go.chi.sou.sama.de.si.ta。o.i.si.ka.tta.de.su

（謝謝你的招待！很好吃。）

014

不時的對同事表達關心……

工作還順利嗎？

How's everything¹ there?

仕事のほう²はどうですか³。

si.goto.no.ho.u.wa.do.u.de.su.ka

❶ 每件事 [ˈɛvrɪθɪŋ] ❸ 覺得如何
❷ 工作方面

相 關 用 法

用 look：表示看起來

- You **look** <u>tired</u> / <u>exhausted</u>.
  疲倦的 [taɪrd]　精疲力盡的 [ɪgˈzɔstɪd]

（你看起來很累。）

- You **look** <u>stressed</u>.（你看起來有壓力。）
  有壓力的 [strɛst]

用 How's～：表達關心

How's your <u>headache</u>?
　　　頭痛 [ˈhɛdˌek]

（頭痛有沒有好一點？）

用 take a short break：表示休息一下

Wanna take a short break?
[tek ə ʃɔrt brek]

（要不要休息一下？）

用 慣れる：表示習慣

しごと
仕事のほうは<u>慣れ</u>ましたか。
　　　　　　　習慣了嗎？

si.goto.no.ho.u.wa.na.re.ma.si.ta.ka

（工作已經習慣了嗎？）

用 疲れる：表示疲倦勞累

つか
<u>疲れている</u> みたいですね。
　很累　　　　看起來好像

tsuka.re.te.i.ru.mi.ta.i.de.su.ne

（你看起來好像很累。）

用 頭痛：表示頭痛

ずつう
頭痛のほうは<u>良くなってきています</u>か。
　　　　　　　　有改善嗎？

zu.tsuu.no.ho.u.wa.yo.ku.na.tte.ki.te.i.ma.su.ka

（頭痛有沒有好一點？）

用 一休み：表示休息一下

ひとやす
一休みしませんか。

hito.yasu.mi.si.ma.se.n.ka

（要不要休息一下？）

看到同事忙到很晚，提醒他休息……

已經很晚了，
要不要休息一下？

It's late, take a break[1].

もうこんな時間[2]ですし、ちょっと休みませんか[3]？

mo.u.ko.n.na.ji.kan.de.su.si、cho.tto.yasu.mi.ma.se.n.ka

類似說法還有：

- 休憩挟んでからしませんか。
  （要不要稍做休息再做？）
- 一休みしませんか。（要不要休息一下？）

❶ 休息 [tek ə brek]
❷ 已經很晚了
❸ 要不要休息一下？

相 關 用 法

用 grab a bite：表示吃點東西

Wanna go **grab a bite**?（要不要吃點東西？）
[græb ə baɪt]

用 too late：表示太晚

Don't <u>stay</u> **too late**. （不要待得太晚。）
留下 [ste]

用 too hard：表示太累

Don't work **too hard**. （不要工作得太累。）
[hard]

回應同事的關心：

- I'm <u>taking off</u> soon. （我馬上就要走了。）
  離開 [ˋtekɪŋ ɔf]

- It's been <u>a long day</u>. （今天真是很長的一天！）
  很長的一天

用 食べる：表示吃點東西

何か**食べ**ますか。（要不要吃點東西？）
要吃嗎？

nani.ka.ta.be.ma.su.ka

用 帰ろうっか：建議同事回家

<u>あと少しし</u>したら **帰ろうっか**。
再做一點之後　　　　　　　回去吧

a.to.suko.si.si.ta.ra.kae.ro.u.kka

（再加一點班就回去吧！）

回應同事的關心：

<u>もう少しし</u>てから **帰ります**！
再做一點點再～　　　　回去

mo.u.suko.si.si.te.ka.ra.kae.ri.ma.su

（我再一會兒就回去了！）

關心同事通勤狀況，問他……

請問你是坐公車來公司嗎？

Do you come to work¹ by bus²?

いつも³バス通勤⁴ですか。

i.tsu.mo.ba.su.tsuu.kin.de.su.ka

更簡單的日文主題句說法是：
いつもバスで？（平常是搭公車嗎？）

❶ 來上班 [kʌm tu wɝk]
❷ 公車 [bʌs]
❸ 平常
❹ 坐公車上班

相關用法

用 commute：表示通勤

I **commute** by train.
  [kə`mjut]   電車 [tren]

（我搭電車通勤。）

用 bike：表示腳踏車

I <u>ride</u> my **bike** here everyday.
騎 [raɪd]　[baɪk]

（我每天騎腳踏車來這裡。）

用 around：表示在～附近

I live **around** here.
　　　[əˈraʊnd]

（我家離這裡很近。）

用 自転車：表示腳踏車

<ruby>毎日<rt>まいにち</rt></ruby><ruby>自転車<rt>じ てんしゃ</rt></ruby><ruby>通勤<rt>つうきん</rt></ruby>です。
每天

mai.nichi.ji.ten.sha.tsuu.kin.de.su

（我每天騎腳踏車上班。）

用 ～から近い：表示離～很近

<ruby>家<rt>うち</rt></ruby>、<ruby>会社<rt>かいしゃ</rt></ruby>から<ruby>近<rt>ちか</rt></ruby>いんです。
　　　離公司很近

uchi、kai.sha.ka.ra.chika.i.n.de.su

（我家離公司很近。）

用 歩き：表示走路

<ruby>歩<rt>ある</rt></ruby>きです。（我用走路的。）
徒步

aru.ki.de.su

用 車：表示汽車

<ruby>車<rt>くるま</rt></ruby><ruby>通勤<rt>つうきん</rt></ruby>です。（我開車上班。）
kuruma.tsuu.kin.de.su

自己最近怪怪的，結果同事來詢問
了⋯⋯

> 老實說，我最近心情
> 不太好⋯

Frankly¹, **things haven't been** going
my way² lately³.

実は⁴、最近ちょっと⁵いらいらして⁶
て⋯

jitsu.wa、sai.kin.cho.tto.i.ra.i.ra.si.te.te

主題句的「いらいらしてて」是「いらいらしてい
て」（目前心情不安）的省略說法。

❶ 老實說 [`fræŋklɪ]
❷ 如我所願 [`goɪŋ maɪ we]
❸ 最近 [`letlɪ]
❹ 老實說
❺ 有點
❻ 心情不安（辭書形：いらいらする）

用 be confused with：表示被～困惑

I am <u>a bit</u> confused with a <u>project</u>.
　　　　　有點 [kənˋfjuzd]　　　計畫 [prəˋdʒɛkt]

（我被一個計畫弄得有點困惑。）

用 all right：表示一切都好

I'm **all right**, thank you for <u>asking</u>.
　　　[ɔl raɪt]　　　　　　　　詢問 [ˋæskɪŋ]

（我一切都好，謝謝你的關心！）

婉拒對方的關心：

● Don't ask.（別問。）
● You don't want to know!（你不會想知道的。）

用 悩む：表示困擾

さいきんなや
最近**悩んでること**が**ある**んです。
　　　困擾的事情　　　　有

sai.kin.naya.n.de.ru.ko.to.ga.a.ru.n.de.su

（我最近有困擾的事情。）

用 お気遣い：表示對方的關心

だいじょうぶ　　　　　　きづか
<u>大丈夫</u>です。**お気遣い**ありがとうございます。
　沒事　　　　　　　　謝謝你的關心

dai.jou.bu.de.su。o.ki.zuka.i.a.ri.ga.to.u.go.za.i.ma.su

（我沒事，謝謝你的關心。）

用 すっきりする：表示舒服暢快

き
<u>聞いてくれて</u>**すっきりしました**。
　和你說完之後

ki.i.te.ku.re.te.su.kki.ri.si.ma.si.ta

（和你說完之後，我舒服多了。）

同事來關心工作狀況，回應對方……

一切很好，沒有問題！

Things are going great[1].

順調[2]です。問題ありません[3]。

jun.chou.de.su。 mon.dai.a.ri.ma.se.n

- 英文主題句的「great」（極好的）也可以替換成「well」（很好地）：
  Things are going well.（事情進展順利！）

- 說完日文主題句後，還可以加上一句話讓對方更放心：
  1. 安心ください。（請放心。）〈回應同事〉
  2. ご安心ください。（請您放心。）〈回應主管〉

❶ 進展順利 [`goɪŋ gret] ❸ 沒問題
❷ 順利

相關用法

用 revision：表示修改

All it <u>needs</u> is <u>a little</u> **revision**.
　　　需要　　一點點 [rɪ`vɪʒən]

（只需要再修改一下就好了。）

用 stuck：表示卡住

I'm **stuck**.（我沒轍了。）
[stʌk]

用 have trouble：表示遇到困難

I'm **having** some **trouble** here.
[`trʌbḷ]

（我覺得有點困難。）

用 have a look at：表示看一下

Would you **have a look at** this?
（可以請你幫我看看嗎？）

用 修正する：表示修改

<ruby>少<rt>すこ</rt></ruby>し <ruby>修 正<rt>しゅうせい</rt></ruby>すれば <ruby>大 丈 夫<rt>だいじょう ぶ</rt></ruby>です。
一點點　　　修改的話　　　　沒問題
suko.si.shuu.sei.su.re.ba.dai.jou.bu.de.su
（只需要再修改一下就好了。）

上述日文的「<ruby>修 正<rt>しゅうせい</rt></ruby>すれば」也可以更換成：
<ruby>訂 正<rt>ていせい</rt></ruby>すれば（訂正的話）、<ruby>直<rt>なお</rt></ruby>せば（修改的話）

用 難しい：表示困難

ちょっと <ruby>難<rt>むずか</rt></ruby>しいかと…（我覺得有點困難…）
有點　　　我覺得困難
cho.tto.muzuka.si.i.ka.to

用 見てもらう：請對方幫忙看

ちょっと <ruby>見<rt>み</rt></ruby>てもらえますか。
稍微　　　可以請你幫我看嗎？
cho.tto.mi.te.mo.ra.e.ma.su.ka
（可以請你幫我看看嗎？）

🔊 MP3 019

發現同事文件上的錯誤⋯⋯

你這個地方好像寫錯了。

Looks like[1] there's a typo[2] here.

ここ[3]、間違っている[4]みたいです[5]よ。

ko.ko、 ma.chiga.tte.i.ru.mi.ta.i.de.su.yo

❶ 看起來好像 [lʊks laɪk]
❷ 打字排印錯誤 [ˋtaɪpo]
❸ 這裡
❹ 錯了（辭書形：間違う）
❺ 好像

相關用法

用 revision：表示修正

Mind making some **revisions** here?
[rɪˋvɪʒənz]

（可以請你修改一下這邊嗎？）

用 confirm：表示確認

Would you please **confirm** on the <u>content</u> <u>details</u>?
[kən'fɜm] 內容 [kən'tɛnt] 細節 ['dɪtɛlz]

（可以請你再確認一下內容嗎？）

用 合う：表示符合

<u>けいさん</u> <u>あ</u>
<u>計算</u>が<u>合っていません</u>よ。
計算　　　　不符合
kei.san.ga.a.tte.i.ma.se.n.yo

(計算結果不合喔。)

用 字：表示文字

<u>じ</u> <u>まちが</u>
<u>字</u>が<u>間違っています</u>よ。（字寫錯了。）
錯了
ji.ga.ma.chiga.tte.i.ma.su.yo

用 直す：表示修改

<u>なお</u>
すみません。ここを<u>直してもらえますか</u>。
可以請你修改嗎？
su.mi.ma.se.n。 ko.ko.wo.nao.si.te.mo.ra.e.ma.
su.ka

（不好意思，可以請你修改這裡嗎？）

用 確認する：表示確認

<u>いちど</u> <u>かくにん</u>
すみませんが、<u>もう一度</u> <u>確認してください</u>。
再一次　　　　　請確認
su.mi.ma.se.n.ga、 mo.u.ichi.do.kaku.nin.si.te.ku.
da.sa.i

（不好意思，請你再確認一次內容。）

020

🔊 MP3 020

看到同事盛裝打扮，是要參加什麼活動嗎……

你今天特別漂亮（帥），是有什麼特別的事嗎？

You look great¹ today! Are you going on a date²?

きょう き
今日決まってますね³。何かあるんで
なん
すか⁴。

kyou.ki.ma.tte.ma.su.ne。 nan.ka.a.ru.n.de.su.ka

● 當對方出現與平常不同的打扮時，就可以說這句話。

● 除了詢問對方有什麼事之外，也可以說：

　1. どこか行くんですか。（你要去哪裡嗎？）

　2. どうしたの？（怎麼了？有什麼特別的事情嗎？）

❶ 看起來很不錯 [luk gret]
❷ 有約會 [`goɪŋ an ə det]
❸ 看起來很不錯耶
❹ 有什麼事嗎？

066

用 look different：表示看起來不一樣

You **look different** today!
　　[lʊk `dɪfərənt]

（你今天不太一樣喔！）

　表達「今天不太一樣」的類似說法：
　What's up with you today?（你今天怎麼了？）

用 wedding：表示婚禮

I'm attending a **wedding** tonight.
出席 [ə`tɛndɪŋ]　[`wɛdɪŋ]

（我今晚要去參加婚禮。）

用 違う：表示不一樣

今日いつもと 違うね。
和平常　　不一樣喔

kyou.i.tsu.mo.to.chiga.u.ne

（你今天和平常打扮不一樣喔！）

用 めずらしい：表示罕見的

めずらしいね。（真難得耶！）
me.zu.ra.si.i.ne

用 披露宴：表示喜宴

はい。今晩友達の 結婚披露宴に行くんです。
　　　朋友　　　婚禮

ha.i。kon.ban.tomo.dachi.no.ke.kkon.hi.rou.en.ni.
i.ku.n.de.su

（嗯，我今晚要去參加朋友的婚禮。）

看到同事戴著結婚戒指，好奇問他……

請問你結婚了嗎？

Are you married¹?

○○さん、ご結婚^{けっこん}されているんです
か²。

○○sa.n、go.ke.kkon.sa.re.te.i.ru.n.de.su.ka

「ご結婚^{けっこん}されているんですか。」（您結婚了
嗎？）是一種比較客氣的詢問方式，是職場互動中較
適合的語氣。

❶ 已婚的 [`mærɪd]　　❷ 您結婚了嗎？

用 single：表示單身

I am **single**.（我目前單身。）
　　[`sɪŋgl]

用 married：表示已婚

I am **married**.（我結婚了。）
　　[`mærɪd]

用 engaged：表示訂婚了

I am **engaged**. （我訂婚了。）
[ɪnˋgedʒd]

轉述別人要結婚：

I heard Ms. Lee is getting married!
聽說 [hɝd]　　　　[gɛttɪŋ ˋmærɪd]

（聽說李小姐要結婚了！）

用 独身：表示單身

どくしん
独身です。 （我目前單身。）
doku.sin.de.su

用 結婚する：表示結婚

けっこん
はい、**結婚しています**。
　　　　結婚了
ha.i、ke.kkon.si.te.i.ma.su

（是的，我結婚了。）

用 籍を入れる（登入戶籍）：表示結婚

ねんまえ　せき　い
○年前に**籍を入れました**。（○年前結婚了。）
　　　　　登入戶籍結婚了
○nen.mae.ni.seki.wo.i.re.ma.si.ta

用 おめでとう：表示恭喜

けっこん
ご結婚**おめでとうございます**。
　　　　　恭喜您
go.ke.kkon.o.me.de.to.u.go.za.i.ma.su

（恭喜您結婚了。）

想請教同事的工作經驗……

請問你有這方面的工作經驗嗎？

Have you had any related[1]
experience[2] in this field[3]?

こっち方面[4]の経験はありますか[5]。

ko.cchi.hou.men.no.kei.ken.wa.a.ri.ma.su.ka

類似說法還有：

やったことありますか。（你有做過嗎？）

❶ 相關的 [rɪˋletɪd]
❷ 經驗 [ɪkˋspɪrɪəns]
❸ 領域 [fild]
❹ 這方面
❺ 有嗎？

相 關 用 法

用 question：表示問題

May I ask you a few questions?
一些 [ˋkwɛstʃənz]

（可以請教你一些問題嗎？）

用 well experienced：表示經驗豐富

I've <u>heard</u> that you are **well experienced** in this
聽說 [hɜd]　　　　　　　　　[wɛl ɪkˋspɪrɪənst]

field.

（聽說你在這方面有相當豐富的經驗。）

說明自己沒有經驗：

I don't have that experience.
（我沒有那種經驗。）

用 分野：表示領域

<u>この分野</u> について 教えてもらいたいのですが。
　　ぶんや　　　　おし
這個領域　　關於　　　　想請你告訴我

ko.no.bun.ya.ni.tsu.i.te.osi.e.te.mo.ra.i.ta.i.no.de.su.ga

（我想請你告訴我關於這個領域的事情。）

用 詳しい：表示非常了解

<u>この分野なら</u> 林さんが <u>詳しいと聞きました</u>
　　ぶんや　　りん　　くわ　　　　　き
這個領域的話　　　　　　　　　聽說

よ！

ko.no.bun.ya.na.ra.rin.sa.n.ga.kuwa.si.i.to.ki.ki.ma.
si.ta.yo

（這個領域的話，聽說林先生很了解喔！）

補充〈相關技能〉：

● 特殊才能：flair、才能
　　　　　　　　　 さいのう

● 專業知識：expertise、專門知識
　　　　　　　　　　　 せんもん ち しき

023

🔘 MP3 023

臨時接到電話要外出，跟同事說⋯⋯

不好意思，我必須出去一下，
可以幫我接電話嗎？

I need to head out[1] for a short while[2],
do you mind answering[3] the calls for
me?

すみません[4]。ちょっと[5]出かけない
といけない[6]んですが、電話お願いし
てもいいですか[7]。

su.mi.ma.se.n。 cho.tto.de.ka.ke.na.i.to.i.ke.na.i.
n.de.su.ga、den.wa.o.nega.i.si.te.mo.i.i.de.su.ka

如果要說明出去原因，可以在「ちょっと」後面加上
「～で」（因為～）：
● ちょっと営業で出かけないといけないんですが。
（因為有些業務必須出去一下。）
● ちょっと打ち合わせで出かけないといけないんですが。
（因為有些商談必須出去一下。）

❶ 離開去某處 [hɛd aut]　❺ 一會兒
❷ 一會兒 [ə ʃɔrt hwaɪl]　❻ 必須出去
❸ 接聽 [ˈænsɚrɪŋ]　　　❼ 可以幫我接電話嗎？
❹ 不好意思

用 be out：表示在外面

I will **be out** <u>until</u> 3.（我會在外面待到 3 點。）
直到～為止 [ən`tıl]

用 run some errands：表示辦點雜事

I need to **run some errands**.（我要去辦點雜事。）
[rʌn sʌm `ɛrəndz]

用 back：表示回來

● I will be <u>right</u> **back**.（我馬上就回來。）
馬上 [bæk]

● I will be **back** <u>in an hour</u>.（我一小時後回來。）
一小時後

用 戻る：表示回來

すみません。<u>ちょっと出^でかけてきます</u>。
出去一下

<u>3 時^{さんじ}くらいに戻^{もど}ります</u>。
大約 3 點

su.mi.ma.se.n。cho.tto.de.ka.ke.te.ki.ma.su。
san.ji.ku.ra.i.ni.modo.ri.ma.su

（不好意思，我出去一下，大約 3 點回來。）

用 急用：表示急事

<u>急用^{きゅうよう}ができたので</u>、<u>出^でかけてきてもいいですか</u>。
臨時有急事　　　　　　　　可以出去一下嗎？

kyuu.you.ga.de.ki.ta.no.de、de.ka.ke.te.ki.te.mo.i.i.de.su.ka

（我臨時有急事，可以出去一下嗎？）

🎧 MP3 024

有份資料想請同事翻譯……

幫我翻譯一下這份資料好嗎?

abc.....
....

Would you please translate¹ this file² for me?

この資料³、ちょっと訳してください⁴。

ko.no.si.ryou、 cho.tto.yaku.si.te.ku.da.sa.i

❶ 翻譯 [træns`let]　　❸ 這份資料
❷ 資料 [faɪl]　　　　❹ 請翻譯

相關用法

用 translate into ~：表示翻譯成~

Please have it **translated into** Chinese / Japanese.
　　　　　　[træns`letɪd `ɪntu]　　日文 [ˌdʒæpə`niz]

（請將這個翻譯成中文 / 日文。）

用 study：表示研究資料

The research and **studies** have been translated
　　調查 [`rɪsɜtʃ]　　[`stʌdɪz]

into Japanese.

（調查和研究資料已經翻譯成日文了。）

用 as soon as possible：表示盡快

Please work on the <u>translation</u> **as soon as possible**.
翻譯 [trænsˋleʃən] [æz sun æz ˋpɑsəbl]

（請盡快翻譯。）

用 中国語：表示中文

これ、中国語に<u>訳してください</u>。
　　　　　　　　　　　請翻譯

ko.re、chuu.goku.go.ni.yaku.si.te.ku.da.sa.i

（請將這個翻譯成中文。）

用 日本語：表示日文

これ、日本語にお願いします。

ko.re、ni.hon.go.ni.o.nega.i.si.ma.su

（請將這個翻譯成日文。）

用 和訳：表示翻譯成日文

<u>研修資料</u>の和訳が<u>出来ました</u>。
研修資料　　　　　　　　完成了

ken.shuu.si.ryou.no.wa.yaku.ga.de.ki.ma.si.ta

（研修資料的日文譯文已經完成了。）

用 早速：表示盡快

早速翻訳してください。

sa.ssoku.hon.yaku.si.te.ku.da.sa.i

（請盡快翻譯。）

有文件要叫快遞，想請同事打電話
聯繫……

可以幫我叫快遞嗎？

Would you call for the delivery¹
service²?

たっきゅうびん
宅急便³を呼んで来てもらえますか⁴。
ta.kkyuu.bin.wo.yo.n.de.ki.te.mo.ra.e.ma.su.ka

- 「宅急便」通常是指利用車子或卡車送貨的快
  遞服務。也有利用機車送貨的快遞服務，日文說法
  是「バイク便」，不過在日本的使用頻率不高。

- 要請同事幫忙叫機車送貨的快遞服務時，可以說：
  バイク便を呼んで来てもらえますか。
  （可以幫我叫機車送貨的快遞嗎？）

❶ 快遞 [dɪˋlɪvərɪ]
❷ 服務 [ˋsɝvɪs]
❸ 快遞
❹ 可以幫我叫過來嗎？

相 關 用 法

用 deliver：表示運送

Please **deliver** the <u>document</u> to this address.
[dɪ`lɪvɚ]　文件 [`dɑkjəmənt]

（請將這份文件送到這個地址。）

用 by tomorrow：表示明天之前

The document has to be delivered **by tomorrow**.
（這份文件必須在明天之前送達。）

用～住所まで：表示送到～地址

これを<u>こちらの 住 所まで</u>お願いします。
　　　　じゅうしょ　　　　ねが
　　　　送到這個地址

ko.re.wo.ko.chi.ra.no.juu.sho.ma.de.o.nega.i.si.ma.su
（請幫我把這個送到這個地址。）

用 帰るまでに：表示下班之前

これを<u>明日帰るまでに</u> <u>送って</u>ください。
　　あした かえ　　　　　 おく
　　明天下班之前　　　　 請送達

ko.re.wo.asita.kae.ru.ma.de.ni.oku.tte.ku.da.sa.i
（這份文件請在明天下班前送達。）

補充〈郵寄用語〉：

- 寄件人：sender、差出人
　　　　　　　　　さしだしにん
- 收件人：recipient、受取人
　　　　　　　　　　うけとりにん
- 掛號信：registered mail、書留
　　　　　　　　　　　　　 かきとめ
- 包裹：parcel、小包
　　　　　　　 こづつみ
- 秤重：scale、重量を量る
　　　　　　　じゅうりょう はか
- 打包：pack、包装する
　　　　　　　ほうそう

026

🔴 MP3 026

文件完成了，想請同事幫忙檢查……

可以請你幫我檢查嗎？

Would you please double check¹ for me?

チェック²をお願いします³。

che.kku.wo.o.nega.i.si.ma.su

在主題句的開頭加上「すみませんが」（不好意思），會顯得更有禮貌，例如：
すみませんが、チェックをお願いします。
（不好意思，請幫我檢查。）

❶ 再次檢查 [ˈdʌbḷ tʃɛk]
❷ 檢查
❸ 請幫我

相 關 用 法

用 format：表示格式

Is this an acceptable format?
可以接受的 [əkˈsɛptəbl] [ˈfɔrmæt]

（請問這種格式可以嗎？）

用 proofread：表示校對

Would you please **proofread** it?
[ˋprufˏrid]

（可以幫我校對嗎？）

用 add onto：表示增加上去

Is there anything I should **add onto** it?
[æd ˋɑntu]

（有需要增加什麼嗎？）

用 suggestion：表示建議

Any **suggestions**?
[səˋdʒɛstʃənz]

（有什麼建議嗎？）

用 こんな感じ：表示這個樣子的

<u>あのう</u>、こんな<ruby>感<rt>かん</rt></ruby>じで<u><ruby>宜<rt>よろ</rt></ruby>しいでしょうか</u>。
請問一下　　　　　　　　　　　可以嗎？

a.no.u、ko.n.na.kan.ji.de.yoro.si.i.de.sho.u.ka

（請問這樣子的文件可以嗎？）

用 直す：表示修改

<u><ruby>間違<rt>まちが</rt></ruby>っている</u> <u><ruby>箇所<rt>かしょ</rt></ruby></u>を<u><ruby>直<rt>なお</rt></ruby>してもらえますか</u>。
錯誤的　　　　地方　　　　可以幫我修改嗎？

ma.chiga.tte.i.ru.ka.sho.wo.nao.si.te.mo.ra.e.ma.su.ka

（可以幫我修改錯誤的地方嗎？）

文件打到一半發現有問題，跟同事
求救……

可以請你幫我看一下嗎？

Can you have a look at[1] this?

これをちょっと[2]見てもらえませんか[3]。

ko.re.wo.cho.tto.mi.te.mo.ra.e.ma.se.n.ka

要請別人幫忙時，一定要先詢問對方是否有空，再視
情況說出自己的要求，例如：

あのう、ちょっといいですか。
（請問一下，可以打擾一下嗎？）

❶ 看一下 [hæv ə luk æt]
❷ 稍微
❸ 可以幫我看嗎？

用 How should I～：詢問我該怎麼做～

How should I <u>work on</u> this <u>part</u>?
　　　　　　進行　　　　[part]

（請問這個部分要如何進行？）

用 gone：表示消失

All the <u>files</u> are **gone**!
資料 [faɪlz] [gɔn]

（資料通通不見了！）

用 enter：表示輸入

Is it <u>all right</u> to **enter** it like this?
可以 [ɔl raɪt] [ˋɛntɚ]

（請問我這樣輸入可以嗎？）

用 直す：表示修改

あのう、<u>ここの部分</u>はどう<u>直</u>したらいいですか。
　　　　　　這個地方　　　　　　如何修改比較好？

a.no.u、ko.ko.no.bu.bun.wa.do.u.nao.si.ta.ra.i.i.de.
su.ka

（請問一下，這個地方要如何修改？）

用 消える：表示消失

<u>さっき</u> <u>打った資 料</u> が全部<u>消えてしまった</u>！
剛才　　　打的資料　　　　　　　　消失了

sa.kki.u.tta.si.ryou.ga.zen.bu.ki.e.te.si.ma.tta

（剛才打的資料通通不見了！）

補充〈Word操作用語〉：

● 儲存：save、保存

● 刪除：delete、削除

● 剪下：cut、切り取り

● 貼上：paste、貼り付け

● 複製：copy、コピー

028

🔊 MP3 028

臨時要出差，需要找人代理工作……

這天可以請你幫我代班嗎？

工作日誌

Would you please take over[1] my work on this day?

この日[2]、代わり[3]に仕事に出てくれませんか[4]。

ko.no.hi、ka.wa.ri.ni.si.goto.ni.de.te.ku.re.ma.se.n.ka

如果要請公司前輩代班，要將主題句的「くれませんか」改成「いただけませんか」，例如：
この日、代わりに仕事に出ていただけませんか。
（這天可以請您幫我代班嗎？）

❶ 接替 [tek `ovɚ]
❷ 這天
❸ 代替
❹ 可以幫我工作嗎？

相關用法

用 answer：表示接聽（電話）

Would you please **answer** my phone for <u>a few days</u>?
[`ænsɚ]　　　　幾天

（這幾天可以麻煩你代接電話嗎？）

用 tend to：表示處理

Please help **tend to** these <u>matters</u>.
[tend tu]   事情 [ˈmætɚz]

（麻煩你幫我處理這些事情。）

用 the rest：表示剩下的

I'll <u>handle</u> **the rest** once I get back.
處理 [ˈhænd!]

（剩下的我回來再處理。）

用 電話番：表示擔任接聽電話的工作

<u>○○日/日までの 間</u>、しばらく<u>電話番</u>をお
  到○○號為止的這幾天　　　暫時

<u>願</u>いしてもいいですか。

○○ka / nichi.ma.de.no.aida、si.ba.ra.ku.den.
wa.ban.wo.o.nega.i.si.te.mo.i.i.de.su.ka

（到○○號為止的這幾天，可以麻煩你暫時代
接電話嗎？）

用 これだけ：表示只要這個

<u>これだけしておけば</u> <u>いい</u>ので。
  只要先做好這個　　可以

ko.re.da.ke.si.te.o.ke.ba.i.i.no.de

（只要先處理這個就可以了。）

用 やる：表示處理

<u>あとは</u> <u>私</u> が<u>戻ったら</u>やります。
剩下的　　我　　我回來之後

a.to.wa.watasi.ga.modo.tta.ra.ya.ri.ma.su

（剩下的我回來再處理。）

事情太多，想請同事幫忙做……

可以請你幫我把這個文件歸檔嗎？

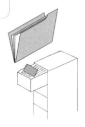

Would you file¹ it, please?

すみませんが²、このファイル³を戻してくれませんか⁴。

su.mi.ma.se.n.ga、ko.no.fa.i.ru.wo.modo.si.te.
ku.re.ma.se.n.ka

❶ 把…歸檔 [faɪl]
❷ 不好意思
❸ 文件
❹ 可以幫我放回去嗎？

相關用法

用 find：表示尋找

Would you please help me **find** this <u>document</u> /
<u>file</u>?　　　　　　　　　　　文件 [ˋdɑkjəmənt]
檔案 [faɪl]

（可以請你幫我找這份文件 / 檔案嗎？）

用 make a copy：表示影印

Would you **make a copy** of this, please?

[mek ə `kɑpɪ]

（可以請你幫我影印這份文件嗎？）

すみませんが、このファイルを元のところに
戻してくれませんか。
可以幫我放回去嗎？

su.mi.ma.se.n.ga、ko.no.fa.i.ru.wo.moto.no.to.ko.
ro.ni.modo.si.te.ku.re.ma.se.n.ka

（不好意思，可以請你幫我把這個文件放回原
本的地方嗎？）

上述的「元のところ」也可以換成「資料室」
（資料室），例如：

すみませんが、このファイルを資料室に戻し
てくれませんか。

（不好意思，可以請你幫我把這個文件放回資料室嗎？）

〈請同事幫忙找資料、傳真、影印的對話〉：

● A：この資料を探してきてもらえませんか。
（可以請你幫我找這份資料過來嗎？）

　B：はい、分かりました。（好的，我知道了。）

● A：このファイルをファックスしてもらえま
　　　せんか。
（可以請你幫我傳真這份文件嗎？）

　B：どちらに？（要傳給哪一位呢？）

● A：このファイルをコピーしてもらえませんか。
（可以請你幫我影印這份文件嗎？）

　B：何部要りますか？（需要幾份？）

🔴 MP3 030

這份文件可以借我
看一下嗎？

May I have a look at[1] your file[2]?

このファイル[3]ちょっと借りてもいい
ですか[4]。

ko.no.fa.i.ru.cho.tto.ka.ri.te.mo.i.i.de.su.ka

主題句的「借りてもいいですか。」（可以跟你借
嗎？）可以替換成「貸してもらえますか。」（可以
借給我嗎？）、「貸してください」（請借我）。例
如：

● このファイルちょっと貸してもらえますか。
（這份文件可以借我一下嗎？）

● このファイルちょっと貸してください。
（這份文件請借我一下。）

❶ 看一下 [hæv ə luk æt]
❷ 文件 [faɪl]
❸ 文件
❹ 可以跟你借一下嗎？

用 borrow：表示借入

Can I **borrow** that book from you?
[ˋbɑro]

（我可以跟你借那本書嗎？）

用 return：表示歸還

May I borrow that file? I'll have it **returned** by today.
[rɪˋtɝnd]

（可以借我這份資料嗎？今天下班前還你。）

用 借りる：表示借入

その本 借りてもいいですか。
ほん か
那本書　　　可以跟你借嗎？

so.no.hon.ka.ri.te.mo.i.i.de.su.ka

（我可以跟你借那本書嗎？）

用 返す：表示歸還

この資料 ちょっと貸してください。今日
しりょう　　　　か　　　　　　　　　　　きょう
請借我一下

仕事が終わる前までに返しますので。
しごと　お　　まえ　　　　かえ
在工作結束之前

ko.no.si.ryou.cho.tto.ka.si.te.ku.da.sa.i。kyou.
si.goto.ga.o.wa.ru.ma.e.ma.de.ni.kae.si.ma.su.no.de

（這份資料請借我一下，今天下班前會還給你。）

電腦故障，想請求協助……

我的電腦故障了，
可以幫我看一下嗎？

Something's wrong[1] with my computer[2], could you take a look at[3] it?

パソコン[4]が故障したみたい[5]なんですが、見てもらえますか[6]。

pa.so.ko.n.ga.ko.shou.si.ta.mi.ta.i.na.n.de.su.ga、
mi.te.mo.ra.e.ma.su.ka

「電腦好像有問題」的說法還有：

● パソコンが壊れたみたいなんですが…
（電腦好像壞掉了…）

● パソコンがおかしいんですが…
（電腦怪怪的…）

❶ 有問題的 [rɔŋ]
❷ 電腦 [kəm`pjutɚ]
❸ 看一下 [tek ə luk æt]
❹ 電腦
❺ 好像故障了
❻ 可以幫我看看嗎？

用 internet connection：表示網路連線

Something's wrong with the **internet connection**.

[ˋɪntɚˏnɛt kəˋnɛkʃən]

（網路連線有問題。）

用 be fixed：表示修理好

● When can it **be fixed**?

[bi fɪkst]

（請問什麼時候可以修好？）

● Can it **be fixed**?（修得好嗎？）

用 What should I～：詢問我該做什麼

What should I do?（我應該怎麼辦？）

用 接続：表示連線

接続がおかしい。（（網路）連線有問題。）
怪怪的

setsu.zoku.ga.o.ka.si.i

用 どのくらい：表示多久

しゅうり
修理にどのくらいかかりますか。
修理　　　　　　需要多久時間？

shuu.ri.ni.do.no.ku.ra.i.ka.ka.ri.ma.su.ka

（請問什麼時候可以修好？）

用 直る：表示修理好

なお
直りますか。（修得好嗎？）

nao.ri.ma.su.ka

🔴 MP3 032

公司的冷氣太冷了……

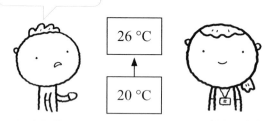

可以把空調溫度
調高一點嗎？

26 °C

20 °C

Could you turn[1] **the** air conditioner[2]
higher[3]**?**

エアコン[4]の温度をちょっと上げて
もいいですか[5]。

e.a.ko.n.no.on.do.wo.cho.tto.a.ge.te.mo.i.i.de.
su.ka

覺得太熱想調低溫度可以說：

（英）Could you turn the air conditioner lower?

（日）エアコンの温度をちょっと下げてもいいですか。
　　　（可以把空調溫度調低一點嗎？）

❶ 轉動 [tɚn]
❷ 空調、冷氣 [ɛr kən`dɪʃənɚ]
❸ 高一點 [haɪɚ]
❹ 空調
❺ 可以調高嗎？

相 關 用 法

用 temperature：表示溫度

What's the **temperature** in here?
['tɛmprətʃɚ]

（這裡的溫度設定是幾度？）

用 switch：表示開關

Where's the **switch**?
[swɪtʃ]

（請問開關在那裡？）

用 何度：表示幾度

せっていおん ど　　なん ど
設定温度は何度ぐらいですか。
溫度設定　　　　　大概幾度？

se.ttei.on.do.wa.nan.do.gu.ra.i.de.su.ka

（溫度設定大概是幾度？）

用 スイッチ：表示開關

あのう、スイッチはどこですか。
請問一下　　　　　　在哪裡？

a.no.u、su.i.cchi.wa.do.ko.de.su.ka

（請問開關在那裡？）

補充〈冷熱相關用語〉：

● 冷氣：air conditioner、冷房（れいぼう）

● 暖氣：heating system、暖房（だんぼう）

● 發抖：shaking、震える（ふる）

● 流汗：sweat、汗をかく（あせ）

033

今年的目標業績訂得頗高很有挑戰性，同事問我……

你對今年的業績有信心嗎？

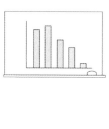

Are you confident[1] **with the** sales[2] **this year?**

今年の業績[3]に自信ありますか[4]。

kotosi.no.gyou.seki.ni.ji.sin.a.ri.ma.su.ka

類似說法還有：
目標に届きそうですか？（有可能達到目標嗎？）

❶ 有信心的 [`kɑnfədənt]
❷ 銷售 [selz]
❸ 業績
❹ 有信心嗎？

相關用法

用 target：表示目標

I'm close to the sales **target**.
接近 [kloz tu]　　[`tɑrgɪt]

（我己經快達到業績目標了！）

用 unconfident：表示沒信心

Honestly, I feel a bit **unconfident**.
老實說 [`ɑnɪstlɪ]　一點點 [ʌnˋkɑnfədənt]

（老實說，我有點沒信心。）

用 case：表示案子

I've got very few / a lot of **cases** lately.
　　　　　很少　　很多　[kesɪz] 最近 [ˋletlɪ]

（我最近案子接的很少 / 多。）

用 ノルマ：表示個人的業績目標額度

あと<ruby>少<rt>すこ</rt></ruby>しでノルマ<ruby>達成<rt>たっせい</rt></ruby>だ！
再一點點　　　達到業績額度

a.to.suko.si.de.no.ru.ma.ta.ssei.da

（我已經快達到業績目標了！）

用 自信がない：表示沒信心

<ruby>本当<rt>ほんとう</rt></ruby>は、あんまり<ruby>自信<rt>じしん</rt></ruby>がないんです。
老實說　　　　不太有信心

hon.tou.wa、a.n.ma.ri.ji.sin.ga.na.i.n.de.su

（老實說，我不太有信心。）

用 仕事：表示工作

<ruby>最近<rt>さいきん</rt></ruby><ruby>仕事<rt>しごと</rt></ruby>が<ruby>少<rt>すく</rt></ruby>ない / <ruby>多<rt>おお</rt></ruby>い。
　　　　　　　很少　　　很多

sai.kin.si.goto.ga.suku.na.i/oo.i

（我最近工作接的很少 / 多。）

其他同事交談音量太大，委婉勸告……

> 不好意思，
> 可以請你們稍微降低
> 音量嗎？

I'm sorry, but do you mind¹ lowering²
your voice³ a bit⁴?

もう少し⁵声⁶を小さく⁷…

mo.u.suko.si.koe.wo.chii.sa.ku

類似說法如下，也適用於請對方安靜一點的場合：
ちょっと静かにしてもらえますか。
（可以安靜一點嗎？）

❶ 介意 [maɪnd]
❷ 降低 [`loərɪŋ]
❸ 聲音 [vɔɪs]
❹ 一點點 [ə bɪt]
❺ 再一點點
❻ 聲音
❼ 小

相 關 用 法

用 on the phone：表示因為我在電話中

I'm sorry, I'm **on the phone** right now.
[an ðə fon]　　　現在

（不好意思，因為我正在講電話。）

用 guest：表示因為有客戶在

I'm sorry, but I have some **guests** here.
[gɛsts]

（不好意思，因為有客戶在這裡。）

用 電話中：表示因為我在電話中

すみません。今電話中 なので…
　　　　　　　因為正在講電話

su.mi.ma.se.n。 ima.den.wa.chuu.na.no.de

（不好意思，因為我正在講電話…）

用 お客さん：表示因為有客戶在

すみません。お客 さんがお見えなので…
　　　　　　　　　　　　在這裡

su.mi.ma.se.n。 o.kyaku.sa.n.ga.o.mi.e.na.no.de

（不好意思，因為有客戶在這裡…）

補充〈聲音的大小〉：
● 大聲：loud、大声
● 小聲：low、小声

● 嘈雜：noisy、やかましい（針對人、動物發出
　　　　的聲音）/ うるさい（針對人、動物、
　　　　物品發出的聲音）

035

🔊 MP3 035

下班後想約同事去喝一杯……

下班後一起去喝一杯吧！

Let's get a drink¹ after work².

今日帰り³に一杯どうですか⁴。
(きょうかえ) (いっぱい)

kyou.kae.ri.ni.i.ppai.do.u.de.su.ka

如果是即將要下班的時候，可以說：
このあと一杯どうですか。
(いっぱい)
（等一下要不要去喝一杯？）

❶ 喝酒 [gɛt ə drɪŋk]　❸ 回家
❷ 工作 [wɜk]　❹ 要不要去喝一杯？

相關用法

用 join me：表示和我一起

Would you like to **join me** for dinner?
[dʒɔɪn]

（要不要一起去吃晚餐？）

用 lunch box：表示便當

096

Shall I help you get a **lunch box**?
[lʌntʃ bɑks]

（需要幫你買便當嗎？）

用 wanna go～？：邀請對方

There's a nice restaurant <u>nearby</u>, **wanna go**
<u>check it out</u>?   在附近 [ˋnɪrˏbaɪ]
看看 [tʃɛk ɪt aut]

（附近有家餐廳還不錯，要不要一起去看看？）

用 晩御飯：表示晚餐

<u>いっしょ</u>に**晩御飯**どうですか。
一起   怎麼樣？

i.ssho.ni.ban.go.han.do.u.de.su.ka

（要不要一起去吃晚餐？）

用 お弁当：表示便當

お弁当を<u>買ってきましょうか</u>。
                  要不要買來？

o.ben.tou.wo.ka.tte.ki.ma.sho.u.ka

（需要幫你買便當嗎？）

用 行きませんか：邀請對方

<u>近く</u>にいいレストランがあるんですが、
附近

<u>一緒</u>に**行きませんか**。
要不要一起去？

chika.ku.ni.i.i.re.su.to.ra.n.ga.a.ru.n.de.su.ga、
i.ssho.ni.i.ki.ma.se.n.ka

（附近有家餐廳還不錯，要不要一起去？）

賞花的季節到了，想約同事去欣賞……

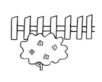

要不要一起去？

Would you like to come?

よかったら[1]一緒に行きませんか[2]。

yo.ka.tta.ra.i.ssho.ni.i.ki.ma.se.n.ka

日文主題句也適用於其他邀約場合。通常會先說出邀約目的（可參考右頁），再接著說這句話。

❶ 可以的話　　　　❷ 要不要一起去？

相關用法

用 enjoy the flowers：表示賞花

Let's go **enjoy the flowers** on a spring <u>outing</u> this Sunday!

郊遊 ['autɪŋ]

（這個星期天的春季郊遊大家一起去賞花吧！）

用 tournament：表示比賽

Will you be joining the company's <u>golf</u> **tournament**?

高爾夫 ['tɜnəmənt]

（你要不要參加公司的高爾夫球賽？）

用 fun：表示覺得有趣

That **sounds fun**!（聽起來好像很有趣！）
聽起來 [saundz] 樂趣 [fʌn]

邀約目的是：お花見（賞花）

今度の日曜日、みんなで お花見に行くんで
這個星期天　　　　大家一起　　　去賞花
すけど…

kon.do.no.nichi.you.bi、mi.n.na.de.o.hana.mi.ni.
i.ku.n.de.su.ke.do

（這個星期天大家一起去賞花…）

邀約目的是：飲み会（飲酒會）

飲み会なんですが…

no.mi.kai.na.n.de.su.ga

（要辦飲酒會…）

邀約目的是：ゴルフコンペ（高爾夫球賽）

会社のゴルフコンペがあるんですが…
　　　　　　　　　　有

kai.sha.no.go.ru.fu.ko.n.pe.ga.a.ru.n.de.su.ga

（公司要舉辦高爾夫球賽…）

用 おもしろそう：表示覺得有趣

ええ、おもしろそうですね。
　　　好像很有趣
e.e、o.mo.si.ro.so.u.de.su.ne

（嗯，好像很有趣耶！）

想拒絕同事的邀約……

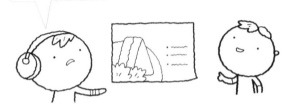

這個星期天嗎？
有點不方便耶…

I won't be able to make it[1] this Sunday.

今度の日曜[2]ですか。ちょっと[3]都合が悪い[4]んで[5]…

kon.do.no.nichi.you.de.su.ka。cho.tto.tsu.gou.ga.waru.i.n.de

相較之下，英文通常是直接拒絕邀約，日文則是委婉表達不方便，盡量不直接說出「不要參加」的字眼。

❶ 辦得到 [mek ɪt]
❷ 這個星期天
❸ 有點
❹ 不方便
❺ 因為（んで＝ので，說明原因理由的用法）

相 關 用 法

用 make plans：表示因為有安排、有約

- I'd love to, but I've <u>already</u> **made plans**.
  已經　　　　[med plænz]

（我想去，但我已經有安排了。）

- I've already **made plans** with my kids.

（我已經跟我的小孩約好了。）

用 busy：表示因為忙碌

It's been a **busy** week. （因為這周工作很忙。）
['bɪzɪ]

接受邀約的常用說法：

- Sure!（當然！）　● Why not!（好呀！）

用 忙しい：表示因為忙碌

今 週 は仕事が 忙 しいんで…
こんしゅう　　しごと　　いそが
這周　　　工作

kon.shuu.wa.si.goto.ga.isoga.si.i.n.de

（因為這周工作很忙…）

用 約束がある：表示因為有約

子どもと約束があるんで…
こ　　　　　やくそく
跟小孩

ko.do.mo.to.yaku.soku.ga.a.ru.n.de

（我跟我的小孩約好了…）

接受邀約的常用說法：

- ええ、いいですよ。（嗯，好啊！）
  e.e、 i.i.de.su.yo

- ええ、ぜひ。（嗯，我一定參加。）
  e.e、 ze.hi

同事提了很棒的點子，誇獎他……

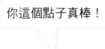

你這個點子真棒！

......

What a great[1] idea[2]!

いい[3]アイディア[4]じゃないか[5]！

i.i.a.i.di.a.ja.na.i.ka

類似說法還有：

いい 考（かんが）えじゃん。（你這個想法不錯！）

❶ 極好的 [gret]
❷ 主意 [aɪˋdiə]
❸ 好的
❹ 主意
❺ 不是～嗎？

相 關 用 法

用 support：表示支持

I <u>fully</u> **support** your <u>proposal</u>.

完全地 [ˋfulɪ] [səˋport]　提議 [prəˋpozl]

（我支持你的提議。）

用 be impressed with：表示對～印象深刻

I'**m impressed with** your proposal!
　[ɪmˋprɛst]

（我對你的提議印象深刻！）

用 think of：表示想到

How come I've never **thought of** it!
為什麼　　　　　　　　[θɔt ɑv]

（為什麼我從來沒有想到！）

用 いいアイディア：表示好主意

ホントいいアイディアだな！
　真的

ho.n.to.i.i.a.i.di.a.da.na

（真的是很好的主意！）

用 思いつく：表示想到

思いつかなかったな。
　　　沒想到

omo.i.tsu.ka.na.ka.tta.na

（我之前怎麼沒想到！）

用 提案：表示提案、提議

その提案、いいね！
　　　　　不錯耶

so.no.tei.an、i.i.ne

（那個提案不錯耶！）

同事升官了！祝賀他……

恭喜你升官了！

人事異動：
………

Congratulations[1] on the promotion[2]!

しょうしん
昇 進[3]おめでとう[4]！

shou.sin.o.me.de.to.u

如果面對比自己職位高的人（例如經理），日文主題句可以替換成：

ぶちょう しょうしん
部 長 、 昇 進おめでとうございます。

（經理，恭喜您升官了。）

❶ 恭喜 [kənˌɡrætʃəˋleʃənz]
❷ 升遷 [prəˋmoʃən]
❸ 升遷
❹ 恭喜

相 關 用 法

用 celebration：表示慶祝

Want to have a **celebration**?
[ˌsɛləˈbreʃən]

（要不要去慶祝一下？）

用 promote：表示升遷

I've <u>heard</u> Mr. Wang has been **promoted** as the
聽說　　　　　　　　　　　　 [prəˈmotɪd]
new <u>section manager</u>.
課長 [ˈsɛkʃən ˈmænɪdʒɚ]

（聽說王先生被升為課長了。）

用 祝う：表示慶祝

お<u>祝</u>いしよう！
いわ
慶祝
o.iwa.i.si.yo.u

（我們去慶祝吧！）

用 昇進する：表示升遷

王さん、課長に昇進したらしいよ。
おう　　　か ちょう　しょうしん
升遷了　　　 聽說好像
ou.sa.n、ka.chou.ni.shou.sin.si.ta.ra.si.i.yo

（聽說王先生被升為課長了。）

補充〈人事異動〉：

● 降職：demotion、降格 / ○○に飛ばされる
こうかく　　　　と

● 退休：retirement、定年退職
ていねんたいしょく

● 調職：transfer、転勤
てんきん

● 接任者：replacement、後任者 / 後継ぎ
こうにんしゃ　あと つ

同事來道賀我升官了，感謝大家……

因為大家的幫助，我才能升職。

人事異動：
…………

I wouldn't have made it[1] if it weren't for all of your help.

おかげさまで[2]、昇進することができました[3]。

o.ka.ge.sa.ma.de、 shou.sin.su.ru.ko.to.ga.de.
ki.ma.si.ta

更簡單的說法是：
おかげさまで。（因為大家的幫助。）

❶ 辦得到 [med ɪt]　　　❸ 可以升遷
❷ 因為大家的幫助

相 關 用 法

用 assign：表示指派

I have been **assigned** as the new <u>director</u> of the
　　　　　　[əˋsaɪnd]　　　　　　　　　　主任 [dəˋrɛktə]
<u>sales department</u>.
　業務部
（我被任命為業務部主任。）

用 team：表示團隊

Let's <u>work hard</u> as a **team**!
努力工作　　　[tim]

（讓我們團隊努力工作！）

用 together：表示共同

Let's work hard **together**!
[təˈgɛðɚ]

（讓我們大家共同努力！）

用 ことになる：說明公司決定～

<u>この度</u>、<u>営業部主任</u>をすることになりまし
　這次　　　　擔任業務部主任
た。

ko.no.tabi、ei.gyou.bu.shu.nin.wo.su.ru.ko.to.ni.
na.ri.ma.si.ta

（這次我被任命為業務部主任。）

用 がんばる：表示努力

今後もがんばります。
今後也

kon.go.mo.ga.n.ba.ri.ma.su

（我今後也會努力！）

用 今後とも：表示今後也～

今後ともよろしくお願いします。

kon.go.to.mo.yo.ro.si.ku.o.nega.i.si.ma.su

（希望大家今後仍多多關照！）

得知林小姐懷孕了！真是恭喜啊……

妳要休育嬰假嗎？

Will you be on parental leave¹?

いくじ きゅうか と
育児休暇²を取りますか³?

iku.ji.kyuu.ka.wo.to.ri.ma.su.ka

類似說法還有：
いくじ きゅうか
育児休暇はどうしますか。
（你打算要休育嬰假嗎？）

❶ 育嬰假 [pə`rɛntl̩ liv]
❷ 育嬰假
❸ 要取得（休假）嗎？

相 關 用 法

用 how long：詢問育嬰假要休多久

How long will your parental leave be?
（妳的育嬰假要休多久呢？）

用 maternity leave：表示產假

The company offers a one month
給予 [ˈɔfɚz]

maternity leave.
[məˈtɜnətɪ liv]

（公司規定的產假為一個月。）

用 parental leave：表示陪產假

Spouses are entitled to **parental leave** as well.
配偶 [spauz] 享有 [ɪnˈtaɪtl̩d] [pəˈrɛntl̩ liv]

（配偶也有陪產假喔！）

用 産休：表示產假

会社の規定では産休は一ヶ月となっていま
公司規定　　　　　　　　一個月　　規定著

す。

kai.sha.no.ki.tei.de.wa.san.kyuu.wa.i.kka.getsu.

to.na.tte.i.ma.su

（公司規定的產假為一個月。）

用 配偶者：表示配偶

配偶者のほうにも育児休暇がありますよ。
配偶也

hai.guu.sha.no.ho.u.ni.mo.iku.ji.kyuu.ka.ga.a.ri.

ma.su.yo

（配偶也有育嬰假喔！）

042

🔊 MP3 042

去醫院探望生病的同事……

請好好休養！多保重！

Please take care¹.

ゆっくり²休んでください³。お大事
に⁴。

yu.kku.ri.yasu.n.de.ku.da.sa.i。 o.dai.ji.ni

- 主題句的「お大事に」的禮貌說法如下：
  お大事になさってください。（請您多保重。）

- 也可以勸戒對方不要太操勞身體：
  無理をしないでください。（請不要太勉強。）

❶ 保重 [tek kɛr]　　　❸ 請休息
❷ 好好地　　　　　　❹ 請多保重

相 關 用 法

用 feel：表示感覺

How are you **feeling**？（你現在覺得如何？）
[ˈfilɪŋ]

用 bouquet：表示花束

Here's a **bouquet** from all of us. Please get well
[buˋke]
soon!
（這是大家一起送的花，祝你早日康復！）

用 get well soon：表示早日康復

Get well soon, so we can go out again.
[gɛt wɛl sun]　　　　　　　　　　　再次 [əˋgɛn]
（趕快好起來，我們再一起出去玩！）

用 具合：表示病情

ぐ あい
具合はどうですか。（你的病情如何？）
gu.ai.wa.do.u.de.su.ka

用 早く治す：表示早日康復

はや　 なお　　　　　　いっしょ　　あそ　　 い
早く治して、また一緒に 遊びに行きましょう。
　趕快好起來　　　　 再一起　　　　　　去玩吧
haya.ku.nao.si.te、ma.ta.i.ssho.ni.aso.bi.ni.i.ki.
ma.sho.u
（趕快好起來，我們再一起出去玩！）

用 お見舞い：表示探病禮物

　　　　　　　　　　　　　　　み ま
これ、みんなからのお見舞いです。
　　　 從大家那裡
はや
早くよくなってね！
　趕快康復喔
ko.re、 mi.n.na.ka.ra.no.o.mi.ma.i.de.su。
haya.ku.yo.ku.na.tte.ne
（這是大家一起送的探病禮物，祝你早日康復！）

聽說同事家裡有人不幸過世，想問候一下……

> 聽說張先生的父親過世了。

I heard that Mr. Chang's father has just passed away[1].

張さんのお父さん[2]が亡くなられた そうです[3]ね。

chou.sa.n.no.o.tou.sa.n.ga.na.ku.na.ra.re.ta.
so.u.de.su.ne

要跟喪家表達深切哀悼之意時，可以說：
突然のことで言葉も見つかりません。お悔やみ申し
上げます。
（因事出突然，也不知道該說什麼，僅能深切表達哀悼之意。）

❶ 過世 [pæst əˋwe]　　❸ 聽說過世了
❷ 父親

用 I am sorry：表示遺憾

- **I am sorry** to hear that.
（我很遺憾聽到這個消息。）

- **I am sorry** for your loss.
（我很遺憾你失去親人。）

用 funeral：表示喪禮

When will the **funeral** be?
[ˈfjunərəl]
（請問喪禮是什麼時候？）

用 white envelope：表示白包

Would you please bring the **white envelope** over
[hwaɪt ˈɛnvəˌlop]
on my behalf?
代替我 [ɑn maɪ bɪˈhæf]
（可以請你幫我把白包帶過去嗎？）

用 お葬式：表示葬禮

そうしき
お葬式はいつでしょうか。
　　　　什麼時候
o.sou.siki.wa.i.tsu.de.sho.u.ka
（請問喪禮是什麼時候？）

請對方節哀：

しゅうしょう
ご愁傷さまです。（請節哀。）
go.shuu.shou.sa.ma.de.su

用 お香典：表示白包

こうでん　　わた
かわりにお香典を渡してもらえませんか。
代替　　　　　　　　可以幫我帶去嗎？
ka.wa.ri.ni.o.kou.den.wo.wata.si.te.mo.ra.e.ma.se.n.ka
（可以請你幫我把白包帶過去嗎？）

正在忙，卻被同事叫住……

請問有什麼事嗎？

……

Yes, how may I help[1] you?

はい、何^{なん}でしょう[2]。

ha.i、nan.de.sho.u

被叫到名字時，都要先說「はい」（我在這裡）再做詳細的回答。

❶ 幫助 [hɛlp]
❷ 請問有什麼事？

相關用法

用 in the middle of something：表示正在忙

I'm sorry, but I'm **in the middle of something**.
[ɪn ðə `mɪdḷ ɑv `sʌmθɪŋ]
Could you <u>wait for a second</u>?
等一下 [wet fɔr ə `sɛkənd]

（不好意思，我正在忙，可以請你等一下嗎？）

用 get back to~：表示再回頭找某人

I'll **get back to** you <u>once</u> I <u>am through</u>.
　[gɛt bæk tu]　　一旦 [wʌns]　 完成〜

（我忙完之後去找你。）

用 another：表示再〜

Please wait for **another** 15 <u>minutes</u>.
　　　　　　　　　　　　分鐘 [ˋmɪnɪts]

（請再等我十五分鐘。）

用 手が離せない：表示正在忙

すみません。今、手が離せないので
<u>後ででもいいですか</u>。
　　　 之後可以嗎？

su.mi.ma.se.n。 ima、 te.ga.hana.se.na.i.no.de.
ato.de.de.mo.i.i.de.su.ka

（不好意思，我正在忙，可以請你等一下嗎？）

用 終わる：表示忙完

<u>終わり次第</u>、すぐに行きます。
　忙完之後　　　 馬上

o.wa.ri.si.dai、 su.gu.ni.i.ki.ma.su

（我忙完之後馬上去找你。）

用 待ってもらえる：表示請你等一下

<u>あと１５分</u> ほど 待ってもらえますか。
　再15分鐘　 大概　　　可以請你等待嗎？

a.to.juu.go.fun.ho.do.ma.tte.mo.ra.e.ma.su.ka

（再十五分鐘左右，可以請你等一下嗎？）

回應上司或同事的呼喚⋯⋯⋯⋯

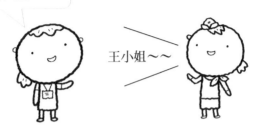

我在這裡。

王小姐～～

Yes[1].

はい[2]、何<small>なん</small>でしょうか[3]。

ha.i、nan.de.sho.u.ka

- 英文主題句的另一種回應是：
  Yah.（是，我在。）

- 詢問對方有什麼事時，英文要用：
  How may I help you?（我可以幫你什麼嗎？）

- 聽到上司或同事的呼喚時，要回答「はい、何<small>なん</small>でしょうか。」。這句話類似中文的「我在這裡，請問有什麼事？」。

- 要注意，主題句的「何<small>なん</small>でしょうか」句尾的語調不用上揚。

❶ 是，我在 [jɛs]
❷ 我在這裡
❸ 請問有什麼事？

相 關 用 法

用 Ok：說明自己有聽到

Ok, I'm coming.
（好，我現在過去。）

用 今行く：表示我現在過去

はい、**今行きます**。
現在過去

ha.i、ima.i.ki.ma.su

（好，我現在過去。）

〈はい〉的用法：
「はい」是肯定的回應，除了表示「是的、好
的」，聽到別人的呼喚時，也是用「はい」做回
應。

● 聽到上司或同事的呼喚都要先說「はい」再做詳
　細的回答，例如：
　はい、何ですか。
　＝はい、何でしょうか。
　（我在這裡，請問有什麼事？）

● 接受上司指令時，也要說「はい」，例如：
　はい、かしこまりました。
　（好的，我了解了。）

這次換同事想跟我借資料……

借你當然沒問題！

Of course[1] you may[2]!

もちろん[3]いいですよ[4]。

mo.chi.ro.n.i.i.de.su.yo

要將資料等東西拿給對方時，要記得說：

はい、どうぞ。（請拿去。）

❶ 當然 [ɑv kors]　　❸ 當然
❷ 可以 [me]　　❹ 可以喔！

用 return：表示歸還

I still need it, please have it **returned**
[rɪˋtɝnd]

by noon tomorrow.
明天中午之前 [baɪ nun təˋmɔro]

（因為我還要使用，請在明天中午前還我。）

用 lend：表示借給別人

I'm afraid that I can't **lend** it to you due to its
[lɛnd]   由於 [dju tu]
confidentiality.
機密 [ˌkɑnfɪˌdɛnʃɪˈælɪtɪ]

（這份文件有機密性，我恐怕沒辦法借你。）

詢問對方是否需要其他幫忙：

I'm sorry, but is there anything else that I can help
其他 [ɛls]
you with?

（不好意思，其他還有我能幫忙的嗎？）

用 返す：表示歸還

まだ使うので、明日の昼までに返してくださ
　　つか　　　　　あした　　ひる　　　　かえ
還要使用　　　　　明天中午之前　　　請歸還
いね。
ma.da.tsuka.u.no.de、 asita.no.hiru.ma.de.ni.kae.
si.te.ku.da.sa.i.ne.

（因為我還要使用，請在明天中午前還我。）

用 貸す：表示借給別人

このファイル、アクセス制限されてますか
　　　文件　　　　　　　　せいげん
　　　　　　　　　　　被限制存取
ら、ちょっと貸せないです。
　　　　　　　　か
　　　　　　無法借出
ko.no.fa.i.ru、 a.ku.se.su.sei.gen.sa.re.te.ma.su.ka.
ra、 cho.tto.ka.se.na.i.de.su

（這份文件被限制存取，我恐怕沒辦法借你。）

詢問對方是否需要其他幫忙：

何かお手伝いしましょうか。
なに　　てつだ
　　　　要不要幫你？
nani.ka.o.te.tsuda.i.si.ma.sho.u.ka

（需要我幫忙什麼嗎？）

🔴 MP3 047

咖啡不小心沾到同事的書……

非常抱歉！

I am terribly¹ sorry²!

ほんとうに³すみません⁴！

ho.n.to.u.ni.su.mi.ma.se.n

- 英文主題句的類似說法還有：
  I'm so sorry!（我很抱歉。）

- 日文主題句的類似說法還有：
  1. ごめんなさい（對不起。）
  2. すみません（抱歉。）

❶ 非常 [ˋtɛrəblɪ]
❷ 抱歉的 [ˋsarɪ]
❸ 真的
❹ 抱歉

相 關 用 法

用 dry up：表示弄乾

Let me **dry** it **up** for you.（讓我幫你擦乾。）
[draɪ] [ʌp]

用 dry cleaning：表示乾洗

Can I <u>pay</u> for the **dry cleaning**?
支付 [pe]　[draɪ klinɪŋ]

（我幫你付乾洗費好嗎？）

用 make up：表示補償

How can I **make** it **up** to you?
[mek]　[ʌp]

（我該怎麼賠償你？）

用 拭く：表示擦拭

ふ
拭きますから！
fu.ki.ma.su.ka.ra

（我幫你擦乾。）

用 クリーニング代：表示乾洗費

だい だ
クリーニング代<u>出</u>しますので。
支付

ku.rii.ni.n.gu.dai.da.si.ma.su.no.de

（我幫你付乾洗費。）

用 弁償する：表示賠償

べんしょう
弁 償 します。
ben.shou.si.ma.su

（我會賠償。）

日文中，不會詢問對方「需不需要賠償」，而是直接說「我會賠償」。

準備好文件，要請主管蓋章……

請幫我在這份文件上蓋章。

Would you please stamp[1] it here.

すみません[2]。ここ[3]に印鑑をお願いします[4]。

su.mi.ma.se.n。 ko.ko.ni.in.kan.wo.o.nega.i.si.ma.su

❶ 蓋章 [stæmp]
❷ 不好意思
❸ 這裡
❹ 請蓋章

相 關 用 法

用 sign：表示簽名

Please **sign** here.
　　　[saɪn]

（請在這裡簽名。）

用 confirm：表示確認

Please **confirm** before you sign.
[kənˈfɜːm]

（請確認後簽名。）

用 stamp：表示蓋章

Where should I **stamp** it at?
[stæmp]

（請問印章要蓋在哪裡？）

用 サイン：表示簽名

ここに**サイン**ください。
　　　　請簽名

ko.ko.ni.sa.i.n.ku.da.sa.i

（請在這裡簽名。）

用 確認後：表示確認後

<ruby>確認後<rt>かくにん ご</rt></ruby>、サインを<ruby>お願<rt>ねが</rt></ruby>いします。
　　　　　　　　　請簽名

kaku.nin.go、sa.i.n.wo.o.nega.i.si.ma.su

（確認後請簽名。）

用 押す：表示蓋（章）

<ruby>印鑑<rt>いんかん</rt></ruby>はどこに<ruby>押<rt>お</rt></ruby>したらいいですか。
印章　　　　　蓋在哪裡比較好？

in.kan.wa.do.ko.ni.o.si.ta.ra.i.i.de.su.ka

（請問印章要蓋在哪裡？）

經理在會客，可是有事非找他不可……

真抱歉！
可以耽誤一點點時間嗎？

I'm really sorry but can I have a few
seconds¹ of your time?

お話中²、大変恐縮でございま
す³。部長⁴…

o.hanasi.chuu、 tai.hen.kyou.shuku.de.go.za.i.
ma.su。bu.chou

● 在日本職場中，不得不打斷別人的談話時，要先說
出主題句的「お話中、大変恐縮でございます。」（談話中，非常抱歉。）表達自己打斷談話的歉意。

● 表達歉意後，再提出要跟主管報告的事情，此時可以加上主管的稱呼，例如「部長」（經理）。

❶ 一點點時間 [ə fju `sɛkəndz]
❷ 談話中
❸ 非常抱歉
❹ 經理

124

相關用法

用 interruption：表示打擾

Sorry for the **interruption**, but someone's
[ˌɪntəˈrʌpʃən]
waiting for you <u>outside</u>.
外面 [ˈaʊtˈsaɪd]

（抱歉打擾您，但是外面有人在等您。）

用 おいで：表示客人來訪、蒞臨

お話中、<u>申し訳ございませんが</u>、
　はなしちゅう　　もう　わけ
　　　　　　　　　真的很抱歉

<u>お客様がおいでです</u>。
きゃくさま
有客人來訪

o.hanasi.chuu、mou.si.wake.go.za.i.ma.se.n.ga、
o.kyaku.sama.ga.o.i.de.de.su

（很抱歉打擾您談話，有客人來訪。）

用 ちょっといいですか：詢問方便打擾嗎

お話中、すみません。**ちょっといいですか**。
はなしちゅう　　　　　　　　　可以打擾一下嗎？

o.hanasi.chuu、su.mi.ma.se.n。cho.tto.i.i.de.su.ka

（談話中真不好意思，可以打擾一下嗎？）

日文的「～中」是指正在做某事、或是持續某種
　　　　　ちゅう
狀態，與職場相關的例子有：
● 仕事中（工作中）
　しごとちゅう
● 会議中（開會中）
　かいぎちゅう
● 出張中（出差中）
　しゅっちょうちゅう
● 交渉中（交涉中）
　こうしょうちゅう

125

050

● MP3 050

上班時間，臨時有事必須跟主管報告……

不好意思，
有件事情想跟您報告。

Excuse me, there's something I need
to report[1] to you.

あのう[2]、お話(はなし)があるのですが[3]。

a.no.u、o.hanasi.ga.a.ru.no.de.su.ga

- 有事情想和某人談談時，可以使用主題句的「お話(はなし)があるのですが。」（有事情想談談。）來表達。

- 說完主題句之後，可以接著詢問對方現在是否有空，例如：
  今(いま)お時間(じかん)宜(よろ)しいでしょうか。（您現在有空嗎？）

❶ 報告 [rɪˋport]　　　❸ 有事情想談談
❷ 不好意思

用 a minute or two：表示一、兩分鐘

126

Excuse me, will you <u>be free</u> for **a minute or two**?
有空　　　　　　[ə `mɪnɪt ɔr tu]

（不好意思，可以打擾一、兩分鐘嗎？）

用 discuss：表示討論

There's something that I need to **discuss** with you.
[dɪ`skʌs]

（我有事想和您討論。）

如果要私下和主管談話：

Will you be <u>available</u> after work?
有空的 [ə`veləbl]

（請問您下班後有空嗎？）

用 1・2分：表示一、兩分鐘

<u>お忙しいところ</u>すみませんが、<u>1・2分宜</u>
　いそが　　　　　　　　　　　　　　　いち　にふんよろ
　百忙之中　　　　　　　　　　　　　　可以打擾

しいでしょうか。
　一、兩分鐘嗎？

o.isoga.si.i.to.ko.ro.su.mi.ma.se.n.ga、ichi.ni.fun.
yoro.si.i.de.sho.u.ka

（您正在忙真不好意思，可以打擾一、兩分鐘
嗎？）

如果要私下和主管談話：

あのう、<u>今日終わったら</u>、<u>お時間いただけま</u>
　　　　　きょう　お　　　　　　　じかん
　　　　（工作）結束之後　　　　　您有時間嗎？

すでしょうか。

a.no.u、kyou.o.wa.tta.ra、o.ji.kan.i.ta.da.ke.ma.su.
de.sho.u.ka

（不好意思，您今天下班後有空嗎？）

127

051

● MP3 051

這次執行的案子非常成功，受到上司稱讚……

謝謝你的稱讚！

Good

Thank you for the compliment[1]!

おかげさまで[2]。

o.ka.ge.sa.ma.de

- 在日本職場中，通常會用主題句的說法「おかげさ まで」（多虧您的幫忙）來回應對方對自己工作上 的讚美。

- 而且即使是自己獨力完成的工作，也是說「おかげ さまで」（多虧您的幫忙），以表達心中對於工作 能夠順利完成的感謝。最完整的說法如下：

おかげさまで、ありがとうございます。
（多虧您的幫忙，謝謝。）

❶ 讚美 [`kampləmənt]
❷ 多虧您的幫忙

相 關 用 法

用 go well：表示進行順利

128

Things **went** really **well**, thank you for the support / help.

支持 [sə`port]

幫助 [hɛlp]

（多虧你的支持 / 幫忙，案子得以順利進行。）

稱讚對方做得好：

- Well done!（做得好。）

  [dʌn]

- Great job!（做得好。）

  [dʒɑb]

- Awesome!（真棒。）

  [`ɔsəm]

稱讚對方達成難以完成的任務：

- You did it!（你做到了！）

  達成

- I'm so proud of you（我以你為榮！）

  以～為榮 [praud]

用 スムーズ：表示進行順利

おかげさまで、非常にスムーズに事が運びま
　　　　　　ひじょう　　　　　　　　　　　　こと　はこ

　　　　　　　　　　　　　　事情順利進行

した。

o.ka.ge.sa.ma.de、hi.jou.ni.su.muu.zu.ni.koto.
ga.hako.bi.ma.si.ta

（多虧您的幫忙，案子可以非常順利地進行。）

用 無事終える：表示順利完成

おかげさまで、無事終えることが出来ました。
　　　　　　　　ぶ　じ　お　　　　　　　　で　き

　　　　　　　　可以順利結束

o.ka.ge.sa.ma.de、bu.ji.o.e.ru.ko.to.ga.de.ki.ma.si.ta

（多虧您的幫忙，案子得以順利完成。）

被上司要求加班，最好不要直接拒
絕……

我可以加班到 8 點。

I can work till[1] eight.

はち じ
8時まででしたら[2]できます[3]。

hachi.ji.ma.de.de.si.ta.ra.de.ki.ma.su

- 上司要求加班時，不要直接說出「不行」這種直接
  拒絕的字眼。可以表示「自己可以加班到幾點」，
  這樣的說法既不失立場，也不失職場上該有的積極
  態度。

- 表達〈可以加班到幾點為止〉的說法：
  じ
  ○時まででしたらできます。
  じゅう じ
  １０時まででしたらできます。
  （可以加班到10點為止。）

- 表達〈可以加班幾小時〉的說法：
  じ かん
  ○時間でしたらできます。
  いち じ かん
  １時間でしたらできます。（可以加班一個小時。）

- 主題句的「～でしたらできます」（～的話是可以
  だいじょう ぶ
  的）也可以換成「～でしたら大 丈 夫です」（～
  的話是沒問題的），例如：

^{はちじ}
8 時まででしたら大 丈 夫です。
^{だいじょうぶ}
（加班到 8 點的話是沒問題的。）

❶ 直到～為止 [tɪl]
❷ 到 8 點為止的話
❸ 可以（辭書形：できる）

用 stay：表示待在公司

I can **stay** for an hour or two.
[ste]　　　一、兩個小時

（加班一、兩個小時沒問題。）

用 case：表示案子

The **case** has to be done by tomorrow.
[kes]　　　完成 [dʌn]　明天之前

（這個案子明天之前一定要完成。）

用 1・2 時間：表示一、兩個小時

<u>1・2時間</u>ほどでしたら 大 丈 夫です。
大約一、兩個小時的話　　　　沒問題
ichi.ni.ji.kan.ho.do.de.si.ta.ra.dai.jou.bu.de.su

（加班一、兩個小時的話沒有問題。）

用 できる：表示可以

^{あした}
明日まででしたらできますが。
asita.ma.de.de.si.ta.ra.de.ki.ma.su.ga

（明天的話是可以的。）

053

🔊 MP3 053

想拜訪客戶，先跟主管報備……

下周一想去拜訪 OK 公司。

I would like to pay a visit[1] to the
OK company.

来週月曜日[2]にＯＫ社に訪問の予定[3]
なんですが…

rai.shuu.getsu.you.bi.ni.oo.kee.sha.ni.hou.mon.
no.yo.tei.na.n.de.su.ga

如果要去拜訪某人，可以將主題句的「ＯＫ社」改
為「○○さんのところ」（某人那裡），例如：
来週月曜日に王さんのところに訪問の予定な
んですが…
（下周一想去拜訪王先生。）

❶ 拜訪 [pe ə ˈvɪzɪt]
❷ 下周一
❸ 預定拜訪

相 關 用 法

132

確認當天有沒有其他事情：

What's the <u>agenda</u> like on Monday?
日常工作事項 [ə`dʒɛndə]

（星期一有沒有什麼事情？）

用 great timing：表示適當時機

It's **great timing** to visit the OK company.
[gret `taɪmɪŋ]

（這個時候是去拜訪 OK 公司的好時機。）

確認主管有沒有時間一同前往：

月曜日は<u>お時間</u>ありますか。
^{げつようび} ^{じかん}
有時間嗎？

getsu.you.bi.wa.o.ji.kan.a.ri.ma.su.ka

（您星期一有時間嗎？）

這句話是詢問主管是否有時間可以和自己一同去拜訪。

用 チャンス：表示好時機

今がチャンスですよ。
^{いま}

ima.ga.cha.n.su.de.su.yo

（我覺得現在是（去拜訪的）好時機。）

補充〈拜訪時的配備〉：

● 名片：business card、名刺
^{めいし}

● 公事包：briefcase、ブリーフケース

● 公司簡介：company brochure、会社案内
^{かいしゃあんない}

有事要去銀行，跟主管報告一下……

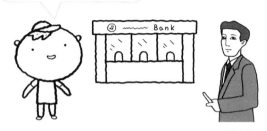

經理，我去一下銀行。

Mr. Wang, I am going to the bank[1] now.

部長[2]、ちょっと[3]銀行に行ってきます[4]。

bu.chou、cho.tto.gin.kou.ni.i.tte.ki.ma.su

主題句的「銀行」可以替換成其他要去的場所，例如：
- 倉庫（倉庫）
- 資料室（資料室）

❶ 銀行 [bæŋk]
❷ 經理
❸ 一下下
❹ 去～再回來

用 account：表示帳戶

I need to open an **account**. （我必須去開戶。）
[ə`kaunt]

用 make a deposit：表示存錢

I need to **make a deposit**. （我必須去存錢。）
[mek ə dɪ`pazɪt]

用 make a remittance：表示匯款

I need to **make a remittance** to ABC company.
[mek ə rɪ`mɪtns]

（我必須匯款給 ABC 公司。）

用 口座：表示帳戶

こうざ　つく　　い
<u>口座を作り</u>に行ってきます。
　　開戶

kou.za.wo.tsuku.ri.ni.i.tte.ki.ma.su

（我要去開銀行帳戶。）

用 預金する：表示存錢

ぎんこう　よ きん　　い
銀行へ<u>預金しに行かないと</u>。
　　　　　　　必須去存錢

gin.kou.e.yo.kin.si.ni.i.ka.na.i.to

（我必須去銀行存錢。）

用 送金：表示匯款

エービーシーしゃ　　　　そうきん　い
ＡＢＣ社への<u>送金に行ってきます</u>。
　　　　　　　　　　去匯款再回來

ee.bii.sii.sha.e.no.sou.kin.ni.i.tte.ki.ma.su

（我要去匯款給ABC公司。）

055

● MP3 055

最近行程滿檔，先報備主管避免耽
誤進度……

> 我最近行程很滿，
> 這件事可能得延後處理。

I have a full schedule[1], we might
have to postpone[2] this till later on[3].

さいきん
最近スケジュール[4]が詰まっていま
けん かん おく
して[5]、この件に関して[6]は遅れるか
もしれません[7]。

sai.kin.su.ge.juu.ru.ga.tsu.ma.tte.i.ma.si.te、
ko.no.ken.ni.kan.si.te.wa.oku.re.ru.ka.mo.si.re.
ma.se.n

其他形容忙碌的用語：
て いっぱい
● 手一杯（沒有空閒、忙得不可開交）
● バタバタ（忙亂）
しごと お
● 仕事に追われる（被工作追著跑）

❶ 行程滿檔 [ful `skɛdʒul]　　❺ 塞滿
❷ 延後 [post`pon]　　❻ 關於這件事
❸ 後來 [`letɚ an]　　❼ 可能會延誤
❹ 行程

用 time slot：表示空檔

I have a **time slot** this week, shall we <u>throw in</u> an
    [taɪm slɑt]   增辦 [θro ɪn]

<u>event</u>?
活動 [ɪ`vɛnt]

（我這周有空檔，要不要增加一個活動？）

用 at hand：表示手邊要立即處理的

Let me <u>finish</u> all the work **at hand** first.
      結束 [`fɪnɪʃ]   [æt hænd]

（讓我先結束手邊的工作。）

用 時間がある：表示有空檔

最近、<u>丁度時間がある</u>から、何か<u>イベント</u>
　　　　剛好有空檔　　　　　　　　　　　活動

でもしませんか。

sai.kin、chou.do.ji.kan.ga.a.ru.ka.ra、nani.ka.i.be.
n.to.de.mo.si.ma.se.n.ka

（我最近剛好有空檔，要不要來進行什麼活動？）

用 時間ができる：表示可能有時間

<u>今しているの</u>が<u>終わったら</u> <u>時間ができると思</u>
　現在做的事情　　　結束之後　　我想應該會有空

います。

ima.si.te.i.ru.no.ga.o.wa.tta.ra.ji.kan.ga.de.ki.ru.
to.omo.i.ma.su

（我可能要忙完手上的工作後才會有空。）

137

在公司例行會議報告本周工作行程……

我預定這個星期二
去拜訪 C 公司。

C公司

I plan¹ to visit² C company this Tuesday.

今週火曜日³にＣ株式会社へ⁴訪問の
予定⁵です。

kon.shuu.ka.you.bi.ni.sii.kabu.siki.gai.sha.e.hou.
mon.no.yo.tei.de.su

如果要去拜訪某人，可以將主題句的「○○株式会
社」替換成「○○さんのところ」（○○先生 /小姐
那裡）。

❶ 打算 [plæn]
❷ 拜訪 [ˋvɪzɪt]
❸ 這個星期二
❹ 前往 C 公司
❺ 預定拜訪

相 關 用 法

用 plan to：表示預定

I **plan to** finish the <u>sales performance</u> <u>report</u> by
this week. 業績 [selz pɚˋfɔrməns] [rɪˋport]
（我預定這星期內完成業績報告。）

用 agenda：表示日常工作事項

I have nothing <u>in particular</u> on my **agenda** this
特別 [ɪn pɚˋtɪkjələ] [əˋdʒɛndə]
week.
（我這星期沒有特別的行程。）

用 今週中：表示這星期之內

今 週 中 に <u>業 務 報 告</u> を <u>仕上げる</u> <u>予定</u>です。
こんしゅうちゅう　ぎょう む ほうこく　　　し あ　　　よ てい
　　　　　　　　業務報告　　　　　完成　　　預計

kon.shuu.chuu.ni.gyou.mu.hou.koku.wo.si.a.ge.
ru.yo.tei.de.su
（我預定這星期內完成業務報告。）

用 予定：表示預定行程

今 週 は<u>予定がありません</u>。
こんしゅう　よ てい
　　　　　沒有預定行程

kon.shuu.wa.yo.tei.ga.a.ri.ma.se.n
（我這星期沒有預定行程。）

用 早退：表示提早下班

水曜日は<u>午後</u>から <u>早退の予定</u>です。
すいよう び　ご ご　　　そうたい　よ てい
　　　　　下午開始　　預定提早下班

sui.you.bi.wa.go.go.ka.ra.sou.tai.no.yo.tei.de.su
（我打算星期三下午休假。）

主管來詢問工作狀況……

沒問題，
一切都在掌握中。

工作計畫表

No worries[1], everything is under control[2].

だいじょう ぶ
大丈夫[3]です。予定通り[4]です。

dai.jou.bu.de.su。 yo.tei.doo.ri.de.su

● 英文主題句的類似說法還有：
  No worries, it's all good.
  （不用擔心，一切都很好。）

● 比日文主題句更謙讓的說法是：
  よ てい どお　すす
  予定通り進んでおります。
  （目前正按照計畫進行中。）

● 如果要讓對方安心，可以說：
  だいじょう ぶ　　　まか
  大丈夫です。任せてください。
  （沒問題，請交給我。）

❶ 不用擔心 [no ˋwɝɪz]
❷ 處於控制下 [ˋʌndɚ kənˋtrol]
❸ 沒問題
❹ 按照計畫

用 on schedule：表示按照計畫進行

Everything is **on schedule**.
[ɑn `skɛdʒʊl]

（所有工作都按照計畫進行。）

用 behind schedule：表示進度落後

We are a little **behind schedule**.
[bɪ`haɪnd `skɛdʒʊl]

（我們有點跟不上進度。）

用 予定通り：表示按照計畫進行

よかった。予定通りで。
　　　　　　　予定通り
　　　　　　　按照計畫

yo.ka.tta。 yo.tei.doo.ri.de

（還好，工作都按照計畫進行。）

用 間に合わない：表示進度落後

ちょっと<u>間に合わない</u>かもしれません。
　　　　　間に合わない
　　　　　可能會趕不上

cho.tto.ma.ni.a.wa.na.i.ka.mo.si.re.ma.se.n

（可能會有點跟不上進度。）

工作做不完，想把檔案帶回家做……

我要拷貝一份
資料帶回家。

I need to make a copy[1] of it to take back[2] home.

この資料のコピーを[3]一部[4]とって[3]
持って帰りたい[5]のですが…

ko.no.si.ryou.no.ko.pii.wo.ichi.bu.to.tte.mo.tte.
kae.ri.ta.i.no.de.su.ga

❶ 複製 [mek ə `kɑpɪ]　❹ 一份
❷ 帶回 [tek bæk]　❺ 想帶回去
❸ 拷貝（辭書形：コピーをとる）

相關用法

用 prohibit：表示禁止

It is **prohibited** to take any <u>documentation</u> out of
[prə`hɪbɪtɪd]　　　　　　文件 [ˌdɑkjəmɛn`teʃən]
the office.
（本公司禁止將文件攜帶出去。）

用 classified：表示機密的

This is a **classified** document that needs to be
[ˋklæsəˌfaɪd]

locked up.
上鎖 [lɑkt ʌp]

（因為是機密資料，所以必須上鎖。）

用 keep：表示保持在～狀態

Please **keep** this as a classified report.
機密文件

（請不要將這份文件內容洩漏出去。）

用 持ち出す：表示帶出去

しりょうとう　しゃがい　　も　　だ
資 料 等を社外へ持ち出すことはできません。
帶離公司　　　　　　　　　　　不可以
si.ryou.tou.wo.sha.gai.e.mo.chi.da.su.ko.to.wa.de.
ki.ma.se.n

（本公司禁止將文件攜帶出去。）

用 パスワードをかける：表示加密

き　みつ　し　りょう
機密資料にパスワードをかけていますので。
機密資料　　　　　上鎖的、加密的
ki.mitsu.si.ryou.ni.pa.su.waa.do.wo.ka.ke.te.i.ma.
su.no.de

（因為是機密資料，所以這份資料是加密的。）

用 漏洩する：表示洩漏

じょうほう　ろうえい
このファイル 情 報を漏洩することのないよ
文件內容
うにしてください。
請不要做
ko.no.fa.i.ru.jou.hou.wo.rou.ei.su.ru.ko.to.no.na.i.
yo.u.ni.si.te.ku.da.sa.i

（請不要將這份文件內容洩漏出去。）

059

🔊 MP3 059

要列印會議資料，向主管確認數量……

請問要準備幾份資料？

How many copies[1] are needed?

資料は何部用意したらいいでしょうか[2]。
し りょう　なん ぶ よう い

si.ryou.wa.nan.bu.you.i.si.ta.ra.i.i.de.sho.u.ka

- 雖然用疑問句「～でしょうか」結尾，但是句尾的語調不用上揚。

- 主題句的「何部」（幾份）也可以替換成「何人分」（幾人份）
  なん ぶ　　　　　　　　　　　　　　　　なんにん ぶん

- 類似說法還有：
  何部コピーしたらいいですか。
  なん ぶ
  （請問要印幾份比較好？）

❶ 拷貝 [ˋkɑpɪz]
❷ 準備幾份比較好？

相 關 用 法

用 color：表示彩色

144

Would you like to have them <u>printed</u> in **color** or
印刷 [prɪntɪd]　[ˋkʌlɚ]

<u>black and white</u>?
黑白 [blæk ænd hwaɪt]

（你想要印彩色或是黑白的？）

用 copies：表示拷貝的資料

Please put the **copies** on my desk.
（請將影印資料放在我的桌上。）

主管要求多印一點時再做確認：

How many copies do you <u>actually</u> need?
實際 [ˋæktʃʊəlɪ]

（實際需要的數量是多少呢？）

用 白黑：表示黑白

<u>コピー</u>はカラーですか。白黒ですか。
　影印　　　　彩色　　　　しろくろ
ko.pii.wa.ka.raa.de.su.ka。siro.kuro.de.su.ka

（要印彩色或是黑白的？）

用 コピーする：表示影印

すみませんが、<u>コピーしたら</u> <u>私</u> のところに
　　　　　　　　印好之後　　　わたし　我的桌上

お
<u>置いといてもらえませんか</u>。
　　可以幫我放在～嗎？
su.mi.ma.se.n.ga、ko.pii.si.ta.ra.watasi.no.to.ko.ro.
ni.o.i.to.i.te.mo.ra.e.ma.se.n.ka

（不好意思，影印後可以幫我放在我的桌上嗎？）

主管要求多印一點時再做確認：

おお　　い
<u>多め</u>、<u>と言いますと</u>？（剛剛說多一點是…？）
多一點　剛剛說的…
oo.me、to.i.i.ma.su.to

145

需要交出報告，想問一下期限……

請問交報告的期限是什麼時候？

When is the deadline[1] for the report?

ほうこくていしゅつ　　し　　き
報告提出[2]の締め切り[3]はいつですか[4]。
hou.koku.tei.shutsu.no.si.me.ki.ri.wa.i.tsu.de.su.ka

- 英文主題句的類似問法還有：
  When is the latest it needs to be turned in?
  （最遲什麼時候要交出？）
- 日文主題句的類似問法還有：
  ほうこくしょ　　しめきりび
  1. 報告書の締切日はいつですか。
     （報告的截止期限是什麼時候？）
  　　　　　　　　　わた
  2. いつまでにお渡ししたらいいですか。
     （什麼時候之前提交比較好？）

❶ 最後期限 [ˋdɛdˏlaɪn]　　❸ 截止期限
❷ 提交　　　　　　　　　❹ 什麼時候

用 turn in：表示交出

This report has to be **turned in** <u>before the weekend</u>.
　　　　　　　　　　　　[tɜnd ɪn]　　　周末之前
（這份報告必須在周末前交出。）

用 postpone：表示延期

Is it <u>possible</u> to **postpone** the deadline for another
有可能 [`pasəbl] [post`pon]

two days?

（我可以延後兩天再交報告嗎？）

用 on time：表示準時

I will have it <u>finished</u> **on time**.（我會如期交出。）
完成 [`fɪnɪʃt] [ɑn taɪm]

用～までに：表示在～之前

<u>金曜日までに</u> <u>提出</u> しなければなりません。
　在周五之前　　　　　　一定要提交

kin.you.bi.ma.de.ni.tei.shutsu.si.na.ke.re.ba.na.ri.ma.se.n

（一定要在周五之前提交。）

用 手一杯：表示沒有空檔

<u>金曜日まで手一杯ですので</u>、<u>報告は明後日</u>
　直到周五　　　　　　　　　　　　　　可以明後天嗎？

<u>でも宜しいでしょうか</u>。

kin.you.bi.ma.de.te.i.ppai.de.su.no.de、hou.koku.

wa.asatte.de.mo.yoro.si.i.de.sho.u.ka

（我會一直忙到周五，可以明後天再交報告嗎？）

用 出す：表示交出

<u>締め切りまでには 必ず出します</u>。
　截止期限之前　　　一定

si.me.ki.ri.ma.de.ni.wa.kanara.zu.da.si.ma.su

（我一定如期交出。）

061

到公司已經三年了，想跟主管商量
加薪……

不好意思，
有件事想跟您商量。

There's something I would like to
discuss[1] with you.

すみません[2]。相談があるのですが[3]、
お時間よろしいでしょうか[4]。

su.mi.ma.se.n。sou.dan.ga.a.ru.no.de.su.ga、
o.ji.kan.yo.ru.si.i.de.sho.u.ka

主題句的「相談がある」也可以替換成「お話が
ある」（有事情想談談）。

❶ 討論 [dɪˋskʌs]　　❸ 我有事情想談談
❷ 不好意思　　　　❹ 您有時間嗎？

相 關 用 法

用 raise：表示加薪

I would like to <u>ask</u> for a **raise**.（我想要求加薪。）
　　　　　　　要求　　　[rez]

148

用 increase（名詞）：表示增加多少%

I'm looking for an **increase** of 5%.
期望　　　　　['ɪnkris]

（我的期望是加薪 5%。）

用 contribution：表示貢獻

I'm asking for a pay rise now because of the
　　　　　　　加薪

contributions I have made.
[ˌkɑntrə'bjuʃənz]

（我要求加薪是因為我對公司的貢獻。）

在西方國家，員工通常會直接說出自己應該被加薪的理由。

用 上げる：表示提高薪資

きゅうりょう　　　　　あ　　　ほ
給 料 のほうを上げて欲しいのですが。
薪水方面　　　　　　　　想要提高
kyuu.ryou.no.ho.u.wo.a.ge.te.ho.si.i.no.de.su.ga

（我想要求加薪。）

用 伸びる：表示業績成長

たんとう ぶ しょ　　ぎょうせき　の
担当部署では 業 績も伸びています。
負責業務　　　　　　　業績也持續成長
tan.tou.bu.sho.de.wa.gyou.seki.mo.no.bi.te.i.ma.su

（我負責的業務業績也持續成長。）

用 妥当：表示恰當的

だ とう　　おも
妥当だと思うのですが。
　　　　　我認為
da.tou.da.to.omo.u.no.de.su.ga

（我想我的要求應該不過份。）

糟糕！遲到了！要跟主管說……

我遲到了，真是抱歉！

Sorry, I'm late[1].

遅くなりまして[2]、申しわけありません[3]。

oso.ku.na.ri.ma.si.te、 mou.si.wa.ke.a.ri.ma.se.n

〈上班遲到的應對禮儀〉
● 發現自己可能會遲到時，要提前打電話跟公司聯絡報備。
● 抵達公司後也要立即跟主管打聲招呼表示歉意。

❶ 遲到 [let]
❷ 遲到（辭書形：遅くなる）
❸ 非常抱歉

相 關 用 法

打電話報備會遲到：

I may be <u>five minutes</u> late.
　　　　　5分鐘

（我可能會遲到 5 分鐘。）

抵達公司後要說：

● I'll be more <u>mindful</u> <u>in the future</u>.
　　　　　　注意的 [ˋmaɪdfəl] 以後 [ɪn ðə ˋfjutʃɚ]

（我以後會多加注意。）

● I'm very <u>sorry</u> about <u>it</u>.
　　　　　感到抱歉　　它（指 "遲到這件事"）

（關於遲到這件事，我感到很抱歉。）

打電話報備會遲到：

● <u>１０分ほど</u> <u>遅れるかと思います</u>。
　10分鐘左右　　　　可能會遲到

ju.ppun.ho.do.oku.re.ru.ka.to.omo.i.ma.su

（我可能會遲到10分鐘左右。）

● 道が込んでいまして…（因為路上塞車…）
michi.ga.ko.n.de.i.ma.si.te

抵達公司後要說：

● <u>以後</u> <u>気をつけます</u>。（我以後會注意。）
　以後　　注意

i.go.ki.wo.tsu.ke.ma.su

● すみませんでした。（對不起！）
su.mi.ma.se.n.de.si.ta

補充〈人際互動用語〉：

● 對不起：sorry、ごめんなさい

● 鞠躬：bow、お辞儀

上班遲到了，說明遲到的原因……

公車半路拋錨了
（所以遲到）。

The bus broke down¹ on the way².

バスが途中³で故障したみたい⁴
で、遅れてしまいました⁵。

ba.su.ga.to.chuu.de.ko.shou.si.ta.mi.ta.i.de、 oku.
re.te.si.ma.i.ma.si.ta

不管遲到的原因是什麼，抵達公司後一定要先表達自
己的歉意，例如：

（英）Sorry, I'm late.（我遲到了，真是抱歉。）

（日）遅くなりまして、申しわけありません。
（我遲到了，真是抱歉。）

❶ 拋錨 [brok daʊn]
❷ 途中 [ɑn ðə we]
❸ 途中
❹ 好像故障了（辭書形：故障する）
❺ 遲到了（辭書形：遅れる）

用 heavy：表示交通繁忙

There's been **heavy** traffic.
　　　　　　['hɛvɪ] 交通 ['træfɪk]

（路上交通繁忙。）

用 accident：表示事故

There was an **accident** on the road.
　　　　　　　['æksədənt]　　　路上

（路上有交通事故。）

用 delay：表示交通工具誤點

There was an MRT **delay**.
　　　　　　　捷運　[dɪ'le]

（捷運誤點了。）

用 大渋滞：表示嚴重塞車

だいじゅうたい
大 渋 滞 でした。
dai.juu.tai.de.si.ta

（大塞車。）

用 遭う：表示遇到事故

こうつう じ こ　あ
交 通 事故 に遭いました。
　交通事故
kou.tsuu.ji.ko.ni.a.i.ma.si.ta

（遇到交通事故。）

用 遅れて来る：表示交通工具誤點

　　　　　　おく　　き
メトロが遅れて来たので…。
捷運　　　　　　　　因為
me.to.ro.ga.oku.re.te.ki.ta.no.de

（因為捷運誤點。）

想跟主管請假時……

我明天可以請假嗎？

假單

Sir, do you mind[1] if I take leave[2] tomorrow?

あした やす いただ よろ
明日休み[3]を頂いても宜しいでしょうか[4]。

asita.yasu.mi.wo.itada.i.te.mo.yoro.si.i.de.sho.u.ka

主題句雖然用疑問句「～でしょうか」結尾，但是句尾的語調不用上揚。

❶ 介意 [maɪnd]　　　❸ 休假
❷ 請假 [tek liv]　　　❹ 可以取得嗎？

相關用法

用 on＋日期：表示某天要請假

I would like to take a leave of absence **on** October
　想要　　　　　　　　　　　　　10 月[ak`tobɚ]
1st.

（我想要在 10 月 1 日請假。）

用 next~：表示下一個~要請假

I would like to take leave **next** Friday.
[`nɛkst]

（我想要在下個星期五請假。）

用 take off：表示請假

I wonder if it's <u>okay</u> to **take** <u>a week</u> **off**?
可以 [`oˋke]　　一周 [ə wik]

（不曉得是否可以請假一周？）

用 取りたい：表示想要請假

じゅうがつついたち　いちにちやす　　と
１０月１日に<u>一日休み</u>を<u>取りたいのですが</u>。
　　　　　　休假一天　　　　　想要取得…

juu.gatsu.tsui.tachi.ni.ichi.nichi.yasu.mi.wo.to.ri.
ta.i.no.de.su.ga

（我想要在 10 月 1 日請假一天。）

用 一週間休み：表示休假一周

いっしゅうかんやす　　　と
一 週 間休みを取りたいのですが、

だいじょう ぶ
大 丈 夫そうですか。
　　你覺得可以嗎？

i.sshuu.kan.yasu.mi.wo.to.ri.ta.i.no.de.su.ga、
dai.jou.bu.so.u.de.su.ka

（我想要請假一周，不曉得可不可以？）

　　上述說法是向同事詢問自己是否可以請假的說法，
如果是向主管確認要說：
　　いっしゅうかんやす　　　と　　　　　だいじょう ぶ
一 週 間休みを取りたいのですが、大 丈 夫そ
うでしょうか。

🔊 MP3 065

身體不適想請病假……

今天早上肚子不舒服，我想請假一天。

My stomach[1] wasn't feeling too well[2] this morning, I would like to take a day off[3].

今朝から[4] おなか[5]の 調子が良くなくて[6]。それで[7]、一日休み[8]を 頂きたいのですが[9]。

kesa.ka.ra.o.na.ka.no.chou.si.ga.yo.ku.na.ku.te。
so.re.de、 ichi.nichi.yasu.mi.wo.itada.ki.ta.i.no.
de.su.ga

❶ 肚子 [`stʌmək]
❷ 覺得舒服 [`filɪŋ tu wɛl]
❸ 請假一天 [tek ə de ɔf]
❹ 今天早上開始
❺ 肚子

❻ 狀況不好
❼ 所以
❽ 請假一天
❾ 想要獲得…

相 關 用 法

用 not...at all：表示很不舒服

I'm **not** <u>feeling very well</u> **at all**.
　　　　　覺得很舒服
（我覺得很不舒服。）

用 migraine headache：表示偏頭痛

I'm having a **migraine headache**.
　　　　　　['maɪgren 'hɛd͵ek]

（我有偏頭痛。）

用 dizzy：表示頭暈

I feel **dizzy** and light-headed.
　　　['dɪzɪ]　　　頭昏眼花的 ['laɪt'hɛdɪd]

（我覺得頭暈腦脹。）

補充〈常見疾病〉：
● headache（頭痛）/ flu（感冒）/ injury（受傷）

用 病院へ行く：表示要去醫院

病院へ行くので休みを頂いても宜しいで
　　　　　　　　　　　　　　　可以請假嗎？
しょうか。

byou.in.e.i.ku.no.de、yasu.mi.wo.itada.i.te.mo.
yoro.si.i.de.sho.u.ka

（因為要去醫院，我可以請假嗎？）

用 お大事に：請對方保重

お大事に。（請保重。）
o.dai.ji.ni

補充〈常見疾病〉：
● 頭が痛い（頭痛）/ 風邪を引いた（感冒）

補充〈身體某部位受傷〉的說法：
身體部位名稱＋に＋怪我をした
● 足に怪我をした（腳受傷）

因為個人因素想要申請留職停薪……

我想要申請留職停薪一年。

休假
申請書

I would like to apply for[1] one-year leave without pay[2].

いちねん
1年の 長期休暇[3]を頂きたいのですが[4]。

ichi.nen.no.chou.ki.kyuu.ka.wo.itada.ki.ta.i.no.
de.su.ga

ちょうき きゅうか
日文的「 長 期 休 暇 」是指長時間向公司請假,並沒有提及照常給薪、或停薪的概念。

❶ 申請 [ə`plaɪ fɔr]
❷ 留職停薪、無薪假 [liv wɪ`ðaut pe]
❸ 長期休假
❹ 想要獲得…

相關用法

用 apply for:表示申請

May I **apply for** a leave without pay?
(我可以申請留職停薪嗎?)

用 how long：詢問可以請多久

How long a leave without pay can I apply for?
（我可以申請多久的留職停薪？）

用 study program：表示進修

I would like to <u>go on</u> an 8-month **study program**
　　　　　　　　　進行　　　　　　　　　　　　['stʌdɪ 'prɒgræm]
in the U.S.
（我想去美國進修 8 個月。）

用 申請する：表示申請

<u>あのう</u>、長期休暇は<u>申請できます</u>でしょうか。
請問一下　　ちょうききゅうか　しんせい　可以申請嗎？

a.no.u、chou.ki.kyuu.ka.wa.sin.sei.de.ki.ma.su.
de.sho.u.ka

（請問一下，我可以申請長期休假嗎？）

用 どのくらい：詢問可以請多久

<u>長くてどのくらい</u> <u>取れますか</u>。
なが　最長多久　　　と　可以取得？

na.ga.ku.te.do.no.ku.ra.i.to.re.ma.su.ka

（最長可以申請多久？）

用 勉強しに行く：表示去唸書

<u>8 ヶ月</u> アメリカへ <u>勉強 しに行きたい</u>
はっかげつ　美國　べんきょう　い
8個月　　　　　　　想去唸書

<u>と思っています</u>。
おも
打算

ha.kka.getsu.a.me.ri.ka.e.ben.kyou.si.ni.i.ki.ta.i.
to.omo.tte.i.ma.su.

（我想去美國唸書 8 個月。）

打電話給往來的客戶，一開始先說……

早安！我是熊本公司的丁大衛。
請問陳經理在嗎？

Good morning! This is David Ting
calling[1] from Kumamoto company.
May I speak to[2] Mr. Chen?

おはようございます[3]。熊本株式会社[4]
の丁大衛と申します[5]。陳部長はい
らっしゃいますでしょうか[6]。

o.ha.yo.u.go.za.i.ma.su。 kuma.moto. kabu.siki.
gai.sha.no.chou.dai.i.to.mou.si.ma.su。 chin.
bu.chou.wa.i.ra.ssha.i.ma.su.de.sho.u.ka

- 主題句的「おはようございます」可以換成「いつ
  もお世話になっております」（一直承蒙您的照顧）。
- 「陳部長」也可以替換成「部長の陳様」
  （陳經理）。

❶ 來電 [ˋkɔlɪŋ]
❷ 和～說話 [spik tu]
❸ 早安
❹ 股份有限公司

❺ 我叫做～（辭書形：～と申す）
❻ 在嗎？（職場上所使用的尊敬說法）

相 關 用 法

用 from～：表示隸屬某部門的某人

Good morning! <u>May I</u> speak to Mr. Wang **from**
　　　　　　　　 我可以～嗎 [me aɪ]
the <u>sales department</u>?
　　　　業務部

（早安！我可以和業務部的王先生說話嗎？）

用 around（在～附近）：詢問對方在不在

Hi, I'm David Wang. Is Mr. Wang **around**?
　　　　　　　　　　　　　　　 [əˈraʊnd]

（您好！我是王大衛，請問王先生在嗎？）

用 営業部の～：表示要找業務部的某人

<u>おはようございます。</u>営 業 部の王さんは
　　　早安
<u>いらっしゃいますでしょうか。</u>
　　　在嗎？
o.ha.yo.u.go.za.i.ma.su。ei.gyou.bu.no.ou.sa.n.wa.
i.ra.ssha.i.ma.su.de.sho.u.ka

（早安！請問業務部的王先生在嗎？）

〈我要找某人〉的電話用語：
（英）May I speak to～?
（日）～はいらっしゃいますでしょうか。

常用〈電話問候語〉：
● 早安：Good morning、おはようございます
● 午安：Good afternoon、こんにちは
● 晚安：Good evening、こんばんは

🔘 MP3 068

第一次打電話給從未往來的公司……

早安！我這裡是OK貿易公司，
請問業務部經理在嗎？

Good morning. This is OK Trade[1]
calling. May I please speak to the
manager[2] from the sales department?

お忙しいところ恐れ入ります。ＯＫ
貿易会社ですが、営業部長はいらっ
しゃいますでしょうか[3]。

o.isoga.si.i.to.ko.ro.oso.re.i.ri.ma.su。oo.kee.
bou.eki.gai.sha.de.su.ga、ei.gyou.bu.chou.wa.
i.ra.ssha.i.ma.su.de.sho.u.ka

- 日語中，第一次打電話給從未往來的公司時，會先
  說「お忙しいところ恐れ入ります」（百忙之中
  真的很不好意思），讓對方不會覺得唐突。
- 如何在電話中說明自己的身分：
  1. 公司名稱＋の＋姓名＋ですが
     熊本株式会社の陳ですが（我是熊本公司的陳）
  2. 部門名稱＋の＋姓名＋ですが
     営業課の陳ですが（我是業務部的陳）

❶ 貿易 [tred]　　　　　❷ 經理 [ˋmænɪdʒɚ]

❸ 在嗎？（職場上所使用的尊敬說法）

用 transfer：表示轉接

Would you please **transfer** me to the sales
[træns`fɝ]
department?
（可以幫我轉接業務部嗎？）

用 in charge of：說明負責職務

Is there a Mr. Lin who is **in charge of** the
[ɪn tʃɑrdʒ ɑv]
company's <u>purchasing</u>?
採購 [`pɝtʃesɪŋ]

（請問是否有一位負責公司採購的林先生？）

用 繋ぐ：表示轉接

<ruby>営<rt>えい</rt></ruby><ruby>業<rt>ぎょう</rt></ruby><ruby>部<rt>ぶ</rt></ruby>へお<ruby>電<rt>でん</rt></ruby><ruby>話<rt>わ</rt></ruby>を<u>繋<ruby><rt>つな</rt></ruby>いでいただけますか</u>。
可以請您幫我轉接嗎？

ei.gyou.bu.e.o.den.wa.wo.tsuna.i.de.i.ta.da.ke.ma.su.ka

（可以請您幫我轉接電話到業務部嗎？）

用 そちら（您那邊）：表示貴公司

<u>恐れ入ります</u>。そちらに<u>販売担当</u>の林さん
不好意思　　　　　　　　　　　　負責採購
は<u>いらっしゃいますでしょうか</u>。
在嗎？

oso.re.i.ri.ma.su. so.chi.ra.ni.han.bai.tan.tou.no.
rin.sa.n.wa.i.ra.ssha.i.ma.su.de.sho.u.ka

（不好意思，請問貴公司負責採購的林先生在嗎？）

接聽電話時，先說……

早安，您好。
這裡是熊本公司。

Good morning! Thank you for calling[1] Kumamoto company.

はい[2]。熊本株式会社[3]でございます[4]。

ha.i。kuma.moto.kabu.siki.gai.sha.de.go.za.i.ma.su

- 主題句的「はい」也可以換成「お電話ありがとうございます」（謝謝您的來電）。

- 如果電話響三聲以上才接起時，要先說「お待たせいたしました」（讓您久等了)來表示歉意。

❶ 感謝您來電 [θæŋk ju fɔr ˋkɔlɪŋ]
❷ 您好
❸ 股份有限公司
❹ 這裡是～（です的禮貌說法）

相關用法

用 how：詢問如何幫忙

- **How** can I <u>help</u> you?
  幫助 [hεlp]

（請問我可以幫您做什麼？）

- **How** may I help you?
（請問我可以幫您做什麼？）

用 what：詢問可以為對方做什麼

What can I do for you?
（請問我可以為您做什麼？）

用 May I～：詢問對方的名字

May I <u>have</u> your name, please.
　　　　[hæv]
（我可以請教您的大名嗎？）

用 ご用件：詢問您有什麼事情

ご<ruby>用件<rt>ようけん</rt></ruby>をお<ruby>伺<rt>うかが</rt></ruby>いいたします。
　事情　　　　　　請問您～

go.you.ken.wo.o.ukaga.i.i.ta.si.ma.su

（請問您有什麼事情？）

用 伺う：詢問對方的名字

<u><ruby>失礼<rt>しつれい</rt></ruby>ですが、お<ruby>名前<rt>なまえ</rt></ruby>を<ruby>伺<rt>うかが</rt></ruby>っても<ruby>宜<rt>よろ</rt></ruby>しいでし</u>
　不好意思　　　您的名字　　　　可以請教嗎？
<u>ようか。</u>

sitsu.rei.de.su.ga、 o.na.mae.wo.ukaga.tte.mo.yoro.
si.i.de.sho.u.ka

（不好意思，我可以請教您的大名嗎？）

通話結束掛斷電話前要說：

<ruby>失礼致<rt>しつれいいた</rt></ruby>します。（失禮了，再見。）

sitsu.rei.ita.si.ma.su

070

接到同事轉接過來的電話時⋯⋯

電話換人接聽了，
我是鈴木。

This is Suzuki.

お電話[1]代わりました[2]。鈴木でござ
います[3]。

o.den.wa.ka.wa.ri.ma.si.ta。 suzu.ki.de.go.za.i.
ma.su

接電話的人通常會說「～でございます」，除非知道
來電者是公司內部的人才會說「～です」。

❶ 電話（お是接頭語，表達說話者的敬意）
❷ 換人接聽了（辭書形：代わる）
❸ 我是～（です的禮貌說法）

相關用法

用 sorry for~：表示抱歉久等

Sorry for the <u>wait</u>, this is Suzuki.
[wet]

（抱歉讓您久等，我是鈴木。）

用 haven't seen you~：表示好久不見

Haven't seen you for <u>a long time</u>!

see 的過去分詞 [sin]　一段時間 [ə lɔŋ taɪm]

（好久不見！）

用 お待たせする：表示讓您久等

<u>お待たせいたしました</u>。鈴木でございます。

讓您久等了

o.ma.ta.se.i.ta.si.ma.si.ta。 suzu.ki.de.go.za.i.ma.su

（讓您久等了，我是鈴木。）

接到轉接過來的電話時，通常會先說「お待たせいたしました」（讓您久等了）表示禮貌。

用 ご無沙汰している：表示久未聯絡

ご無沙汰しております。

長時間疏於聯絡（～ております屬於謙讓說法）

go.bu.sa.ta.si.te.o.ri.ma.su

（很久沒和您聯絡了。）

〈接聽轉接電話〉的習慣：

● 接起轉接過來的電話時，日文一定會說「お電話代わりました」（電話換人接聽了），讓聽筒另一端的對方，知道電話已經轉接到另一個人手中。

● 不過英文沒有這樣的說法，還是直接說「我是～」就可以了。

電話響了三聲以上才接起時，要先說……

讓您久等了！

Thank you for waiting[1]!

お待たせいたしました[2]。

o.ma.ta.se.i.ta.si.ma.si.ta

- 除了用於電話場合之外，日文主題句也可以使用在一般約會時讓對方等候太久的情況。

- 日本職場規範電話要在鈴響兩聲之內接起，如果超過三聲就要說「お待たせいたしました」以示歉意。

❶ 等待 [`wetɪŋ]　　❷ 讓您久等了

相 關 用 法

用 thank you for~：表示感謝來電

Thank you for calling Kumamoto company.
　　　　　　　　來電 [`kɔlɪŋ]　　　　公司 [`kʌmpənɪ]

（感謝您來電熊本公司。）

用 this is：說明自己的身分

This is the <u>operator</u>.
　　　　　　總機 [`ɑpə‚retɚ]

（這裡是總機。）

用 はい：表示您好

はい。熊本株式会社<u>でございます</u>。
くまもとかぶしきがいしゃ
　　　　　　　　　　　這裡是～（です的禮貌說法）

ha.i。kuma.moto.kabu.siki.ga.i.sha.de.go.za.i.ma.
su

（您好！這裡是熊本公司。）

用 フロント：表示總機

はい。**フロント**でございます。
ha.i。fu.ro.n.to.de.go.za.i.ma.su

（您好！這裡是總機。）

〈您好，這裡是某某公司〉的電話用語：
（英）Hello, this is ＋公司名稱.
（日）はい。公司名稱＋でございます。
（例）Hello, this is kumamoto company.
　　　はい。熊本株式会社でございます。
　　　　　くまもとかぶしきがいしゃ
　　　（您好，這裡是熊本公司。）

〈您好，我是某某〉的電話用語：
（英）Hello, this is ＋自己的姓名.
（日）はい。自己的姓名＋でございます。
（例）Hello, this is David Wang.
　　　はい。王大衛でございます。
　　　　　おうだいい
　　　（您好，我是王大衛。）

不知道來電者是誰，詢問對方身分⋯⋯

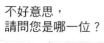

不好意思，
請問您是哪一位？

May I ask¹ who is calling², please?

失礼ですが³、お名前⁴を伺ってもよ
ろしいでしょうか⁵。

sitsu.rei.de.su.ga、o.na.mae.wo.ukaga.tte.mo.yo.
ro.si.i.de.sho.u.ka

- 主題句的「失礼ですが」（不好意思）也可以作為向對方提出要求前的緩衝用語。

- 如果所提的要求是需要對方許可的事情，則要先說「差し支えなければ」(如果不會造成困擾的話)，再說出自己的要求。

❶ 詢問 [æsk]
❷ 來電 [ˋkɔlɪŋ]
❸ 不好意思
❹ 您的名字
❺ 可以請教嗎？

相關用法

用 get（接通）：表示轉接

Who can I **get** for you?
（需要我為您轉接給哪一位？）

用 Can I get~：詢問對方的名字

Can I get your name, please?
（我可以請教您的大名嗎？）

用 again：請對方再說一次

I'm sorry, can I get your name **again**?
[əˋgɛn]
（不好意思，可以再請教一次您的大名嗎？）

用 担当の者：表示負責的人

担当（たんとう）の者（もの）にお繫（つな）ぎ致（いた）しましょうか。
需要我幫您轉接嗎？
tan.tou.no.mono.ni.o.tsuna.gi.ita.si.ma.sho.u.ka
（需要我幫您轉接負責的人嗎？）

用 もう一度：請對方再說一次

恐（おそ）れ入（い）ります。もう一度（いちど）お名前（なまえ）をお願（ねが）いでき
不好意思   您的名字   可以給我嗎？
ますでしょうか。
oso.re.i.ri.ma.su. mo.u.ichi.do.o.na.mae.wo.o.nega.
i.de.ki.ma.su.de.sho.u.ka

(不好意思，可以再請教一次您的大名嗎？)

補充〈商務場合的緩衝用語〉：
- 恐（おそ）れ入（い）りますが（真的很不好意思）
- よろしければ（可以的話）
- お手数（てすう）をおかけしますが（給您添麻煩了）

將電話轉接給同事前，先告知電話
那端的人……

> 請稍候，
> 我來幫您轉接。

Please hold while [1] I transfer [2] you.

つな いた
お繋ぎ致します [3] ので、少 々 [4] お待
ま
ちください [5]。

o.tsuna.gi.ita.si.ma.su.no.de、shou.shou.o.ma.
chi.ku.da.sa.i

轉接電話時，可以用「人名＋ですね」來確認對方要
找的人，例如：
たなか しょうしょう ま
田中ですね。少 々 お待ちください。
（您是說田中吧？請您稍候。）

❶ 稍候不要掛斷 [hold hwaɪl]
❷ 轉接 [træns`fɜ]
❸ 我幫您轉接
❹ 稍微
❺ 請等候

相關用法

172

用 look for：詢問對方要找的對象

Are you **looking for** Mr. Tanaka? Please hold.
[lʊkɪŋ fɔr]

（您要找田中先生嗎？請不要掛斷電話。）

用 another line：表示另一通電話

He is <u>on **another line**</u>.（他正在講另一通電話。）
講另一通電話 [ɑn əˋnʌðɚ laɪn]

用 step out：表示離開座位

He <u>just</u> **stepped out**, would you like him to call
正好 [stɛpt aut]

you back?

（他正好離開，要不要讓他回電給您？）

用 別の電話：表示另一通電話

たなか　　　　　いま　　べつ　でんわ　　で
田中はただ今、別の電話に<u>出ておりまして</u>。
現在　　　　　　　　　　　　目前正在接聽

ta.naka.wa.ta.da.ima、betsu.no.den.wa.ni.de.te.
o.ri.ma.si.te

（田中正在接另一通電話。）

用 席を外す：表示離開座位

いま せき　　はず
<u>ただ今 席を外しております</u>。のちほど
現在　　　目前正在離開座位　　　　　稍後

お　かえ　　でんわ
<u>折り返し 電話させましょうか</u>。
回覆　　　讓他給您打電話好嗎？

ta.da.ima.seki.wo.hazu.si.te.o.ri.ma.su。no.chi.
ho.do.o.ri.kae.si.den.wa.sa.se.ma.sho.u.ka

（他現在離開座位，稍後讓他給您回電好嗎？）

🔘 MP3 074

接到找經理的電話，轉給經理前先
說……

經理，有您的電話。

Sir, there's a call for you[1].

ぶ ちょう　　　　 でん わ
部長、お電話です[2]。

bu.chou、o.den.wa.de.su

❶ 找您的電話 [ə kɔl fɔr ju]
❷ 您的電話（お是接頭語，表達說話者的敬意）

相關用法

用 it's from~：表示來自～的電話

It's from <u>headquarters</u>.
　　　　　[frɑm]總公司 [ˈhɛdˋkwɔrtəˍz]

（是來自總公司的電話。）

用 on line~：表示在幾線電話上

Mr. Chen from Kumamoto company is **on line** 1.
　　　　　　　　　　　　　　　　　　　[ɑn laɪn]

（熊本公司的陳先生在 1 線電話上。）

用 calling：表示來電

It's Kumamoto company **calling** on line 1.

[ˋkɔlɪŋ]

（是熊本公司的來電，在1線電話上。）

用 ～から：表示來自～的電話

本社からお電話です。（是來自總公司的電話。）
來自總公司

hon.sha.ka.ra.o.den.wa.de.su

用 ～番に：說明在幾線電話上

1 番に熊本株式会社の陳さんからお電話で
在（電話線）1 線上　　　　　　　　來自

す。

ichi.ban.ni.kuma.moto.kabusiki.gai.sha.no.chin.

sa.n.ka.ra.o.den.wa.de.su

（1 線電話上是熊本公司的陳先生。）

用 ～会社の方：表示某某公司的人

熊本株式会社の方です。 1 番です。
熊本公司的人　　　　　　　在（電話線）1 線

kuma.moto.kabusiki.gai.sha.no.kata.de.su。ichi.

ban.de.su

（是熊本公司的人打來的，在1線電話上。）

補充〈主管職稱〉：

● 總裁：president、社 長

● 副總裁：vice president、副社 長

● 總經理：managing director、 常 務取締役

175

不方便講電話時，委婉告訴對方……

抱歉，
我現在不方便講電話。

I'm sorry, but I can't talk on the
phone[1] right now[2]. This isn't a good
time[3] to talk.

すみません[4]。今ちょっと[5]取り込み
中[6]でして…

su.mi.ma.sen。ima.cho.tto.to.ri.ko.mi.chuu.de.si.te

● 如果要表達「目前人在外面」，可以說：
すみません。今外にいまして…（目前人在外面…）

● 主題句的「～でして」和上方補充例句的「～まし
て」都是表示後面還有話未說完，用來連接後面可
能出現的句子的接續用法，用於較正式的場合。

❶ 講電話 [tɔk ɑn ðə fon]　　❹ 不好意思
❷ 現在 [raɪt nau]　　❺ 有點
❸ 洽當的時機 [gud taɪm]　　❻ 處於忙碌狀態

相關用法

用 in a meeting：說明在開會

I'm sorry, I'm **in a meeting** right now.
　　不好意思　　　[ɪn ə `mitɪŋ]　　　　　現在

（不好意思，我正在開會。）

用 on one's way out：表示外出

We are **on our way out**.（我們正好要外出。）
　　　　[ɑn `aur we aut]

用 call back：請對方再來電

Could you please **call back** in half an hour?
　　　　　　　　　　　　　　　　　半小時後

（可以請您半小時後再打過來嗎？）

用 会議中：表示開會中

すみません。ただ今 会議 中 でして…
　不好意思　　　　現在
su.mi.ma.se.n。ta.da.ima.kai.gi.chuu.de.si.te
（不好意思，我正在開會。）

用 出かける：表示外出

今から 出かけるところです。
　現在　　　　　正要外出
ima.ka.ra.de.ka.ke.ru.to.ko.ro.de.su
（我現在正要出去。）

用 またお電話：請對方再來電

３０分後にまたお電話頂けますでしょうか。
　　　　　　　　　可以請您再打電話嗎？
sanju.ppun.go.ni.ma.ta.o.den.wa.itada.ke.ma.su.de.
sho.u.ka
（可以請您 30 分鐘後再來電嗎？）

打電話給對方，對方表示現在不方
便講電話⋯⋯

不好意思，
我稍後再打電話。

I'm sorry, I'll call again¹ later².

それでは³後ほど⁴、こちらから⁵改
めます⁶。

so.re.de.wa.nochi.ho.do、ko.chi.ra.ka.ra.arata.
me.ma.su

❶ 再次 [əˋgɛn]
❷ 稍後 [ˋletɚ]
❸ 那麼
❹ 稍後
❺ 由我這邊
❻ 重新（辭書形：改める）

相關用法

用 call back：請對方回電

Could you please **call back** <u>at your best convenience</u>?
在最方便的時候 [æt juɚ bɛst kənˋvinjəns]

（可以請您在最方便的時候回電給我嗎？）

用 in＋時間：表示多久之後再打電話過去

I'll call back **in 10 minutes**.
10分鐘後

（我10分鐘後再打過去。）

用 convenient time：詢問來電的適當時機

When will be a **convenient time** to call?
適當時機 [kən`vinjənt taɪm]

（我什麼時候打電話比較適合？）

用 掛け直す：表示會再打電話過去

かしこまりました。また 掛け直させていただ
我了解了　　　　　　　再次　　　讓我重打過去

きます。
ka.si.ko.ma.ri.ma.si.ta。 ma.ta.ka.ke.nao.sa.se.te.i.
ta.da.ki.ma.su

（我了解了，我會再打電話過去。）

用 お手すきの時：表示您有空的時候

すみませんが、お手すきの時に、お電話 頂
不好意思　　　　　　　　　　　　可以請您打電話嗎？

けますでしょうか。
su.mi.ma.se.n.ga、 o.te.su.ki.no.toki.ni、 o.den.wa.
itada.ke.ma.su.de.sho.u.ka

（不好意思，可以請您有空時回電嗎？）

用 時間＋後：表示多久之後再打電話過去

10分後にまた掛け直します。
再打電話過去
ju.ppun.go.ni.ma.ta.ka.ke.nao.si.ma.su

（我10分鐘後再打過去。）

電話收訊不良，跟對方說……

電話收訊不良，
可以請您再打一次嗎？

The reception[1] is a little[2] low[3], would you please try[4] calling again[5]?

お電話が遠い[6]ようですが、（もう一度[7]掛けて頂けますでしょうか[8]。）

o.den.wa.ga.too.i.yo.u.de.su.ga、（mo.u.ichi.do.ka.ke.te.itada.ke.ma.su.de.sho.u.ka）

❶ 收訊 [rɪˈsɛpʃən]
❷ 一點點 [ə ˈlɪtl]
❸ 微弱 [lo]
❹ 嘗試 [traɪ]
❺ 再次 [əˈgɛn]
❻ 聽不清楚
❼ 再一次
❽ 可以請您撥打嗎？

・・・・・ 相 關 用 法 ・・・・・

用 hear：詢問有沒有聽到

Can you **hear** my voice?
聲音 [vɔɪs]

（請問你聽得到我的聲音嗎？）

用 well（清楚）：說明收訊情況

- I can't hear you very **well**.

  [wɛl]

（我聽不太清楚。）

- Can you hear me **well**?

（請問你聽得清楚嗎？）

用 louder：請對方大聲一點

Could you speak **louder**?

更大聲 [laudɚ]

（可以請你說大聲一點嗎？）

用 お願いします：表示請求

お電話が遠いようですが、もう一度お願いし

電話聽不清楚　　　　　　　　　　再一次

ます。

o.den.wa.ga.too.i.yo.u.de.su.ga、mo.u.ichi.do.o.

nega.i.si.ma.su

（電話有點聽不清楚，請您再說一次。）

用 こちらから：表示由我這邊打過去

こちらからお掛け直しいたしましょうか。

要不要我再電話過去？

ko.chi.ra.ka.ra.o.ka.ke.nao.si.i.ta.si.ma.sho.u.ka

（要不要由我這邊再打過去？）

用 もしもし？：讓對方知道聽不清楚

もしもし？（喂喂？（請問聽得到嗎？））

mo.si.mo.si

電話中告知對方同事的行程……

16:30

Mr. Lin won't be back ¹until around 4:30.

りん　　　　　いま　せき　　　はず
林はただ今²席を外しております³。
よ　じ　はん　　　　　もど　　　　　　おも
4時半ごろ⁴戻るかと思いますが⁵。

rin.wa.ta.da.ima.seki.wo.hazu.si.te.o.ri.ma.su。
yo.ji.han.go.ro.modo.ru.ka.to.omo.i.ma.su.ga

對外人提到自己同事時，不用加「さん」。

❶ 直到～才 [ən`tɪl] 　❹ 左右
❷ 現在 　　　　　　　❺ 我想他應該會回來
❸ 目前正離開座位（屬於謙讓說法）

相 關 用 法

用 business trip：表示出差

Ms. Wang is on a **business trip** <u>till</u> next Monday.
　　　　　　　[`bɪznɪs trɪp]　　　直到～為止 [tɪl]

（王小姐出差中，下周一才會回來。）

用 someone else：表示其他人

He / She <u>is not here</u>. Would you like to speak to
　　　　　不在
someone else in the <u>department</u>?
[ˋsʌmˏwʌn ɛls]　　　　　部門

（您要找的人不在，您要找部門中的其他人嗎？）

用 出張中：表示出差中

王はただ今 出 張 中 でございます。
おう　　　　いましゅっちょうちゅう

<u>来 週 月曜日でしたら</u> <u>おります</u>が。
らいしゅうげつよう び
　　　　下周一的話　　　　在（表示人的存在）

ou.wa.ta.da.ima.shu.cchou.chuu.de.go.za.i.ma.
su。rai.shuu.getsu.you.bi.de.si.ta.ra.o.ri.ma.su.ga

（王小姐現在出差中，下周一會回來上班。）

用 他の担当の者：表示其他負責人

（人名）はただ今<u>席を外して</u>おりますが、
　　　　　　いま せき はず
　　　　　　　目前正離開座位

他の担当の者に<u>お繋ぎ致しましょうか</u>。
ほか たんとう もの　　　つな いた
　　　　　　　　我幫您轉接好嗎？

wa.ta.da.ima.seki.wo.hazu.si.te.o.ri.ma.su.ga、
hoka.no.tan.tou.no.mono.ni.o.tsuna.gi.ita.si.ma.
sho.u.ka

（（您要找的人）現在離開座位，我幫您轉接
其他負責人好嗎？）

MP3 079

要找的人不在，請對方打手機……

林先生麻煩您撥打他的手機，
號碼是：

Mr. Lin asked[1] you to please return
his call[2]. His number[3] is ....

恐れ入りますが[4]、林の携帯電話のほ
うに[5]お掛け頂いても宜しいでしょ
うか[6]。電話番号[7]は：

oso.re.i.ri.ma.su.ga、rin.no.kei.tai.den.wa.no.
ho.u.ni.o.ka.ke.i.tada.i.te.mo.yoro.si.i.de.sho.
u.ka。den.wa.ban.gou.wa

「恐れ入りますが」是給客戶添麻煩時，向對方表達
「不好意思」的緩衝用語。

❶ 請求 [æskt]   ❹ 不好意思
❷ 回他電話   ❺ 打去手機
　 [rɪ`tɜn hɪz kɔl]   ❻ 可以請您撥打嗎？
❸ 號碼 [`nʌmbɚ]   ❼ 電話號碼

相關用法

用 get to the phone：表示接聽電話

He can't **get to the phone** right now, can I
            [gɛt tu ðə fon]
take a message?
收到留言 [tek ə `mɛsɪdʒ]

（他現在無法接聽電話，您要留言嗎？）

用 leave a message：表示留言

Would you like to **leave a message**?
                  [liv ə `mɛsɪdʒ]

（您要留言嗎？）

用 away from：表示離開座位

He's currently **away from** his seat.
   現在 [`kɝəntlɪ]   座位 [sit]

（他現在不在座位上。）

用 伝える：表示轉告

(人名)はただ今席を外しておりますが、
         いませき はず
              目前正離開座位
掛け直すよう お伝えいたしましょうか。
か なお   つた
要再打電話   需要我幫您轉告嗎？
wa.ta.da.ima.seki.wo.hazu.si.te.o.ri.ma.su.ga、
ka.ke.na.o.su.yo.u.o.tsuta.e.i.ta.si.ma.sho.u.ka
（（您要找的人）現在離開座位，需要我幫您
轉告他要給您回電嗎？）

用 伝言：表示轉達留言

よろしければ、伝言 承 ります。
              でんごんうけたまわ
可以的話   我幫您轉達留言
yo.ro.si.ke.re.ba、den.gon.uketamawa.ri.ma.su
（可以的話，我幫您轉達留言。）

對方要找的同事已經下班，回應對方……

> 他下班了。

He already[1] left[2].

本日[3]は失礼させていただきました[4]。

hon.jitsu.wa.sitsu.rei.sa.se.te.i.ta.da.ki.ma.si.ta

在日本職場中，通常不會直接說「帰りました」（回去了），而是用主題句的「失礼させていただきました」表示對方要找的同事「已經下班了」。

❶ 已經 [ɔl`rɛdɪ]
❷ 離開了 [lɛft]
❸ 今天
❹ 已經先下班了

用 call back：請對方再打電話過來

Would you <u>mind</u> **calling back** tomorrow?
　　　　　介意 [maɪnd] [`kɔlɪŋ bæk]

（可以請您明天再打電話過來嗎？）

用 take a message：表示收到留言

Can I take a message?
[tek ə ˋmesɪdʒ]

（我可以收到留言嗎？＝您要留話嗎？）

用 emergency：詢問是否為急事

Is this an emergency?
[ɪˋmɜdʒənsɪ]

（請問您有急事嗎？）

用 おる：表示人的存在

<ruby>明日<rt>あ す</rt></ruby>でしたらおりますが。
明天的話

asu.de.si.ta.ra.o.ri.ma.su.ga

（他明天會在。（您方便明天再打嗎？））

用 承ります：表示我幫您處理

よろしければ、<ruby>伝言<rt></rt></ruby> <ruby>承<rt>でんごんうけたまわ</rt></ruby> ります。
可以的話　　　　轉達留言

yo.ro.si.ke.re.ba、 den.gon.uketamawa.ri.ma.su

（可以的話，我幫您轉達留言。）

詢問對方是否有急事：

<ruby>お急ぎ<rt>いそ</rt></ruby>でしょうか。

o.iso.gi.de.sho.u.ka

（請問您很急嗎？）

啊！對方要找的人離職了……

周小姐已經離職了。

Ms. Zhou has resigned[1].

周は離職いたしました[2]が。

shuu.wa.ri.shoku.i.ta.si.ma.si.ta.ga

❶ 離職 [rɪˋzaɪnd]
❷ 離職了（職場上所使用的謙讓說法）

相 關 用 法

用 retire：表示退休

She retired last month.
　　[rɪˋtaɪrd]

（她上個月退休了。）

用 parental leave：表示育嬰假

She's on parental leave.
　　[pəˋrɛnt! liv]

（她現在請育嬰假。）

用 get hold of：表示聯絡某人

Would you like me to try to **get hold of** her?
（請問需要我幫您聯絡她嗎？）

用 退職する：表示退休

先月<u>退職</u>いたしましたが。
退休了（職場上所使用的謙讓說法）

sen.getsu.tai.shoku.i.ta.si.ma.si.ta.ga.

（上個月退休了。）

用 お伝えする：表示幫您傳達

<u>周</u>のほうにお電話のあった<u>旨</u>だけ
周小姐那邊　　　　　　　剛剛說的內容

<u>お伝えしておきましょうか。</u>
要不要我來傳達？

shuu.no.ho.u.ni.o.den.wa.no.a.tta.mune.da.ke.

o.tsuta.e.si.te.o.ki.ma.sho.u.ka.

（請問需要我幫您傳話給周小姐嗎？）

用 あいにく：表示不湊巧

あいにく本日林は<u>お休みを頂いておりまして</u>、
請假

○○日／日には<u>戻る予定</u>となっております。
預計回來

a.i.ni.ku.hon.jitsu.rin.wa.o.yasu.mi.wo.itada.i.te.

o.ri.ma.si.te、○○ka／nichi.ni.wa.modo.ru.yo.tei.

to.na.tte.o.ri.ma.su

（很不巧，今天林小姐請假，她預計○○號回來。）

🔴 MP3 082

有人打電話找同事,保險起見請對方留電話號碼……

可以給我您的聯絡方式嗎?

0912-345-678
台北市忠孝東路

Would you like to leave a message[1] and number[2] to call back to?

念のため[3]、ご連絡先[4]の電話番号[5]を頂戴できますでしょうか[6]。

nen.no.ta.me、 go.ren.raku.saki.no.den.wa.ban.gou.wo.chou.dai.de.ki.ma.su.de.sho.u.ka

- 幫同事接聽電話時,可以使用主題句的「念のため」(保險起見),以防同事不知道對方的電話號碼無法回電。

- 「連絡先」可以表示公司或家裡的聯絡方式,包含地址或電話;主題句的「ご」是接頭語,表達說話者的敬意。

❶ 留言 [livə ə `mɛsɪdʒ]
❷ 電話號碼 [`nʌmbɚ]
❸ 保險起見
❹ 聯絡方式

❺ 電話號碼
❻ 可以得到嗎？

用 cell phone number：表示手機號碼

Do you <u>mind</u> <u>leaving</u> your **cell phone number**?
介意　　留下['livɪŋ]　　[sɛl fon `nʌmbɚ]

（您介意留下手機號碼嗎？）

用 携帯電話番号：表示手機號碼

<u>お差し支えなければ</u>、**携帯電話番号**を
　　如果不會造成困擾的話

<u>お願いしてもいいですか</u>。
　　　　　可以請您給我嗎？

o.sa.si.tsuka.e.na.ke.re.ba、kei.tai.den.wa.ban.gou.
wo.o.nega.i.si.te.mo.i.i.de.su.ka

（如果不會造成困擾，可以給我您的手機號碼
嗎？）

商務場合中，「請對方留下電話號碼」可以使用以
下三種說法：

● ～電話番号＋を＋頂戴できますでしょうか。
● ～電話番号＋を＋お願いしてもいいですか。
● ～電話番号＋を＋お願いできますか。

所以，主題句也可以這樣說：
念のため、ご連絡先の電話番号をお願いでき
ますか。

191

客戶來電詢問事情，無法立即回應
對方……

我這邊無法判斷，
我讓負責人在 8 點
前回電給您。

I won't be able to¹ answer² you on
that. I'll let the person in charge³ get
back⁴ to you by eight.

私では判断がつきかねます⁵ので、
担当者⁶より8時までに⁷ご連絡を差
し上げます⁸。

watakusi.de.wa.han.dan.ga.tsu.ki.ka.ne.ma.su.no.
de、 tan.tou.sha.yo.ri.hachi.ji.ma.de.ni.go.ren.
raku.wo.sa.si.a.ge.ma.su

無法回覆對方時，不要立即說出「分かりません」
（我不知道），而是要使用「判断がつきかねま
す」（無法判斷）這種比較委婉的說法。

❶ 能夠 [bi ˋebḷ tu]　　❺ 無法判斷
❷ 回答 [ˋænsɚ]　　　　❻ 負責人
❸ 負責 [ɪn tʃɑrdʒ]　　❼ 8 點前
❹ 回覆 [gɛt bæk]　　　❽ 和您聯絡

相關用法

用 hold：請對方稍候不要掛斷

Please **hold** for a moment, I'll be right back.
    [hold]   馬上回來

（請稍候不要掛斷，我（查詢後）馬上回來
（告訴你）。）

用 call back：表示回電

I shall **call** you **back** in five minutes.
   [ʃæl]   5分鐘後

（我會在5分鐘後回電話給您。）

用 ただ今（馬上）：表示馬上調查

ただ今お調べいたしますので、少々
  いま　しら　　　　　　　　　　　　　　　　　しょうしょう
  我來調查　　　　　　　　　　　　　　　　　稍微

お待ち頂けますでしょうか。
 ま　いただ
 可以請您等候嗎

ta.da.ima.o.sira.be.i.ta.si.ma.su.no.de、shou.shou.
o.ma.chi.itada.ke.ma.su.de.sho.u.ka

（我馬上來調查，所以可以請您稍候嗎？）

用 こちらから：表示由我這邊回電

5分後にこちらからお電話を差し上げます。
ご ふん ご　　　　　　　　　　　　でんわ　さ　あ
                    給您打電話

go.fun.go.ni.ko.chi.ra.ka.ra.o.den.wa.wo.sa.si.a.ge.
ma.su

（我會在5分鐘後打電話給您。）

補充〈指示代名詞〉：
● こちら（こっち（這邊、這裡）的禮貌說法）
● そちら（そっち（那邊、那裡）的禮貌說法）
● あちら（あっち（那邊、那裡）的禮貌說法）

084

🔊 MP3 084

有人打電話找山田先生，公司裡有
兩位山田先生……

本公司有兩位山田先生，
不知道您要找哪一位？

There are two Mr. Yamadas here, to whom[1] do you wish[2] to speak to[3]?

山田は社内[4]に二人おります[5]が、どちら[6]をお探しでしょうか[7]。

yama.da.wa.sha.nai.ni.futari.o.ri.ma.su.ga、
do.chi.ra.wo.o.saga.si.de.sho.u.ka

- 也可以告訴對方公司兩位同姓同事的名字，確認對方要找的是誰：

  （英）There are Yamada Ichiro and Yamada Jiro, to which do you wish to speak to?
  （有山田一郎和山田次郎，請問您要找哪一位？）

  （日）山田一郎、山田次郎がおりますが、どちらをお探しでしょうか。
  （有山田一郎和山田次郎，請問您要找哪一位？）

- 更簡單的英文說法是：
  Which Yamada are you referring to?
  （您要找哪一位山田？）

194

❶ 哪一位 [hum]
❷ 希望 [wɪʃ]
❸ 跟～說話 [spik tu]
❹ 公司裡
❺ 有（職場上所使用的謙讓說法）
❻ 哪一位
❼ 您要找～？

相 關 用 法

用 from~：表示隸屬某部門的某人

Is it Mr. Yamada **from** the <u>sales department</u> that
業務部
you are looking for?
（您要找的是業務部的山田先生吧？）

用 ～の＋人名：說明是哪一位

<ruby>営<rt>えい</rt></ruby> <ruby>業<rt>ぎょう</rt></ruby> <ruby>部<rt>ぶ</rt></ruby> / <ruby>男性<rt>だんせい</rt></ruby> / <ruby>女性<rt>じょせい</rt></ruby>の<ruby>山田<rt>やまだ</rt></ruby>でよろしいでし
～好嗎？
ょうか。
ei.gyou.bu / dan.sei. / jo.sei.no.yama.da.de.yo.ro.
si.i.de.sho.u.ka

（幫您接業務部 / 男 / 女 的山田好嗎？）

用 ～ですね（～對吧？）：表示再確認

<ruby>営<rt>えい</rt></ruby> <ruby>業<rt>ぎょう</rt></ruby> <ruby>一課<rt>いっか</rt></ruby>の<ruby>山田<rt>やまだ</rt></ruby>ですね。
業務部一課
ei.gyou.i.kka.no.yama.da.de.su.ne

（您要找的是業務部一課的山田先生吧？）

需要和對方提出確認時，前面通常會加上「<ruby>恐<rt>おそ</rt></ruby>れ<ruby>入<rt>い</rt></ruby>
りますが」（不好意思），讓語氣感覺比較有禮貌。

085

需要傳送檔案給對方確認……

可以給我您的電子郵件信箱嗎？

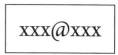

xxx@xxx

Can I have your e-mail[1]?

メールアドレス[2]を教えていただけませんか[3]。

mee.ru.a.do.re.su.wo.osi.e.te.i.ta.da.ke.ma.se.n.ka

跟對方索取電子郵件信箱時，可以先陳述理由，再接續主題句，例如：

写真 / ファイルを添付して送りますので、メールアドレスを教えていただけませんか。

（我要寄送照片 / 資料給您，可以給您的電子郵件信箱嗎？）

❶ 電子郵件信箱 [`imel]
❷ 電子郵件信箱
❸ 可以請您告訴我嗎？

相 關 用 法

告訴對方自己的信箱：

My e-mail is ....
（我的電子郵件信箱如下：）

直接給對方名片：

● Here's my business card.
　　　　　　名片 [ˈbɪznɪs kard]

（這是我的名片。）

● My e-mail is on my business card.
（我的名片上有我的電子郵件信箱。）

告訴對方自己的信箱：

<u>私</u>のメールアドレスは…
　　　　　　電子郵件信箱

watasi.no.mee.ru.a.do.re.su.wa

（我的電子郵件信箱如下：）

直接給對方名片：

● これです。<u>どうぞ。</u>
　　　　　　請收下

ko.re.de.su。do.u.zo

（這是我的名片，請收下。）

● <u>名刺の裏</u>にあるのが 私 のメールアドレス
　名片背面

です。

mei.si.no.ura.ni.a.ru.no.ga.watasi.no.mee.ru.a.do.
re.su.de.su

（我的名片背面有我的電子郵件信箱。）

電話討論之後，想請對方傳送資料……

可以寄一份資料給我嗎？

Could you send[1] the documents[2] over?

すみませんが[3]、資料を一部[4]送ってもらえませんか[5]。

su.mi.ma.se.n.ga、si.ryou.wo.ichi.bu.oku.tte.mo.ra.e.ma.se.n.ka

❶ 寄 [send]
❷ 文件 [`dakjəmənts]
❸ 不好意思
❹ 一份
❺ 可以請您寄給我嗎？

相關用法

請對方寄送樣品：

Can you send the <u>sample</u> over?
樣品 [`sæmpl]

（可以寄一個樣品給我嗎？）

用 by e-mail：表示用電子郵件寄送

Please send it **by e-mail**.

（可以請你 e-mail 檔案給我嗎？）

用 deliver：表示快遞、寄送、運送

Shall I have it **delivered** to you?
[dɪˈlɪvərəd]

（我請快遞送去您那裡好嗎？）

請對方寄送樣品：

すみませんが、サンプルを１つ送ってもらえ
ませんか。　　　様品

su.mi.ma.se.n.ga、sa.n.pu.ru.wo.hito.tsu.oku.tte.
mo.ra.e.ma.se.n.ka

（不好意思，可以請您寄一個樣品給我嗎？）

用 添付する：表示附加上檔案

Ｅメールに添付して送ってくださいませんか。
イー　　　　　てんぷ　　　おく　　　　　　可以請您寄送嗎？

ii.mee.ru.ni.ten.pu.si.te.oku.tte.ku.da.sa.i.ma.
se.n.ka

（可以請您附加在電子郵件中寄給我嗎？）

用 宅急便：表示快遞

そちらへ宅急便に取りに行かせてもいいですか。
您那裡　　たっきゅうびん　と　　い　可以讓～去取件嗎？

so.chi.ra.e.ta.kkyuu.bin.ni.to.ri.ni.i.ka.se.te.mo.i.i.
de.su.ka

（我請快遞去您那裡取件好嗎？）

郵寄文件給廠商，想確認對方是否收到……

請問有沒有收到文件？

Have you received[1] **the** docaument[2]?

資料[3]のほう、届きましたでしょうか[4]。

si.ryou.no.ho.u、todo.ki.ma.si.ta.de.sho.u.ka

主題句的「届きましたでしょうか」也可以換成「お受け取り 頂 けましたでしょうか」（您收到了嗎？），這是更有禮貌的說法。

❶ 收到 [rɪˋsivd]　　❸ 資料
❷ 文件 [ˋdɑkjəmənt]　❹ 您收到了嗎？

用 ago：表示多久之前

It was <u>sent out</u> **three days ago**.
寄出 [sɛnt aut]　　　[əˋgo]

（我是在 3 天前寄的。）

用 on + 日期：說明在哪一天寄出

It was sent out **on** May 5th.
（我是在 5 月 5 日寄的。）

用 another one：表示另一份

Should I send **another one** over?
[əˋnʌðə wʌn]
（需要我再寄一份嗎？）

用 lost：表示遺失

It <u>might</u> have been **lost**. I will send you another one.
可能 [maɪt]　　　不見 [lɔst]
（可能寄丟了，我再寄一份過去。）

用 ～日前：表示～天前

<ruby>3<rt>みっ</rt></ruby><ruby>日<rt>か</rt></ruby><ruby>前<rt>まえ</rt></ruby>に<u>お<ruby>送<rt>おく</rt></ruby>りしました</u>。
3天前　　　　　　寄出
mi.kka.mae.ni.o.oku.ri.si.ma.si.ta
（我是在 3 天前寄的。）

用 ～月～日：說明在哪一天寄出

<ruby>5月5日<rt>ごがついつか</rt></ruby>に<ruby>お送<rt>おく</rt></ruby>りしました。
go.gatsu.itsu.ka.ni.o.oku.ri.si.ma.si.ta
（我是在 5 月 5 日寄的。）

用 もう一度：表示再次

もう<ruby>一度<rt>いちど</rt></ruby><u>お<ruby>送<rt>おく</rt></ruby>りしましょうか</u>。
要不要寄？
mo.u.ichi.do.o.oku.ri.si.ma.sho.u.ka
（需要我再寄一次嗎？）

宣布會議將以視訊方式進行……

下周三要舉辦視訊會議。

There's a conference call¹ next
Wednesday.

らいしゅう すいようび かいぎ
来週²水曜日³にビデオ会議⁴をします⁵。

rai.shuu.sui.you.bi.ni.bi.de.o.kai.gi.wo.si.ma.su

「視訊會議」的其他說法還有：
● ビデオミーティング（video meeting）
● スカイプミーティング（Skype meeting）

❶ 視訊會議　　　　❸ 星期三
　[`kɑnfərəns kɔl]　❹ 視訊會議
❷ 下周　　　　　　❺ 舉行（辭書形：する）

相 關 用 法

用 connection：表示網路連線

● Is there an <u>internet</u> **connection**?（有網路嗎？）
　　　　　　網路　[kə`nɛkʃən]

● Is there a <u>wifi</u> **connection**?（有無線網路嗎？）
　　　　　　無線網路

用 see / hear：表示看到 / 聽到

- Can they **see** and **hear** us?
（對方可以看得到、聽得到我們嗎？）

- Can they **see** / **hear** us well?
（對方可以清楚看到 / 聽見我們嗎？）

用 ネット接続：表示網路連線

ネット接続に問題がないか確認しないといけない。
せつぞく　　もんだい　　　　　かくにん
　　　　　　有沒有問題　　　　　必須確認

ne.tto.setsu.zoku.ni.mon.dai.ga.na.i.ka.kaku.nin.
si.na.i.to.i.ke.na.i

（必須確認網路連線有沒有問題。）

用 見える：表示看得到

こちらが見えますか？（可以看得到我們嗎？）
　　　　　　み
我們這邊　　看得到嗎？

ko.chi.ra.ga.mi.e.ma.su.ka

用 聞こえる：表示聽得到

聞こえますか？（聽得到嗎？）
き

ki.ko.e.ma.su.ka

用 いい：表示可以

今 いいですか？
いま
現在　可以嗎？

ima.i.i.de.su.ka

（現在這樣可以嗎？）

要開會前，提醒大家準備要用的東西⋯⋯

請記得將筆記型電腦帶到會議上來。

Please bring¹ in your laptop² for the conference³.

会議には自分⁴の（ノート）パソコン⁵を忘れずに⁶持ってきてください⁷。

かい ぎ / じ ぶん / わす / も

kai.gi.ni.wa.ji.bun.no(noo.to)pa.so.ko.n.wo.wasu.re.zu.ni.mo.tte.ki.te.ku.da.sa.i

❶ 攜帶 [brɪŋ]
❷ 筆記型電腦 [`læptɑp]
❸ 會議 [`kɑnfərəns]
❹ 自己
❺ 筆記型電腦
❻ 不要忘記
❼ 請帶過來

相 關 用 法

用 please have~ ready for：提醒大家準備好

Please have <u>everything</u> **ready for** the meeting.
所有東西 [ˈɛvrɪθɪŋ]

（請準備好這次會議要用的資料。）

用 prepare：表示準備

The manager will **prepare** the <u>performance</u> report.
[prɪˈpɛr]　　業績 [pəˈfɔrməns]

（經理會準備業績報告書。）

用 持ってくる～：表示帶過來

<u>皆</u>さん、<u>会議</u>に<u>使う</u>資料を<u>持ってくる</u>ように。
各位　　　　使用　　　　　　要記得帶過來

mina.sa.n、kai.gi.ni.tsuka.u.si.ryou.wo.mo.tte.ku.
ru.yo.u.ni

（請各位要攜帶會議要使用的資料。）

「～を持ってくるように（お願いします）」是
提醒別人要記得帶東西過來的另一種說法。

用 用意する：表示準備

<u>部長</u>が<u>業務実績報告書</u>を<u>用意して</u>くれます。
業績報告書　　　　　　　　為我們準備

bu.chou.ga.gyou.mu.ji.sseki.hou.koku.sho.wo.you.
i.si.te.ku.re.ma.su

（經理會準備業績報告書。）

補充〈會議簡報圖表〉：

● 圓餅圖：pie chart、円グラフ

● 長餅圖：bar chart、棒グラフ

● 曲線圖：line chart、折れ線グラフ

090

🔘 MP3 090

臨時要開部門會議，要安排會議室……

目前有人在使用
會議室嗎？

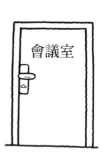

會議室

Is someone using¹ **the** conference
room² right now³?

いま⁴ かい ぎ しつ つか
今⁴会議室使っていますか⁵。

ima.kai.gi.sitsu.tuka.tte.i.ma.su.ka.

❶ 使用 [juzɪŋ]
❷ 會議室 [ˋkɑnfərəns rum]
❸ 現在 [raɪt naʊ]
❹ 現在
❺ 使用中嗎？

相關用法

用 reservation（名詞）：表示預約

Can I <u>make a **reservation**</u> for using the conference
　　　預約 [mek ə ˌrɛzəˋveʃən]
room?

（現在可以預約使用會議室嗎？）

用 reserve（動詞）：表示預約

I would like to **reserve** it on January 14th at 10<u>am</u>.

[rɪˋzɝv]　　　　　　　　　　　　　　　上午

（我想要預約 1 月 14 號上午 10 點使用會議室。）

　am 和 pm 的區別：

● 「am」是 Ante Meridiem 的縮寫，指中午之前。

● 「pm」是 Post Meridiem 的縮寫，指中午之後。

会議室を使いたいんですが

要預約使用會議室通常會用「会議室を使い
たいんですが」（我想要使用會議室）這種說
法，例如：

● 今会議室を使いたいんですが、

開いていますか
　目前有開放嗎？

ima.kai.gi.sitsu.wo.tsuka.i.ta.i.n.de.su.ga、
a.i.te.i.ma.su.ka

（我現在想要預約使用會議室，目前有開放嗎？）

● 1 月 1 4 日の午前 10 時に会議室を使い
　　　　　　　上午

　たいんですが。

ichi.gatsu.juu.yo.kka.no.go.zen.juu.ji.ni.kai.gi.sitsu.
wo.tsuka.i.ta.i.n.de.su.ga

（我想要預約 1 月 14 號上午 10 點使用會議室。）

　〈預約某時段使用會議室〉的慣用說法：

○月○日の午前 / 午後○時＋に＋会議室を使
いたいんですが。
（我想要預約○月○號上午 / 下午○點使用會議室。）

臨時要開會，宣布幾點開始……

預計 10 點要開會。

The meeting¹ will be at 10.

（会議は）１０時から²の予定³です
よ⁴。

(kai.gi.wa)juu.ji.ka.ra.no.yo.tei.de.su.yo

❶ 會議 [`mitɪŋ]
❷ 從～開始
❸ 預計
❹ 有提醒的意思時，語尾加上「よ」比較自然。

用 have a meeting：表示開會

<u>Shall</u> we **have a meeting**?
要不要 [ʃæl]

（我們需不需要開一場會呢？）

用 when：詢問會議時間

When is the meeting?
（請問什麼時候要開會？）

用 how many people：詢問參加會議的人數

How many people will be underline{attending} the meeting?
多少人　　　　　　　　參加 [əˋtɛndɪŋ]

（有幾個人要參加會議？）

用 開く：表示召開

会議を<u>開いた</u>ほうがいいですかね。
　　　　　　是不是召開～比較好呢？

kai.gi.wo.hira.i.ta.ho.u.ga.i.i.de.su.ka.ne

（我們需不需要開一場會呢？）

用 何時から：詢問會議幾點開始

<u>あのう</u>。会議は**何時から**ですか。
請問一下

a.no.u。kai.gi.wa.nan.ji.ka.ra.de.su.ka

（請問會議幾點開始？）

用 何人（多少人）：詢問參加會議的人數

会議には**何人**の<u>参加</u> <u>予定</u>ですか。
　　　　　　　参加　預計

kai.gi.ni.wa.nan.nin.no.san.ka.yo.tei.de.su.ka

（有幾個人要參加會議？）

補充〈會議參加者〉：

● 主席：chair、議長

● 與會者：participant、出席者

會議將開始，先來段開場白……

謝謝大家來參加這次的會議。

Thank you all for being here[1] today.

本日[2]はご参加いただき[3]ありがとう
ございます[4]。

hon.jitsu.wa.go.san.ka.i.ta.da.ki.a.ri.ga.to.u.go.
za.i.ma.su

● 如果要感謝對方「出席」，可以使用「お集まり」
（承蒙出席），例如：
本日はお集まりいただきありがとうございます。
（謝謝您今天的出席。）

❶ 出現在這裡 [`biɪŋ hɪr]　　　❸ 承蒙參加
❷ 今天　　　　　　　　　　　❹ 謝謝

用 take time：表示抽空

Thank you for **taking** the **time** to be here today.
　　　　　　[`tekɪŋ]　　　[taɪm]

（謝謝您今天抽空前來。）

用 come all this way：表示遠道而來

Thank you for **coming all this way** for the
[ˈkʌmɪŋ ɔl ðɪs we]
meeting.
（感謝您遠道而來參加會議。）

用 お忙しいところ：表示百忙之中

お忙しいところ、ありがとうございます。
o.isoga.si.i.to.ko.ro、 a.ri.ga.to.u.go.za.i.ma.su
（謝謝您百忙之中前來參加。）

用 遠いところから：表示遠道而來

本日はわざわざ遠いところからありがとうご
特地　　　　　從遙遠的地方
ざいました。
hon.jitsu.wa.wa.za.wa.za.too.i.to.ko.ro.ka.ra.a.ri.
ga.to.u.go.za.i.ma.si.ta
（感謝您今天特地遠道而來。）

用 足労：表示勞駕

本日はご足労いただきありがとうございまし
勞駕您前來
た。
hon.jitsu.wa.go.soku.rou.i.ta.da.ki.a.ri.ga.to.u.go.
za.i.ma.si.ta
（今天勞駕您前來真是感謝。）

日文中，要感謝對方前來，習慣用「ありがとうご
ざいました」，如果是感謝對方願意參加，習慣用
「ありがとうございます」。

宣布即將要舉行的會議主題……

這次會議的主題是…

會議主題

This meeting is about¹ ....

今回²の会議のテーマ³は…

kon.kai.no.kai.gi.no.tee.ma.wa

❶ 關於 [ə`baut]
❷ 這次
❸ 主題

相 關 用 法

用 content：表示會議內容

Please <u>prepare</u> the **content** for this meeting /
準備 [prɪ`pɛr] [`kɑntɛnt]

<u>conference</u>.
研討會 [`kɑnfərəns]

（請準備這次的會議內容。）

用 document：表示會議資料

All the <u>necessary</u> **documents** have been prepared
必需的 [ˈnɛsə.sɛrɪ] [ˈdɑk jəmənts]

for the meeting / conference.
（這次會議需要的資料都準備好了。）

用 be set：表示準備好了

<u>Everything</u> **is set**.
所有東西 [ˈɛvrɪ.θɪŋ]

（所有東西都準備好了。）

用 始める：表示開始

（會議名稱）<u>について</u>会議を<u>始めたいと思い</u>
　　　　　　　　關於　　　　　　　　　　我們開始吧

ます。
ni.tsu.i.te.kai.gi.wo.haji.me.ta.i.to.omo.i.ma.su

（我們即將開始進行（會議名稱）會議。）

用 準備（名詞）：表示籌備工作

今回の<u>会議の準備</u>を<u>手伝ってもらえますか</u>。
　　　　　會議籌備　　　　　可以請你幫我嗎？

kon.kai.no.kai.gi.no.jun.bi.wo.te.tsuda.tte.mo.ra.
e.ma.su.ka

（可以請你幫忙這次的會議籌備嗎？）

用 用意する（動詞）：表示準備

会議の資料は全部<u>用意しました</u>。
　　　　　　　　　　準備好了

kai.gi.no.si.ryou.wa.zen.bu.you.i.si.ma.si.ta

（會議的資料全都準備好了。）

在會議中想要表達自己的意見……

請讓我來告訴大家
我對這件事情的看法。

Please allow¹ me to share² some thoughts³ on this.

わたし
私としましては⁴…

watasi.to.si.ma.si.te.wa

如果要表達「自己部門的想法」，可以說：
わ ぶ かんが
我が部の 考えとしましては…
（我們部門的想法是…）

❶ 允許 [ə`lau]
❷ 分享 [`ʃɛr]
❸ 看法 [θɔts]
❹ 以～的立場

用 hear：表示聆聽

Would you like to **hear** about my thoughts?
看法 [θɔts]

（您願意聽聽我的看法嗎？）

用 suggest：表示建議

I **suggest** let's <u>take a 10 minute break</u> before we
休息十分鐘

<u>continue</u>.
繼續 [kən`tɪnju]

（我建議我們先休息十分鐘再繼續討論。）

用 take up：表示占用時間

Allow me to **take up** <u>few minutes</u> to <u>explain</u>.
[tek ʌp] 幾分鐘 說明 [ɪk`splen]

（請容我占用幾分鐘的時間說明一下。）

用 話し合う：表示討論

10分<u>休憩をしてから</u> また<u>話し合い</u>ましょう。
じゅっぷんきゅうけい はな あ
休息之後 再討論吧

ju.ppun.kyuu.kei.wo.si.te.ka.ra.ma.ta.hana.si.a.i.
ma.sho.u

（我們休息十分鐘之後再討論吧。）

用 說明する：表示說明

2・3分 <u>說明させていただいても宜しいでし</u>
に さんぷん せつめい よろ
幾分鐘 可以讓我說明嗎？

ようか。

ni.san.pun.setsu.mei.sa.se.te.i.ta.da.i.te.mo.yoro.
si.i.de.sho.u.ka

（可以讓我花幾分鐘的時間說明嗎？）

補充〈正反面意見〉：
- 認可：approval、同意
どう い
- 反對：objection、反対
はんたい

上個月業績下滑，在檢討會議中發言……

我們的商品賣得不是很好。

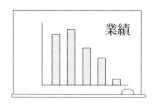

業績

The sales performance[1] hasn't been at its best[2].

商品の売れ行き[3]が良くない[4]です。

shou.hin.no.u.re.yu.ki.ga.yo.ku.na.i.de.su

❶ 業績 [selz pɚ`fɔrməns]
❷ 處在最佳狀態 [æt ɪts bɛst]
❸ 銷售
❹ 不好

相關用法

用 customer complaint：表示客訴

There's been <u>a lot of</u> **customer complaints**.
　　　　　　　很多　　[`kʌstəmɚ kəm`plents]

（有很多客訴。）

用 main cause：表示主要原因

High <u>sales prices</u> have been the **main cause**.
　　　售價 [selz praɪsɪz]　　　　　　[men kɔz]

（價格太高是主要原因。）

用 lose：表示客戶流失

We are **losing** our customers.
　　　[ˋluzɪŋ]　　　[ˋkʌstəmɚz]

（我們的客戶正在流失。）

用 クレーム：表示投訴

クレームが多いです。（有很多客訴。）
　　　　　　多的

ku.ree.mu.ga.oo.i.de.su

用 一番の原因：表示主要原因

一番の原因は高い値段 設定です。
　　　　　　　　　　價格　　設定

ichi.ban.no.gen.in.wa.taka.i.ne.dan.se.ttei.de.su

（價格設定太高是主要原因。）

用 離れ始める：表示客戶開始流失

客 が離れ始めています。
客戶　　　正在開始流失

kyaku.ga.hana.re.haji.me.te.i.ma.su

（我們的客戶正在開始流失。）

補充〈業績、評價〉相關用語：
- 売れ行きがいいです（銷路很好）
- 売れ行き好 調 です（銷售順利）
- 不 評 です（評價不好）
- 好 評 をいただいています（受到好評）

096

🔘 MP3 096

會議進行中突然加入，還搞不清楚
狀況……

請問現在進行到哪裡了？

Where are we at?

あのう¹、今どこまで²進んでいます³
か。

a.no.u、ima.do.ko.ma.de.susu.n.de.i.ma.su.ka

日文主題句的說法適用於沒有打斷進行中的會議，只
是私下詢問鄰座的同事，如果打斷正在進行中的會議
時，要先說：

● お話中、大変恐縮でございます。
（談話中真的很抱歉。）
● お話中、すみません。（談話中不好意思。）

❶ 不好意思
❷ 到哪裡為止
❸ 目前進行（辭書形：進む）

相關用法

218

用 stop：表示停頓

Where did we **stop** at?
          [stɑp]

（我們剛剛進行到哪裡？）

用 join in：表示加入

<u>Excuse me</u>, may I **join in**?
 不好意思   [dʒɔɪn ɪn]

（不好意思，我可以加入嗎？）

用 explain：表示說明

Could you **explain** it <u>a little more</u>?
       [ɪkˋsplen]   多一點

（你可以再說明多一點嗎？）

用 continue on：表示繼續

Please **continue on**.（請繼續。）
     [kənˋtɪnjʊ ɑn]

用 いいですか：請求加入會議

お話中、すみません。<u>いいですか</u>。
                            可以嗎？

o.hanasi.chuu、su.mi.ma.se.n。i.i.de.su.ka

（談話中不好意思，我可以加入嗎？）

用 説明する：表示說明

あのう、<u>説明してもらえませんか</u>。
              可以為我說明嗎？

a.no.u、setsu.mei.si.te.mo.ra.e.ma.se.n.ka

（不好意思，可以為我說明一下嗎？）

會議進入尾聲，要作總結……

那麼，我總結一下會議結論…

Let's go through¹ it again before we wrap it up².

では³最後に⁴今日のまとめ⁵を。

de.wa.sai.go.ni.kyou.no.ma.to.me.wo

指定某人作總結的慣用說法為「では最後に＋人名＋から＋今日のまとめを。」，例如：
では最後に田中さんから今日のまとめを。
（那麼，最後請田中先生 / 小姐為我們作今天的總結。）

❶ 討論 [go θru] 　　　❹ 最後
❷ 結束 [ræp ɪt ʌp] 　❺ 總結
❸ 那麼

用 summarise：表示總結

Can we **summarise** what we've agreed on so far?
[ˈsʌməˌraɪz] 　　　協議 [əˈgrid] 　　到目前為止

（我們能夠總結截至目前所議定的內容嗎？）

用 repeat：表示重述

Should I **repeat** it <u>once again</u>?
    [rɪˋpit]   再一次 [wʌns əˋgɛn]

（需要我再重說一次嗎？）

用 briefly：表示簡短地

Let me **briefly** repeat it <u>once more</u>.
    [ˋbriflɪ]   再一次 [wʌns mor]

（讓我簡短地重說一次。）

用 説明する：表示說明

<u>もう一度</u> 説明しましょうか。
  再次   讓我說明吧

mo.u.ichi.do.setsu.mei.si.ma.sho.u.ka

（讓我重說一次吧。）

用 確認する：表示確認

もう一度**確認してもらえますか**。
               可以幫我確認嗎？

mo.u.ichi.do.kaku.nin.si.te.mo.ra.e.ma.su.ka

（可以幫我再確認一次嗎？）

用 簡単に：表示簡單地

後はもう一度簡単に<u>ご説明します</u>。
                   我來為您說明

ato.wa.mo.u.ichi.do.kan.tan.ni.go.setsu.mei.si.ma.su

（下面我再簡單地重複一遍。）

會議進入尾聲，結束時要說……

那麼，今天的會議就到此為止。

Well, let's call it a day[1].

では[2]、今日の会議はここまで[3]。

de.wa、kyou.no.kai.gi.wa.ko.ko.ma.de

更簡短的主題句說法：
今日はここまで。（今天到此為止。）

❶ 今天到此為止 [kɔl ɪt ə de]
❷ 那麼
❸ 到此為止

相 關 用 法

用 coming：表示參與

Thank you all for **coming**.（感謝各位的參與。）
[ˈkʌmɪŋ]

用 go through：表示討論

I hope we can **go through** the remaining issues
　　　　　　　[go θru]　　　　剩餘的 [rɪˋmenɪŋ] 問題 [ˋɪʃjuz]
next week.
（我希望下周能討論完剩餘的問題。）

用 reconfirm：表示再次確認

Let's **reconfirm** on what we have accomplished
　　　　[ˌrikənˋfɝm]　　　　　　達到 [əˋkɑmplɪʃt]
today and have a rediscussion next Wednesday.
　　　　　　　再議 [ˌridɪˋskʌʃən]

（讓我們再次確認今天已達成的事項，並於下
周三再討論。）

用 どうも：強調感謝之意

今日は**どうも** ありがとう ございました。
　　　　非常　　　　　　　謝謝
kyou.wa.do.u.mo.a.ri.ga.to.u.go.za.i.ma.si.ta
（今天非常感謝各位前來。）

用 話し合う：表示討論

● 今日終わってないもの については次 週
　　　未結束的部分　　　　關於　　　下周

また、**話し合い**ましょう。
再度　　　討論吧
kyou.o.wa.tte.na.i.mo.no.no.ni.tsu.i.te.wa.ji.shuu.
ma.ta、hana.si.a.i.ma.sho.u

（今天未結束的部分，我們下周再討論吧。）

● 来 週 水曜にもう一度 **話し合い**ましょう。
　下周三　　　再次　　　討論吧
rai.shuu.sui.you.ni.mo.u.ichi.do.hana.si.a.i.ma.sho.u
（下周三再討論一次吧。）

099

想跟對方約時間討論新商品……

> 關於新商品有想請教的地方，
> 我可以跟您約個時間嗎？

Can we make an appointment[1] to talk over[2] the new product[3]?

しんしょうひん
新商品について[4]お聞きしたいことがございます[5]ので、お時間いただきたい[6]のですが。

sin.shou.hin.ni.tsu.i.te.o.ki.ki.si.ta.i.ko.to.ga.go.za.i.ma.su.no.de、 o.ji.kan.i.ta.da.ki.ta.i.no.de.su.ga

❶ 約定會面 [mek æn ə`pɔɪntmənt]
❷ 討論 [tɔk `ovə]
❸ 新商品 [nju `prɑdəkt]
❹ 關於
❺ 有想請教您的事情
❻ 希望您騰出時間

相關用法

用 arrange：表示安排

I would like to **arrange** an appointment to discuss ....
[ə`rendʒ]

（我想安排個時間，大家見面討論…。）

224

用 suitable：表示方便的、適合的

Would you please <u>indicate</u> a **suitable** time and
　　　　　　　　　指示 ['ɪndə‚ket]
place to meet?

（可以請教您方便見面的時間和地點嗎？）

用 いつ：表示什麼時候

<u>いつ</u>が<u>よろしいでしょうか</u>。
　　　　　　是合適的？
i.tsu.ga.yo.ro.si.i.de.sho.u.ka

（什麼時候比較好呢？）

用 来週の初め：表示下周的頭兩天

らいしゅう　　はじ
<u>来週の初め</u>は<u>いかがですか</u>。
　下周一、二　　　　　　如何呢？
rai.shuu.no.haji.me.wa.i.ka.ga.de.su.ka

（下周一、二你覺得如何呢？）

用 ～あたり：表示～左右的時間點

すいよう び
<u>水曜日あたり</u>は<u>いかがですか</u>。
　星期三左右
sui.you.bi.a.ta.ri.wa.i.ka.ga.de.su.ka

（星期三左右你覺得如何呢？）

討論過程中如果要談論雙方都知道、或是之前提
　　　　　　　　　　　　　　　　れい
過的事情，可以用「例の～」（上次那個～）、
せんじつ
「先日の～」（之前的～），例如：
　れい　　き かく
● 例の企画（上次說的那個企劃案）
　せんじつ　　　み つ
● 先日の見積もり（之前的報價）

225

100

MP3 100

請客戶在指定的時間前來……

我們將於 8 點時恭候大駕。

08:00

接待櫃檯

We shall be expecting[1] you at eight.

8時に来ていただけませんか[2]。

hachi.ji.ni.ki.te.i.ta.da.ke.ma.se.n.ka

- 也可以說：
  お待ちしております。（我們會恭候大駕。）

- 如果是跟面試者說明幾點前來，可以使用「○時＋
  に＋来てください。」來表達，例如：
  8時に来てください。（請在8點過來。）

❶ 期待 [ɪkˋspɛktɪŋ]
❷ 可以請您前來嗎？

相關用法

用 counter：表示櫃檯

226

Please go to the **counter**.
[ˋkaʊntɚ]

（（到了之後），請到櫃檯說一聲。）

事前叮嚀迷路的應對措施：

Call me if you <u>can't fine your way</u>.
　　　　　　　　找不到路
＝If you <u>get lost</u>, call me.
　　　　迷路

（如果你迷路了，打電話給我。）

〈告訴對方自己迷路的說法〉：
I am lost.
（我迷路了。）

用 着く：表示抵達

<u>着いたら</u> <u>受付</u>に<u>言っていただけますでしょう</u>
到了之後　　櫃檯　　　　可以請您告知嗎？

か。
tsu.i.ta.ra.uke.tsuke.ni.i.tte.i.ta.da.ke.ma.su.de.sho.
u.ka

（到了之後，請先跟櫃檯說一聲。）

事前叮嚀迷路的應對措施：

<u>もし</u> <u>迷ったら</u>、 <u>お電話ください</u>。
如果　迷路的話　　　　請打電話

mo.si.moyo.tta.ra、 o.den.wa.ku.da.sa.i

（迷路的話，請打電話給我。）

跟客戶詢問方便會面的時間……

請問星期三大概
幾點左右方便？

?

When will be a convenient[1] time on Wednesday?

水曜日[2]の何時ごろ[3]がよろしいでしょうか[4]。

sui.you.bi.no.nan.ji.go.ro.ga.yo.ro.si.i.de.sho.u.ka

❶ 方便的 [kən`vinjənt]
❷ 星期三
❸ 大約幾點左右
❹ 是合適的呢？

相 關 用 法

沒有指定日期時間的問法：

When will be a <u>convenient</u> time for you?
　　　　　　方便的

（請問您什麼時候方便？）

用 around＋時間點：表示幾點鐘左右

How about **around** 3?
　　　　[ə`raund]

（大約 3 點鐘左右，你覺得如何？）

用 anytime：表示任何時間

I can meet you at **anytime**.
[ˈɛnɪˌtaɪm]

（我這邊幾點都可以。）

用 available：表示有空的

I would be **available** on August 8th at 3pm.
[əˈveləbḷ]

（我 8 月 8 號下午 3 點鐘有空。）

沒有指定日期時間的問法：

いつごろがよろしいでしょうか。
什麼時候

i.tsu.go.ro.ga.yo.ro.si.i.de.sho.u.ka

（請問您什麼時候方便？）

用 時間點＋ごろ：表示幾點鐘左右

３時ごろはいかがですか。
3點鐘左右　　　如何呢？

san.ji.go.ro.wa.i.ka.ga.de.su.ka

（大約 3 點鐘左右，你覺得如何呢？）

用 何時でも：表示不論幾點都～

何時でも構いませんよ。（我這邊幾點都可以。）
　　　　　可以

nan.ji.de.mo.kama.i.ma.se.n.yo

用 大丈夫：表示沒問題

８月８日、大丈夫です。（我 8 月 8 號可以。）

hachi.gatsu.you.ka、dai.jou.bu.de.su

打算約客戶在外面見面……

我們約在哪裡比較好呢？

Where will be a convenient[1] place to meet?

待ち合わせ[2]はどこにいたしましょうか[3]。

ma.chi.a.wa.se.wa.do.ko.ni.i.ta.si.ma.sho.u.ka

- 英文主題句的「convenient」（方便的）也可以替換成「good」（好的）。

- 日文主題句的類似說法還有：
  どこで待ち合わせしましょうか。
  （我們約在哪裡比較好呢？）

- 要特別注意上述說法和主題句句尾的「ましょうか」，發音時語調都不用上揚。

❶ 方便的 [mit]
❷ 約定見面
❸ 要決定在哪裡？

相 關 用 法

用 near~：表示靠近～

There's a <u>quiet</u> coffee shop **near** the office.
安靜的 [ˈkwaɪət]

（公司附近有一家很安靜的咖啡廳。）

用 right around~：表示在～附近

There's a nice café **right around** the <u>corner</u>.
[raɪt əˈraʊnd]　　　街角 [ˈkɔrnɚ]

（街角附近有一家不錯的咖啡廳。）

用 meet：表示碰面

Let's **meet** at 2, shall we?（我們約兩點碰面好嗎？）
[mit]

用 伺う：表示拜訪

<u>そちらまで</u> 伺（うかが）います。（我會前往拜訪。）
到您們那裡

so.chi.ra.ma.de.ukaga.i.ma.su

用 ～にも近い：表示離～也很近

そこの<u>カフェ</u>は<u>静か</u>で、<u>会社</u><u>にも近い</u>んです。
咖啡廳　安靜　　　離公司也很近

so.ko.no.ka.fe.wa.sizu.ka.de、kai.sha.ni.mo.chika.
i.n.de.su

（那家咖啡廳很安靜，離公司也很近。）

用 ～でよろしいでしょうか：詢問～好嗎？

では、<u>午後2時でよろしいでしょうか。</u>
下午兩點好嗎？

de.wa、go.go.ni.ji.de.yo.ro.si.i.de.sho.u.ka

（那麼，我們約下午兩點好嗎？）

客戶打電話來約會面時間，回答對方……

我下周除了星期三以外，天天都可以。

一周計畫

I'm free¹ next week except² on Wednesday.

らいしゅう すいよう い がい つ ごう
来週の水曜以外でしたら³、ご都合
ひ
のいい日⁴にどうぞ⁵。

rai.shuu.no.sui.you.i.gai.de.si.ta.ra、 go.tsu.gou.
no.i.i.hi.ni.do.u.zo

❶ 有空 [fri]　　　　　❹ 您方便的日子
❷ 除了～之外 [ɪkˋsɛpt]　❺ 請您決定
❸ 除了～以外的話

相 關 用 法

用 make it：表示辦得到

I can only **make it** on March 8ᵗʰ.
只有 [ˋonlɪ]

（我可能只有 3 月 8 日那天才有空。）

用 let's schedule~：雙方確認約定

Let's schedule it at 3pm on March 8th.
　　['skɛdʒʊl]

（那我們就約定 3 月 8 日下午 3 點。）

用 convenient：詢問方便嗎

Will this be a **convenient** time for you?
　　　　　　　[kən`vinjənt]

（這個時間對您來說方便嗎？）

用 時間が取れそう：表示可能有空

<u>3月8日でしたら</u>、時間が取れそうなんですが。
如果是 3 月 8 日的話　　　　　　　可能有空

san.gatsu.you.ka.de.si.ta.ra、ji.kan.ga.to.re.so.u.na.
n.de.su.ga

（我可能只有 3 月 8 日那天才有空。）

用 では～：雙方確認約定

では 3 月 8 日<u>午後</u> 3 時に<u>お願いします</u>。
　　　　　　下午　　　　　麻煩您

de.wa.san.gatsu.you.ka.go.go.san.ji.ni.o.nega.i.si.ma.su

（那麼，我們就約定 3 月 8 日下午 3 點。）

用 大丈夫ですか：詢問方便嗎

この時間、<u>大丈夫ですか</u>。
　　　　　　沒問題嗎？

ko.no.ji.kan、dai.jou.bu.de.su.ka

（這個時間對您來說方便嗎？）

補充〈一天的各個時段〉：

● 早上：morning、午前

● 下午：afternoon、午後

被經理要求跟客戶更改會面時間……

星期四9點半的約會可以更改為10點嗎？

09:30
↓
10:00

How about changing[1] the appointment[2] from 9:30 to 10 this Thursday?

もくよう び
木曜日[3]の9時半を10時に変更でき

ますでしょうか[4]。

mo.ku.you.bi.no.ku.ji.han.wo.juu.ji.ni.hen.kou.
de.ki.ma.su.de.sho.u.ka

- 打算變更時間或取消見面時，要記得先說「お時間
  をいただきながら 恐 縮 なんですが…」（您特
  別騰出時間來，讓我們非常不好意思…），表達因
  為我方原因讓對方預先騰出時間卻又有所變動，造
  成對方困擾的歉意，再說出打算變更時間及原因。

- 也可以先說出下方內容，再提出要變更時間及原因：
  せんじつ　やくそく　　けん
  先日お約 束した件なんですが。
  （關於之前跟您約定的事情…）

  這句話是進入正題前的開場白，表示「接下來我要
  開始說之前和您約定的事情」。

❶ 更改 [tʃendʒɪŋ]　　　❸ 星期四
❷ 約會 [əˈpɔɪntmənt]　❹ 可以變更嗎？

用 keep one's appointment：表示守約

Unfortunately, due to some unforeseen business,
遺憾地 [ʌnˋfɔrtʃənɪtlɪ] 因為　　　預料之外的[ˌʌnforˋsin]

I won't be able to **keep our appointment** for
遵守我們的約定

tomorrow afternoon.

（很遺憾，因為工作上有突發狀況，明天下午
的約會我無法赴約。）

用 inconvenience：表示造成別人的不便

I apologize for any **inconvenience**.
抱歉 [əˋpɑləˌdʒaɪz]　　[ˌɪnkənˋvinjəns]

（我很抱歉造成您的困擾。）

用 cancelling：表示取消

I'm sorry about **cancelling**.
[ˋkænsḷɪŋ]

（對於取消一事我很抱歉。）

用 急に～：說明突然有～狀況

急 に 出 張 することになりまして。
突然 きゅう　　　しゅっちょう 決定要出差

kyuu.ni.shu.cchou.su.ru.ko.to.ni.na.ri.ma.si.te

（因為我突然得出差一趟…）

和對方重新約定時間後的禮貌回應：

では、よろしくお願いいたします。
ねが

de.wa、 yo.ro.si.ku.o.nega.i.i.ta.si.ma.su

（不好意思，那就麻煩您了。）

啊！跟客戶相約有可能會遲到……

> 不好意思，路上塞車，
> 我可能會晚一點。

I'm sorry! There was a traffic jam[1]. I might be running a little late[2].

申し訳ございません[3]。渋滞で[4]少し遅くなりそうです[5]。

mou.si.wake.go.za.i.ma.se.n。juu.tai.de.suko.si.
oso.ku.na.ri.so.u.de.su

● 主題句的「I might be running a little late.」（我可能會來不及）也可以替換成：
   I might be late.（我可能會遲到。）

● 如果要說出更具體一點的時間，可以說：
   渋滞で10分ぐらい遅くなりそうです。
   （因為塞車我可能會晚10分鐘左右。）
   渋滞で10分ほど遅れます。
   （因為塞車我會晚10分鐘左右。）

❶ 交通擁擠 [ˋtræfɪk dʒæm]　❹ 因為塞車
❷ 來不及 [ˋrʌnɪŋ ə ˋlɪtḷ let]　❺ 可能會晚一點到
❸ 非常抱歉

用 postpone：表示延後時間

Can we **postpone** it for <u>half an hour</u> / 30 minutes?
[post`pon]　　　　　　半小時 [hæf æn aur]

（我們延後半小時好嗎？）

用 10 minutes late：表示遲到 10 分鐘

I am afraid that I might be **10 minutes late**.
（我可能會遲到 10 分鐘。）

用 switch：表示變更時間

Can we **switch** it to 4 o'clock or <u>rearrange</u> it for
改變 [swɪtʃ]　　　　　　　重新安排 [‚riə`rendʒ]

another time?
（我們可以改約四點鐘嗎？或是另外再約？）

用 ずらす：表示挪動時間

（待ち合わせ時間を）　３０分 後にずらして
　ま　あ　　じかん　　　　　さんじゅっぷん　あと
　會合時間　　　　　　　30分鐘　　　可以延後嗎？

も宜しいでしょうか。
　よろ

(ma.chi.a.wa.se.ji.kan.wo)sanju.ppun.ato.ni.zu.ra.
si.te.mo.yoro.si.i.de.sho.u.ka

（我們延後 30 分鐘好嗎？）

用 変える：表示變更時間

（待ち合わせを）　4時に変えても宜しいでし
　ま　あ　　　　　　　よじ　か　　　よろ
　　　　　　　　　　　　　　　可以更改嗎？

ょうか。

(ma.chi.a.wa.se.wo)yo.ji.ni.ka.e.te.mo.yoro.si.i.de.
sho.u.ka

（我們改約四點鐘可以嗎？）

有突發狀況，必須取消和客戶的餐
會……

不好意思，
因為公司發生緊急狀況，
我們必須取消今天的餐會。

I'm sorry but the dinner has to be
canceled[1] due to[2] an emergency[3].

<ruby>大変<rt>たいへんもう</rt></ruby>申し<ruby>訳<rt>わけ</rt></ruby>ございませんが[4]、<ruby>会社<rt>かいしゃ</rt></ruby>
で<ruby>緊急<rt>きんきゅう</rt></ruby><ruby>事態<rt>じたい</rt></ruby>[5]が<ruby>起<rt>お</rt></ruby>こり[6]、<ruby>本日<rt>ほんじつ</rt></ruby>の<ruby>食<rt>しょく</rt></ruby>
<ruby>事<rt>じ</rt></ruby>[7]をキャンセルせざるを<ruby>得<rt>え</rt></ruby>なくな
りました[8]。

tai.hen.mou.si.wake.go.za.i.ma.se.n.ga、kai.sha.
de.kin.kyuu.ji.tai.ga.o.ko.ri、hon.jitsu.no.shoku.
ji.wo.kya.n.se.ru.se.za.ru.wo.e.na.ku.na.ri.ma.si.ta

❶ 取消 [ˋkænsl̩d]
❷ 因為 [dju tu]
❸ 緊急狀況
　 [ɪˋmɝdʒənsɪ]
❹ 真的非常抱歉
❺ 緊急狀況
❻ 發生（辭書形：起こる）
❼ 用餐
❽ 必須取消

相 關 用 法

用 rearrange：表示重新安排

I'm very sorry but shall we **rearrange** it for a
[ˌriəˋrendʒ]
different day?
（真的很抱歉，可以跟您改約其他日期嗎？）

用 available：表示有空的

When will you be **available**?
[əˋveləbl]
（請問您何時有空？）

用 日を改めて～：表示改天

また日を 改 めて…（改天再…）
ma.ta.hi.wo.arata.me.te

不講出完整句子也是日文的一種間接表達方式。

用 他の日～：表示其他日期

申し訳ございません。宜しければまた他の日
可以的話改天再…
に…
mou.si.wake.go.za.i.ma.se.n。yoro.si.ke.re.ba.ma.
ta.hoka.no.hi.ni
（非常抱歉！可以跟您改約其他日期嗎？）

用 都合のいい：表示方便的

ご都合のいい日を 仰 っていただきたいので
您方便的日期　　　　　　請您告訴我
すが…
go.tsu.gou.no.i.i.hi.wo.ossha.tte.i.ta.da.ki.ta.i.no.de.
su.ga
（請告訴我您方便的日期。）

備妥商品介紹資料了嗎……

新商品的宣傳小冊這樣夠嗎？

Are there enough[1] pamphlets[2] /
brochures[3] **for the** new product[4]?

しんしょうひん
新商品[5]のパンフレット[6]は、これ
で[7]よろしいでしょうか[8]。

sin.shou.hin.no.pa.n.fu.re.tto.wa、 ko.re.de.yo.
ro. si.i.de.sho.u.ka

〈これでよろしいでしょうか〉的三種用法：

● 詢問對方「這樣的數量足夠嗎？」
● 詢問對方「這樣做可以嗎？」
● 詢問對方「這樣子您明白嗎？」

❶ 足夠 [ə`nʌf]
❷ 小冊子 [`pæmflɪts]
❸ 小冊子 [bro`ʃurz]
❹ 新產品 [nju `pradəkt]
❺ 新商品
❻ 小冊子（內含介紹、說明的文宣品）
❼ 這樣
❽ 可以嗎？

用 business card：表示名片

Are there <u>enough</u> **business cards**?
　　　　　足夠　　['bɪznɪs kardz]

（有足夠的名片嗎？）

用 go get：表示去拿來

Go get the new product pamphlets / brochures
(from the <u>reference room</u>).
　　　　資料室 ['rɛfərəns rum]

（去（資料室）拿新商品的宣傳小冊來。）

用 もらいに行ってくる：表示去拿來

しんしょうひん　　　　　　　　　　　　　しりょうしつ
新 商 品の<u>パンフレット</u>を<u>もらいに(資 料 室</u>
　　　　　　　　小冊子　　　　　去（資料室）拿～來
　い
に)行ってきます。

sin.shou.hin.no.pa.n.fu.re.tto.wo.mo.ra.i.ni(si.ryou.
sitsu.ni)i.tte.ki.ma.su

（我去（資料室）拿新商品的宣傳小冊來。）

用 名刺：表示名片

めい し き　　　　　　　　　　　かくにん
<u>名刺</u>切れてないか <u>確認</u>して。
　　是否用完了　　　　　請確認

mei.si.ki.re.te.na.i.ka.kaku.nin.si.te

（請確認一下名片還有沒有。）

補充〈宣傳、介紹用物件〉：
● 樣品：sample、サンプル
　　　　　　　　　　　　　　　　　かいしゃあんない
● 公司簡介：company brochures、 会 社 案 内

241

要出門了，提醒同事嚴守時間……

請快一點，
不然會來不及喔！

We have got to hurry up^1 or^2 we'll be late.

<ruby>早<rt>はや</rt></ruby>くしないと^3、<ruby>間<rt>ま</rt></ruby>に<ruby>合<rt>あ</rt></ruby>いません^{4}よ。

haya.ku.si.na.i.to、 ma.ni.a.i.ma.se.n.yo

主題句的類似說法還有：

● そろそろ<ruby>出<rt>で</rt></ruby>ますよ。（差不多要出去囉！）
● <ruby>急<rt>いそ</rt></ruby>がないと、<ruby>遅<rt>おく</rt></ruby>れますよ。
（不快一點的話，會遲到喔！）

❶ 快一點 [ˈhɜɪ ʌp]
❷ 否則 [ɔr]
❸ 不快一點的話
❹ 來不及（辭書形：間に合う）

 相 關 用 法

用 leave：表示離開出發

We have to **leave** now, the <u>meeting</u> is at 10 .
　　　　　　[liv]　　　　　　　會議 [ˈmitɪŋ]

（我們必須立刻出發，會議是十點鐘開始。）

用 give you a hand：表示幫忙

We must leave now, can I **give you a hand**?
[gɪv ju ə hænd]

（我們必須立刻出發，有什麼要我幫忙的嗎？）

用 late：表示遲到

Please do not be **late**!（請不要遲到！）

用 出なきゃ：表示不出發的話

<u>１０時から</u>会議ですから、<u>もうそろそろ</u>出な
10點開始　　　　　　　　　　　　　　已經差不多該～

きゃ <u>間に合わない</u>！
　　　來不及

juu.ji.ka.ra.kai.gi.de.su.ka.ra、mo.u.so.ro.so.ro.de.
na.kya.ma.ni.a.wa.na.i

（會議是十點鐘開始，再不出發就來不及了！）

用 手伝う：表示幫忙

<u>もう出ますが</u>、何か<u>手伝うこと</u>ありますか。
已經該出發了　　　幫忙的事情

mo.u.de.ma.su.ga、nani.ka.te.tsuda.u.ko.to.a.ri.
ma.su.ka

（我們已經該出發了，有什麼要我幫忙的嗎？）

用 厳守：表示嚴格遵守

時間<u>厳守</u>。（要嚴格遵守時間。）
ji.kan.gen.shu

拜訪客戶時提早二十分到達，想要
先進去……

（電話中）不好意思，
我們早到了二十分，
可以先進去拜訪嗎？

Hi, sorry that we are 20 minutes
early¹. Is it okay² if we were to come
in³ now?

すみません⁴。まだ２０分前ですが⁵、
今から⁶そちらへ⁷伺っても宜しいで
しょうか⁸。

su.mi.ma.se.n。 ma.da.ni.ju.ppun.mae.de.su.ga、
ima.ka.ra.so.chi.ra.e.ukaga.tte.mo.yoro.si.i.de.
sho.u.ka

❶ 提早 [ˋɝlɪ]
❷ 可以 [ˋoˋke]
❸ 進去 [kʌm ɪn]
❹ 不好意思
❺ 現在還是二十分鐘之前
❻ 現在
❼ 往您們那裡
❽ 可以去拜訪嗎？

和同行同事商量在外面等候：

Let's just <u>wait</u> <u>outside</u>.
等候 [wet] 外面 [ˋaʊtˋsaɪd]

（我們先在外面等候吧！）

和客戶說明先在外面等候：

We'll just wait outside.

（我們會先在外面等候。）

和同行同事商量在外面等候：

じゃ、<ruby>外<rt>そと</rt></ruby>で<ruby>待<rt>ま</rt></ruby>っとこうか。
那麼　　外面　　　　先等著吧

ja、soto.de.ma.tto.ko.u.ka

（那我們在外面等候吧。）

和客戶說明先在外面等候，稍後再拜訪：

では、<ruby>後<rt>のち</rt></ruby>ほど <ruby>伺<rt>うかが</rt></ruby>います。
那麼　　　稍後　　　拜訪

de.wa、nochi.ho.do.ukaga.i.ma.su

（那麼，我們稍後再去拜訪。）

110

抵達客戶公司，不確定該到哪一樓哪一間……

請問我該到哪個地點呢？

接待
櫃檯

Where exactly[1] **should I meet**[2] **you at?**

御社[3]のどちらまで伺いましょうか[4]。

on.sha.no.do.chi.ra.ma.de.ukaga.i.ma.sho.u.ka

❶ 確切地 [ɪg`zæktlɪ]
❷ 碰面 [mit]
❸ 貴公司
❹ 應該前往哪個地點？

相關用法

用 elevator：表示電梯

Which elevator should I <u>take</u>?
[`ɛlə,vetɚ]   搭乘

（請問我該搭哪個電梯上去？）

用 entrance：表示入口、門口

Which **entrance** should I take?
[ˈɛntrəns]　　　　　　進入

（請問我該從哪個門進入？）

用 エレベーター：表示電梯

どちらのエレベーターに乗ればいいでしょうか。
哪一個　　　　　　　　　　應該搭乘～比較好？

do.chi.ra.no.e.re.bee.taa.ni.no.re.ba.i.i.de.sho.u.ka

（請問我該搭哪個電梯上去？）

用 玄関：表示入口、門口

どちらの**玄関**から 入ればいいでしょうか。
　　　　　　　　　從　　應該進入～比較好？

do.chi.ra.no.gen.kan.ka.ra.hai.re.ba.i.i.de.sho.u.ka

（請問我該從哪個門進去？）

接待人員的回應：

私 どものビルの 1 階 受付 / 2 階
我們（屬於謙讓說法）大樓 1樓　櫃檯　　2樓

ショールームまでお越しください。
　商品陳列室　　　　　　請您前往

watakusi.do.mo.no.bi.ru.no.i.kkai.uke.tsuke /
ni.kai.shoo.ruu.mu.ma.de.o.ko.si.ku.da.sa.i

（請您前往我們大樓的 1樓櫃檯 / 2樓商品陳列室。）

補充〈辦公室環境〉：
- 會客室：reception room、応接室
- 洗手間：rest room、トイレ

111

拜訪客戶公司，到了接待櫃檯前……

打擾了，我是王大衛。
跟陳約翰先生約好今天10點碰面。
可以麻煩您傳達一下嗎？

接待櫃檯

Hi, I am David Wang. I have an appointment[1] with Mr. John Chen at 10. Would you please let him know[2] I am here?

恐れ入ります[3]。王大衛と申します[4]。John陳様に本日[5]10時にアポイントメントを取っておりますが[6]、お取次ぎ願えますでしょうか[7]。

oso.re.i.ri.ma.su。ou.dai.i.to.mou.si.ma.su。
jon.chin.sama.ni.hon.jitsu.juu.ji.ni.a.po.i.n.to.
me.n.to.wo.to.tte.o.ri.ma.su.ga、o.tori.tsu.gi.
nega.e.ma.su.de.sho.u.ka

❶ 約會 [əˋpɔɪntmənt]
❷ 告知他 [lɛt hɪm no]
❸ 不好意思
❹ 我叫做～（辭書形：～と申す）
❺ 今天
❻ 有預約碰面
❼ 可以麻煩您轉達嗎？

用 excuse me：表示打擾

Excuse me.（打擾了。）

用 from~：說明所屬公司

I am Mr. Huang **from** Kumamoto company.
（我是熊本公司的黃。）

用 ～と申す（我叫做~）：自我介紹

くまもとかぶしきがいしゃ こう もう
熊本株式会社の黄と申します。
　　　　股份有限公司
kuma.moto.kabu.siki.gai.sha.no.kou.to.mou.si.ma.su

（我是熊本公司的黃。）

用 約束をする：表示訂下約定

えいぎょういっか かちょう ちんさま やくそく
営業一課課長の陳様とお約束をしています。
　　　　　陳課長　　　　　　　　有約
ei.gyou.i.kka.ka.chou.no.chin.sama.to.o.yaku.soku.
wo.si.te.i.ma.su

（我跟營業一課的陳課長有約。）

接待人員前來帶路：

あんない
A：ご案内いたします。こちらへ どうぞ。
　　我來為您帶路　　　　　往這邊　　請
　　go.an.nai.i.ta.si.ma.su。ko.chi.ra.e.do.u.zo

（我來為您帶路。請往這邊走。）

おそ い
B：恐れ入ります。（勞煩您了。）
oso.re.i.ri.ma.su

進入接待室之前的客套話……

打擾了。

Excuse me.

しつれい
失礼いたします。

sitsu.rei.i.ta.si.ma.su

職場上常用到「失礼いたします」（打擾了）的場合：
● 被引導進入接待室時
● 進入拜訪對象、上司的辦公室時
● 離開拜訪對象、上司的辦公室時
● 準備入座時

〈入座禮儀〉
靠近出入口的座位通常被視為「下位」，在接待室被
接待入座時，如果沒有被指定座位，要坐在靠近出入
口的位置。

用 Can I~：詢問可以～嗎

Can I come in?（我可以進來嗎？）
　　　[kʌm ɪn]

用 Mind if I~：詢問是否介意我～

Mind if I come in?（我可以進來嗎？）

被招待茶水時的回應：

- Thank you.（謝謝。）

- I'm okay, thank you though.
  （請不用麻煩，但還是謝謝您。）

- I'm fine.（不用了，已經夠了。）

和接待人員的互動：

A: どうぞ お入りください。（請進。）
  　請　　　請進來
  do.u.zo.o.hai.ri.ku.da.sa.i

B: 失礼いたします。（打擾了。）
  sitsu.rei.i.ta.si.ma.su

被招待茶水時的回應：

- ありがとうございます。（謝謝。）

- いただきます。
  i.ta.da.ki.ma.su
  （我要開始喝了。（接受飲料招待））
  （我要開始吃了。（接受餐點招待））

- どうぞ お構いなく。
  　請　　　不用張羅
  do.u.zo.o.kama.i.na.ku
  （請您不用麻煩。）

251

🔊 MP3 113

在接待室等候，對方一見面就說抱歉久等了……

哪裡哪裡，我們也才剛到。

No worries[1], we have just arrived[2].

いえいえ[3]、私共[4]も[5]、今着いたばかり[6]ですから。

i.e.i.e、watakusi.domo.mo、ima.tsu.i.ta.ba.ka.ri.de.su.ka.ra

❶ 不用擔心 [no `wɜɪs]　　❹ 我們（屬於謙讓說法）
❷ 抵達 [əˋraɪvd]　　　　❺ 也
❸ 哪裡哪裡　　　　　　　❻ 剛剛抵達

相 關 用 法

在接待室剛碰面時的應酬話：

A: Sorry for the wait!（抱歉讓您久等了。）
B: No worries, we have just arrived.
（哪裡哪裡，我們也才剛到。）

在接待室剛碰面時的應酬話：

● A：お待たせいたしました。（讓您久等了。）

o.ma.ta.se.i.ta.si.ma.si.ta

　B：いえいえ、私共も、今着いたばかり
　　　ですから。

i.e.i.e、watakusi.domo.mo、ima.tsu.i.ta.ba.ka.ri.
de.su.ka.ra

（哪裡哪裡，我們也才剛到。）

● A：大変 お待たせして、申し訳ございません。
　　　非常　　讓您等候　　　　真的非常抱歉

tai.hen.o.ma.ta.se.si.te、mou.si.wake.go.za.i.ma.se.n

（讓您久等了，真的非常抱歉。）

　B：いえいえ、私も今着いたばかりですから。
　　　　　　　　　　也

i.e.i.e、watasi.mo.ima.tsu.i.ta.ba.ka.ri.de.su.ka.ra

（哪裡哪裡，我也才剛到而已。）

● A：ご無沙汰いたしております。お変わり
　　　長時間疏於聯絡　　　　　　　您沒有
　　　ございませんか。
　　　什麼變化吧？

go.bu.sa.ta.i.ta.si.te.o.ri.ma.su。o.ka.wa.ri.go.za.i.
ma.se.n.ka

（好久不見，一切都好吧？）

　B：ええ、ありがとうございます。おかげ
　　　嗯　　　　謝謝　　　　　　　託您的福
　　　さまで。

e.e、a.ri.ga.to.u.go.za.i.ma.su。o.ka.ge.sa.ma.de

（嗯，謝謝。都是託您的福。）

〈寒暄禮儀〉
在接待室等候時，當對方說出「お待たせいたしま
した」時，要馬上站起來跟對方打招呼、回應，不
可以坐著回應對方。

時間過去了，卻還沒進入會議主題……

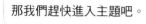

那我們趕快進入主題吧。

XX會議
時間：9:30

Let's cut to the chase[1].

さっそく
早速ですが[2]…

sa.ssoku.de.su.ga

❶ 切入主題 [kʌt tu ðə tʃes]
❷ 我們盡快切入主題

用 in a rush：表示急迫

I'm sorry but I am **in a rush**, how are things going
[rʌʃ]
on this <u>case</u>?
案件 [kes]

（不好意思有點趕，這個案件進行得如何？）

用 thought：表示看法

What are your **thoughts** on this?
[θɔts]

（關於這件事情，您的看法是什麼？）

早速ですが

想要盡快進入主題或是事情很緊急時，通常會用「早速ですが」來表達，例如：

● 早速ですが、始めたいと思います。
開始吧

sa.ssoku.de.su.ga、haji.me.ta.i.to.omo.i.ma.su

（我們盡快切入主題開始吧。）

● 早速ですが、例の件はどうなりましたで
上次討論的事情　　　進展如何？

しょうか。

sa.ssoku.de.su.ga、rei.no.ken.wa.do.u.na.ri.ma.
si.ta.de.sho.u.ka

（我們盡快切入主題，上次討論的事情進行得如何？）

● 早速で 申し訳ないのですが、お考え頂
急迫　　　真不好意思　　　　　　　請問您考慮得如何？

けましたでしょうか。

sa.ssoku.de.mou.si.wake.na.i.no.de.su.ga、o.
kanga.e.itada.ke.ma.si.ta.de.sho.u.ka

（不好意思有點趕，請問您考慮得如何？）

補充〈會議相關用語〉：

● 議題：agenda、議題
● 大綱：outline、概要
● 簡報：presentation、プレゼンテーション
● 講義：handout、プリント

115

對對方所說的事情表示理解……

我了解了。

……

I understand[1] now.

はい[2]、分かりました[3]。

ha.i、wa.ka.ri.ma.si.ta

● 更簡單的英文說法是：
I got it. (我了解了。)

● 主題句的「はい」是附和對方談話的用語，另外一個表示附和的詞彙是「うん」，在商務場合中是比較不禮貌的說法。

● 主題句的「分かりました」的類似說法還有：

1. 承知しました (我了解了)
要「強調」自己了解對方所說的事情，例如對方提出希望給予折扣或是要求嚴守交貨時間，要向對方強調自己已經了解並接受時，就可以使用上述的「承知しました」。

2. かしこまりました (我了解了)
餐廳服務生在顧客點餐後，要向顧客表示已經了解點餐內容，讓顧客安心時，就可以使用上述的「かしこまりました」。

❶ 理解 [ˌʌndɚˈstænd]　　　❸ 我了解了
❷ 好的

相關用法

用 handle：表示我會處理

<u>No problem</u>, I'll **handle** it.
沒問題 [no ˈprɑbləm] [ˈhændl̩]

（沒問題，包在我身上！）

理解並依照對方所說的去做：

● Let's do it.（讓我們這麼做吧！）

● I will <u>do it your way</u>.（我會照你說的去做。）
　　　　依照你的方法

用 任せる：表示交給我處理

<u>大丈夫</u>です。<u>任せてください</u>。
だいじょうぶ　　　　まか
沒問題　　　　　　　請交給我

dai.jou.bu.de.su。maka.se.te.ku.da.sa.i

（沒問題，請交給我處理。）

理解並依照對方所說的去做：

● では、そうしましょう。
de.wa、so.u.si.ma.sho.u

（那麼，就那樣做吧！）

● <u>そのとおり</u>に致します。
　　　　　　　　　いた
依照那樣

so.no.to.o.ri.ni.ita.si.ma.su

（我會照您說的去做。）

可以理解對方的立場，但我們也有
我們的想法……

I agree[1], but...

ごもっともだ[2]と思います[3]が[4]...

go.mo.tto.mo.da.to.omo.i.ma.su.ga

- 商談過程中不要直接反駁對方的意見，要先順應對方的說法，再提出自己的意見。

- 除了使用主題句的說法做為緩衝之外，也可以說：
  お言葉を返すようですが…（恕我冒昧…）

❶ 同意 [ə`gri]　　　❸ 我覺得
❷ 有道理　　　　　❹ 但是

用 reevaluate：表示再做評估

You are right, let's **reevaluate** it before we make
[ˌriˈvæljuˌet]
any decision.
（您說的對，在我們決定前再評估一下吧。）

用 in a slump：表示市場蕭條

I get it, but the <u>current</u> market is **in a slump**.
　　　　　　　　目前 [ˈkɜ-ənt]　　　　　　　[slʌmp]

（我知道您的意思，但目前市場狀況是很蕭條的。）

用 outline：表示概述

I'd like to **outline** our <u>aims</u> and <u>objectives</u>.
　　　　　[ˈaʊtˌlaɪn] 宗旨 [emz]　　目標 [əbˈdʒɛktɪvz]

（我想概述我們的宗旨和目標。）

用 concentrate on~：表示專注於～

There are two main areas that we'd like to
concentrate on / discuss.
[ˈkɑnsɛnˌtret ɑn]

（有兩個主要範圍是我們想專注的／討論的。）

用 様子を見る：表示看情況

ごもっともだと思いますが、<u>もう少し</u>
　　　　　　　おも　　　　　　　　再一點點　すこ

<u>様子を見てから決めませんか</u>。
ようす　み　　　　　　き
　　　看過情況後再決定吧

go.mo.tto.mo.da.to.omo.i.ma.su.ga、mo.u.suko.si.
you.su.wo.mi.te.ka.ra.ki.me.ma.se.n.ka.

（我覺得您說的很對，但是再多看看情況再做決定吧。）

用 厳しい：表示市場嚴峻

ごもっともだと<u>存</u>じますが、<u>現 状 じゃ厳し</u>
　　　　　　　　　ぞん　　　　　　　　げんじょう　きび
　　　　　　　覺得（屬於謙讓語）　　　目前狀況下

<u>いかと</u>…
　　表示推測的語氣

go.mo.tto.mo.da.to.zon.ji.ma.su.ga、gen.jou.ja.
kibi.si.i.ka.to

（我覺得您說的很對，但是目前（市場）狀況是很嚴峻的。）

與客戶開會，想知道對方怎麼想的⋯⋯

可以請教您的看法嗎？

?

May I know what your thoughts[1] are on this?

どう[2]思^{おも}います[3]か。

do.u.omo.i.ma.su.ka

- 要特別針對某件事時，還可以在主題句前加上：
  これについて（關於這一點）
  ○○について（關於○○）

- 此外，也可以說：
  どう思^{おも}われますか。（請問您有什麼看法？）

- 「思^{おも}われます」是「思^{おも}います」的尊敬用法。

❶ 看法 [θɔts]
❷ 如何
❸ 覺得（辭書形：思う）

相關用法

用 opinion：表示意見

What are your **opinions** / thoughts on this?
[əˋpɪnjənz]

(請問您有什麼意見 / 看法？)

用 would love to：表示想聽某人的意見

I **would love to** hear your opinions.
想要 [wʊd lʌv tu]

(我很想知道您的意見。)

用 in support of：表示支持

Are you **in support of** my statement?
[ɪn səˋport ɑv]　　　說法 [ˋstetmənt]

(請問您支持我的說法嗎？)

用 お聞かせください：表示請告訴我

ご意見があれば ぜひ お聞かせください。
有意見的話　　　務必　　　請讓我聽聽

go.i.ken.ga.a.re.ba.ze.hi.o.ki.ka.se.ku.da.sa.i
(有任何意見的話，請您務必提出來。)

想了解對方是否認同時：

どうでしょうか。
如何呢

do.u.de.sho.u.ka
(請問您支持我的說法嗎？)

洽談告一段落，差不多該結束了……

我們今天的會談很愉快！

Well, it's been wonderful¹ talking²
to you.

今日はお話できて³良かったです⁴。
kyou.wa.o.hanasi.de.ki.te.yo.ka.tta.de.su

如果要表達跟某人見面很愉快，可以說：
お会いできてよかった / 楽しかったです。
（很高興能和您見面。）

❶ 極好的 [ˈwʌndɚfəl]
❷ 談話 [ˈtɔkɪŋ]
❸ 可以和您談話
❹ 很好

用 call it a day：表示今天到此為止

Let's **call it a day**, shall we?
　　　　[kɔl ɪt ə de]

（我們今天要不要先到此為止？）

用 other matters：表示還有其他事情

Excuse me, but I have **other matters** to <u>attend to</u>
[ˋʌðɚ ˋmætɚz]　　　　　　 處理
back in the office.

（不好意思，我還有其他事情必須趕回公司處理。）

用 take up：表示占用（時間）

Sorry for **taking up** <u>so much</u> of your time.
[ˋtekɪŋ ʌp]　 這麼多 [so mʌtʃ]

（不好意思，占用您這麼多時間。）

用 今日はこれで：表示今天到此為止

<u>もうこんな時間（じかん）ですし</u>、今日（きょう）はこれで。
　 已經這麼晚了

mo.u.ko.n.na.ji.kan.de.su.si、kyou.wa.ko.re.de

（已經這麼晚了，今天就到此為止。）

用 このあと～：表示接下來要～

<u>このあと</u> <u>会社（かいしゃ）に戻（もど）らないといけない</u>ので。
接下來　　　　　必須回公司

ko.no.a.to.kai.sha.ni.modo.ra.na.i.to.i.ke.na.i.no.de

（因為接下來還必須趕回公司。）

用 遅くまで：表示直到很晚

遅（おそ）くまで<u>お付（つ）き合（あ）い 頂（いただ）き</u>、ありがとうござ
　　　　　　和您洽談碰面
いました。

oso.ku.ma.de.o.tsu.ki.a.i.itada.ki、a.ri.ga.to.u.go.
za.i.ma.si.ta

（和您洽談碰面到這麼晚，真的很感謝您。）

洽談結束，感謝對方前來……

> 感謝您今天百忙之中來訪。

It's been a pleasure[1] having you here today.

本日はお忙しいところ[2]お時間をいただき[3]、誠にありがとうございました[4]。

hon.jitsu.wa.o.isoga.si.i.to.ko.ro.o.ji.kan.wo.i.ta.da.ki、makoto.ni.a.ri.ga.to.u.go.za.i.ma.si.ta

如果是要表達「感謝對方撥空前來參加會議」時，可以將「お時間をいただき」改為「お集まりいただき」（承蒙出席）。

❶ 榮幸 [ˋplɛʒɚ]
❷ 百忙之中
❸ 讓您騰出時間
❹ 真的很感謝

相 關 用 法

I **look forward to** a great <u>future</u> <u>collaboration</u>.
[luk ˋfɔrwəd tu]　　　未來 [ˋfjutʃə] 合作 [kəˌlæbəˋreʃən]

（我期望未來的完美合作。）

Please don't <u>hesitate</u> to <u>contact</u> me if you have any
　　　　　猶豫 [ˋhɛzəˌtet]　聯絡 [ˋkɑntækt]
questions / <u>suggestions</u> / <u>comments</u>.
　　　　　建議 [səˋdʒɛstʃənz]　批評 [ˋkɑmɛnts]

（如果有任何問題 / 建議 / 批評，請不要猶豫，
立即跟我聯絡。）

それでは<u>失礼いたします</u>。<u>今後とも</u>、よろし
　　　　　　失禮了　　　　　　今後也

くお願いいたします。

so.re.de.wa.sitsu.rei.i.ta.si.ma.su。kon.go.to.mo、
yo.ro.si.ku.o.nega.i.i.ta.si.ma.su

（那麼我先告辭了。今後也請您多多關照。）

<u>また何かありましたら</u>、<u>お気軽に</u> <u>お申しつ</u>
　有任何問題的話　　　　　請不要拘束　請提出來

<u>けください</u>。

ma.ta.nani.ka.a.ri.ma.si.ta.ra、o.ki.garu.ni.o.mou.
si.tsu.ke.ku.da.sa.i

（如果有任何問題，請不吝指教。）

有建議想要提出來……

我有些不錯的點子…

I've got some nice ideas[1].

いい 考え[2]があるんですが[3]…

i.i.kanga.e.ga.a.ru.n.de.su.ga

❶ 好點子 [naɪs aɪˋdiəz]
❷ 好點子
❸ 有…

············ 相 關 用 法 ············

用 Would you like to～：表示你願意～嗎？

Would you like to hear my <u>thoughts</u>?

看法 [θɔts]

（您願意聽聽我的看法嗎？）

用 one's idea：表示某人的想法

Let's hear **Mr. Lin's idea**.
（讓我們聽聽林先生的想法。）

如果要從其他角度切入，表達自己的想法時，通常會用「こういうのも」（這樣的～也）來表達，例如：

こういうのも<u>あるんですが</u>…
              有…

（也有這種方式／做法／東西。）

用 提案：表示建議

<ruby>提案<rt>ていあん</rt></ruby>があります。

tei.an.ga.a.ri.ma.su

（我有一個建議。）

用～の意見／考え：表示某人的意見／想法

<ruby>林<rt>りん</rt></ruby>さんの<ruby>意見<rt>いけん</rt></ruby>／<ruby>考<rt>かんが</rt></ruby>えを<u><ruby>伺<rt>うかが</rt></ruby>いましょう</u>。
                             讓我們請教吧

rin.sa.n.no.i.ken / kanga.e.wo.ukaga.i.ma.sho.u

（讓我們聽聽林先生的意見／想法。）

補充〈提出意見用語〉：

● 打斷：interrupt、<ruby>話<rt>はなし</rt></ruby>を<ruby>遮<rt>さえぎ</rt></ruby>る

● 指出：point out、<ruby>指摘<rt>してき</rt></ruby>する

● 提出建議：propose、<ruby>提案<rt>ていあん</rt></ruby>する

● 陳述：state、<ruby>述<rt>の</rt></ruby>べる

覺得對方的意見不好，想補充或反
駁……

> 我想再補充一下…

I would like to add on¹ ....

それに²付け加えたいのですが³…

so.re.ni.tsu.ke.kuwa.e.ta.i.no.de.su.ga

也可以用「それともう一つ…」（還有一點…）來補
充意見。

❶ 補充 [æd ɑn]
❷ 另外
❸ 想要補充…

相關用法

用 better idea：表示更好的點子

I've got a **better idea**, would you like to hear it?
[ˈbɛtə aɪˈdiə]

（我有更好的點子，您要聽聽看嗎？）

用 practical enough：表示非常務實

I don't think your idea is **practical enough**.

[ˋpræktɪkḷ əˋnʌf]

（我覺得你的想法不夠實際。）

用 いい考え：表示好點子

いい 考(かんが)えがあるんですが。

　　　　　　有…

i.i.kanga.e.ga.a.ru.n.de.su.ga

（我有一個好點子。）

類似說法還有：

提案(ていあん)があります。

（我有一個建議。）

用 詰める：表示看法要深入

もうちょっと 詰めたほうがいい と思(おも)います。

再一點點　　　　深入~比較好　　　我覺得

mo.u.cho.tto.tsu.me.ta.ho.u.ga.i.i.to.omo.i.ma.su

（我覺得你的看法要再深入一點比較好。）

〈再～〉的慣用表達：

● もう 少(すこ)し（再一點點）

● もう 一度(いちど)（再一次）

● もうちょっと：（再一點點）

不贊成同事點子的時候……

很抱歉，
但我並不贊成這個提議。

I'm sorry but I disagree[1] with this proposal[2].

そうですかねぇ[3]。

so.u.de.su.ka.nee

不贊同對方的提議時，日文通常會使用主題句的「そうですかねぇ」(是嗎？對嗎？)來表達自己的疑慮。不會直接說出「我反對」。

❶ 不贊成 [ˌdɪsəˋgri]
❷ 提案 [prəˋpozl]
❸ 是嗎？對嗎？

用 high risk：表示高風險

I object, the reason so is because we might be at
反對 [əbˋdʒɛkt] 原因 [ˋrizn]
high risk.
[haɪ rɪsk]

(我反對，因為這樣我們的風險太高了。)

用 discuss：表示討論

Shall we **discuss** more before <u>coming to a</u>
　　　　　　　　　　　　　　　　　做出結論 [`kʌmɪŋ tu ə

<u>conclusion</u>?
kən`kluʒən]

（要不要再討論一下再做出結論？）

用 リスクが高い：表示高風險

そうですかねぇ。ちょっと<u>これでは</u>**リスクが**
　　　　　　　　　　　　　　這樣的話

<u>高い</u>_{たか}んじゃないでしょうか。
　　　　　　　不是～嗎？

so.u.de.su.ka.nee。cho.tto.ko.re.de.wa.ri.su.ku.ga.

taka.i.n.ja.na.i.de.sho.u.ka

（是嗎？這樣我們的風險不是有點高嗎？）

句中的「リスクが高い」也可以換成其他反對的
理由，例如：

- インパクトに欠ける（不能加深印象）
- 高すぎる（太貴）
- 時間が足りない（時間不夠）
- 若者に受けない（年輕人不能接受）

用 話し合う：表示討論

<u>もう一度</u> <u>話し合ってから</u> <u>決めては</u>
　再次　　　商量之後　　　　決定

<u>どうでしょうか。</u>
　如何呢

mo.u.ichi.do.hana.si.a.tte.ka.ra.ki.me.te.wa.do.u.de.

sho.u.ka

（再次討論後再做決定如何呢？）

對方說話速度太快，有點聽不清楚……

I'm sorry, could you repeat[1] it again[2]?

すみません[3]。あのう[4]、もう一度[5]…

su.mi.ma.se.n。 a.no.u、 mo.u.ichi.do

❶ 重複 [rɪ`pit]
❷ 再次 [ə`gɛn]
❸ 對不起
❹ 那個…
❺ 再一次

用 slow down：表示說慢一點

Would you please **slow down**?
[slo daun]

（可以請你說慢一點嗎？）

用 repeat：表示重述

Excuse me, let me **repeat** it <u>again</u>.
[rɪ`pit]　　　再次 [ə`gɛn]

（不好意思，請讓我再說一次。）

對客戶的客氣說法：

恐(おそ)れ入(い)ります。もう一度(いちど) お願(ねが)いします。
不好意思　　　　　再一次　　　　麻煩您

oso.re.i.ri.ma.su。mo.u.ichi.do.o.nega.i.si.ma.su

（不好意思，請您再說一次。）

用 ゆっくり：表示慢慢地

あのう、もう少(すこ)し ゆっくり話(はな)してもらえませ
　　　　　稍微　　　　　可以請你慢慢說嗎？

んか。

a.no.u、mo.u.suko.si.yu.kku.ri.hana.si.te.mo.ra.
e.ma.se.n.ka

（那個，可以請你說慢一點嗎？）

用 説明させて～：表示讓我說明

すみません。もう一度(いちど) 説明(せつめい)させていただきま
　　　　　　　　再一次　　　　　　請讓我說明

すね。

su.mi.ma.se.n。mo.u.ichi.do.setsu.mei.sa.se.te.i.ta.
da.ki.ma.su.ne

（不好意思，請讓我再說一次。）

補充〈說話速度〉：

● 說話緩慢：speak slowly、ゆっくり話(はな)す
● 說話急促：speak in haste、早口(はやくち)で話(はな)す

273

想請對方再解釋詳細點……

Would you please explain[1] it again[2]?

もう一度[3]説明していただけますか[4]。

mo.u.ichi.do.setsu.mei.si.te.i.ta.da.ke.ma.su.ka

❶ 解釋 [ɪk`splen]
❷ 再次 [ə`gɛn]
❸ 再一次
❹ 可以請你說明嗎？

······ 相 關 用 法 ······

用 explain：表示解釋

Would you please **explain** this <u>part</u> again?
部分 [part]

（這個部分你可不可以再解釋一下？）

用 get it：表示了解

I <u>still</u> don't **get it**.
仍然 [stɪl]

＝I still don't <u>understand</u>.
理解 [ˌʌndə`stænd]

（我還是不太明白。）

用 a little slower：表示慢一點

Would you speak **a little slower**?
[ə `lɪtḷ sloɚ]

（可以請您說慢一點嗎？）

用 mean：表示意思是～

I'm sorry, did you **mean** ....
（不好意思，您剛剛那句話是…）

用 詳しい：表示詳細的

ここのところをもう少し詳しく 教えてください。
　　這個部分　　　　　　再詳細一點　　　　　請解說

ko.ko.no.to.ko.ro.wo.mo.u.suko.si.kuwa.si.ku.osi.
e.te.ku.da.sa.i

（這個部分請你再解釋詳細一點。）

用 分からない：表示不清楚、不明白

まだちょっと分からないのですが…
　　還是有點

mada.cho.tto.wa.ka.ra.na.i.no.de.su.ga

（我還是有點不太明白…）

跟對方確認剛才的意思是～：

すみません。今言ったそれは…
　　　　　　　剛剛那句話

su.mi.ma.se.n。ima.i.tta.so.re.wa

（不好意思，您剛剛那句話是…）

要對目前為止的話題做總結及確認時，可以說：

では、～という 事ですね。

（那麼，就是～這樣子對吧？）

看來協商即將有好的結果……

看來我們即將達成協議了。

Looks like[1] **we are** about to[2] come to an agreement[3].

<ruby>話<rt>はなし</rt></ruby>がまとまった[4]ようです[5]ね。

hanasi.ga.ma.to.ma.tta.yo.u.de.su.ne

❶ 看起來好像 [lʊks laɪk]
❷ 即將 [ə`baʊt tu]
❸ 達成協議[kʌm tu æn ə`grimənt]
❹ 談妥
❺ 好像

相關用法

用 agree：表示贊成

I <u>totally</u> **agree** with you.
非常 [`totl̩ɪ] [ə`gri]

（我非常贊成您的說法。）

用 keep up：表示持續向前

- **Keep** it **up**!（好，我們攜手向前。）
  [kip]　[ʌp]

- **Keep up** the good work!
（希望我們持續共同努力！）

達成協議後的回應：

- 今後とも よろしくお願いいたします。
  <ruby>今後<rt>こんご</rt></ruby>とも よろしくお<ruby>願<rt>ねが</rt></ruby>いいたします。
  今後也　　　　　　　請多多關照

kon.go.to.mo.yo.ro.si.ku.o.nega.i.i.ta.si.ma.su

（今後也請您多多關照。）

- はい。では、よろしくお願いします。
  はい。では、よろしくお<ruby>願<rt>ねが</rt></ruby>いします。
  　　　那麼

ha.i。de.wa、yo.ro.si.ku.o.nega.i.si.ma.su

（是的，那麼請您多多關照。）

  - 在協商或溝通的場合中，同意對方的意見、主張、看法時，可以說：

    おっしゃるとおりです。
    （如同您所說的。）

  - 「おっしゃるとおりです。」在一段會話中，只能使用一、兩次，不適合一直使用。

  - 另外也可以說：

    そうですね。
    （是啊。）

  - 「そうですね。」是附和對方的用語，在會話中可以一直使用，沒有特別限制使用次數。

確定要與這間廠商合作了……

很榮幸能和您們合作！

合約

It's a pleasure[1] to have done business[2] with you.

これをご縁に[3]、今後とも[4]、宜しくお願いいたします。

ko.re.wo.go.en.ni、 kon.go.to.mo、 yoro.si.ku.
o.nega.i.i.ta.si.ma.su

- 日文在雙方達成合作時，不會用「謝謝」或「深感榮幸」的字眼，一定會說「宜しくお願いいたします」（請您多多關照）。

- 可是英文沒有「請您多多關照」的詞彙，而是會用「pleasure」表示榮幸。

- 洽談結束後可以說「お忙しいところ、長時間お邪魔いたしまして、申し訳ありませんでした。」（百忙之中長時間打擾您，非常抱歉），表達對於對方特別撥空前來參與的歉意。

❶ 榮幸 [`plɛʒɚ]
❷ 進行合作 [hæv dʌn `bɪznɪs]
❸ 藉這個機會
❹ 今後也

278

用 Thanks for：表示感謝對方的幫忙

Thanks for all the <u>help</u>!
幫忙 [hɛlp]

（感謝您所有的幫忙！）

用 inform：表示告知

There are <u>a few things</u> I need to **inform** you on....
幾件事 [ɪnˈfɔrm]

（有幾件事我需要告訴您。）

針對合作細節希望對方配合：

● それから、お願（ねが）いしたい事（こと）があるんですが…
接下來　　　想請您幫忙的事情

so.re.ka.ra、 o.ne.ga.i.si.ta.i.koto.ga.a.ru.n.de.su.ga

（接下來，想跟您說明需要配合的地方…）

● あと、お願（ねが）いしたい事（こと）があるんですが…
此外

a.to、 o.ne.ga.i.si.ta.i.koto.ga.a.ru.n.de.su.ga

（此外，還想跟您說明需要配合的地方…）

　　「之後也請您多多關照」是日本上班族常常掛在
嘴邊的一句話，可以使用「今後」（こんご）（今後）或是
「次回」（じかい）（下次）這兩個詞彙：
● 今後（こんご）とも宜（よろ）しくお願（ねが）いいたします。
　（之後也請您多多關照。）

● 次回（じかい）もまた、宜（よろ）しくお願（ねが）いいたします。
　（下次也請您多多關照。）

有筆交易必須好好思考才能下決定⋯⋯

請再讓我想一想。

合作
計畫

Let me give it some thought[1].

（社に持ち帰って[2]、）検討させていただきます[3]。

(sha.ni.mo.chi.kae.tte、)ken.tou.sa.se.te.i.ta.da.ki.ma.su

主題句的類似說法還有：

Can I think about it for a few days?

（可以給我幾天時間考慮嗎？）

❶ 仔細考慮 [gɪv ɪt sʌm θɔt]
❷ 帶回公司後
❸ 請讓我們考慮

相關用法

用 get back：表示回覆

When should I **get back** to you?
[gɛt bæk]

（我什麼時候回覆你比較好？）

用 make a decision：表示做決定

I can't **make a decision** right now.
[mek ə dɪ`sɪʒən]　　現在 [raɪt nau]

（我現在無法做決定。）

用 検討させて：表示請讓我考慮

2・3日**検討させて**ください。
　　　　　　　　請讓我考慮

ni.san.nichi.ken.tou.sa.se.te.ku.da.sa.i

（請讓我考慮幾天。）

用 いつまでに：表示在什麼時候之前

いつまでにお返事したら 宜しいでしょうか。
　　　　　　如果要回覆您的話　　比較適合？

i.tsu.ma.de.ni.o.hen.ji.si.ta.ra.yoro.si.i.de.sho.u.ka

（我應該在什麼時候之前回覆您比較好？）

用 今ここで：表示現在當下

今ここでお返事できませんが。
　　　　無法回覆您

ima.ko.ko.de.o.hen.ji.de.ki.ma.se.n.ga

（我現在沒辦法回答您。）

用 前向きに：表示進一步

前向きに**検討させて**いただきます。
　　　　　請讓我們考慮

mae.mu.ki.ni.ken.tou.sa.se.te.i.ta.da.ki.ma.su

（請讓我們再進一步考慮。）

　　上述說法通常用於已經決定拒絕，但不好意思當場
拒絕對方，所以先跟對方說我們會再進一步考慮。

🔘 MP3 128

無法決定客戶的要求，要和主管討論才能回覆……

請讓我和我們經理商量後再回覆您。

主管

Let me consult with¹ **my** manager².

部長³に相談してから⁴お返事致します⁵。

bu.chou.ni.sou.dan.si.te.ka.ra.o.hen.ji.ita.si.ma.su

❶ 和〜商量 [kən`sʌlt wɪð]
❷ 經理 [`mænɪdʒɚ]
❸ 經理
❹ 商量之後
❺ 給您回覆

······相關用法······

用 on my own：表示獨自一人

I'm sorry, but I <u>won't be able to</u> <u>make a decision</u>
　　　　　　　　　　無法　　　　　　做決定
on my own.
[an maɪ on]

（不好意思，這件事我無法單獨決定。）

用 think about：表示考慮

Can I think about it?
[θɪŋk əˋbaʊt]

（可以讓我考慮一下嗎？）

用 決めかねる：表示無法決定

すみません。私 では決めかねますので。
<small>わたくし 以我的立場 き</small>

su.mi.ma.se.n。watakusi.de.wa.ki.me.ka.ne.ma.su.
no.de

（不好意思，因為這件事我無法單獨決定。）

希望對方讓自己考慮後再決定：

考えさせて 頂けませんでしょうか。
<small>かんが いただ</small>

kanga.e.sa.se.te.itada.ke.ma.se.n.de.sho.u.ka

（可以請您讓我考慮嗎？）

〈ほうれんそう（波菜）法則〉

● 日本職場中有所謂的「ほうれんそう（波菜）」
 法則，這是由「報告」（報告）、「連絡」
 <small>ほうこく れんらく</small>
 （聯絡）、「相談」（商量）這三個字的字首
 <small>そうだん</small>
 「ほう・れん・そう」組合而成。

● 「菠菜法則」的用意，是希望職員在進行各項
 業務時，都能遵守「報告・聯絡・商量」三個原
 則，讓工作能避免失誤、更順利進行。

結果不如對方預期的開場白……

很遺憾必須告訴您…

I'm afraid¹ that I have to² tell you ....

^{ざんねん}
残念ながら³…

zan.nen.na.ga.ra

● 在商務場合中，使用主題句的「残念ながら」，
對方就會知道結果是不好的。

● 要告知對方非預期中的結果時，也可以用「大
変申し上げにくいのですが…」（真的很難啟
齒…）。

這句話是「想要達成對方的期待或要求，卻無法達
成」時，婉轉向對方說明解釋所用的。

❶ 遺憾 [əˋfred]
❷ 必須 [hæv tu]
❸ 很遺憾…

相關用法

用 There's something：表示有某件事要說

There's something that I have to tell you.
（有件事必須向您說。）

用 disappointment：表示失望

Sorry for the **disappointment**.
[ˌdɪsəˈpɔɪntmənt]

（很抱歉讓您失望。）

用 〜に添いかねる：表示辜負了〜

ざんねん
残念ながら、ご期待に添いかねることになり
　　　　　　　　き たい そ
　　　　　　　　辜負了您的期待

ました。

zan.nen.na.ga.ra、go.ki.tai.ni.so.i.ka.ne.ru.ko.to.
ni.na.ri.ma.si.ta

（很遺憾，辜負了您的期待。）

用 見送る：表示擱置、暫緩考慮

ざんねん　　　　　こんかい　　み おく
残念ながら、今回は見送らせていただくこと
　　　　　　　　這次　　　　　讓我們暫且不考慮

になりました。

zan.nen.na.ga.ra、kon.kai.wa.mi.oku.ra.se.te.i.ta.
da.ku.ko.to.ni.na.ri.ma.si.ta

（很遺憾，這次得到這樣的結果…）

不採用對方的提案……

> 很遺憾，
> 我們必須拒絕貴公司的提案。

Unfortunately[1], we have to decline[2]
your proposal[3].

大変申し上げにくいのですが[4]、御
社[5]のご提案[6]は今回、不採用となり
ました[7]。

tai.hen.mou.si.a.ge.ni.ku.i.no.de.su.ga、 on.sha.
no.go.tei.an.wa.kon.kai、 fu.sai.you.to.na.ri.ma.
si.ta

- 要拒絕對方提案前，可以先說主題句的「大変申し
  上げにくいのですが…」（真的很難啟齒…）。

  這句話是「想要達成對方的期待或要求，卻無法達
  成」時，婉轉向對方說明解釋所用的。

- 當對方有無理的要求時，也可以使用「大変申し
  上げにくいのですが…」（真的很難啟齒…）。

❶ 遺憾 [ʌnˋfɔrtʃənɪtlɪ]　　❸ 提案 [prəˋpozl]
❷ 婉拒 [dɪˋklaɪn]　　　　❹ 真的很難啟齒

❺ 貴公司　　　　　　　❼ 決定不採用
❻ 提案

用 be not acceptable：表示無法接受

I'm afraid that's **not acceptable** to us.
遺憾 [əˋfred]　　　[əkˋsɛptəbl]

（很遺憾，我們無法接受。）

用 can't agree：表示無法同意

I'm afraid we **can't agree** with you there.
　　　　　　　[əˋgri]

（很遺憾，我們無法同意。）

回應對方的再次解釋：

I understand where you're coming from / your
　　　　　　　　你的意思

position, but ....
立場 [pəˋzɪʃən]

（我可以瞭解您的意思 / 立場，但是…）

用 mind：表示介意

Do you **mind** if we get back to you by tomorrow?
　　　　[maɪnd]

（您介意我們明天再回覆您嗎？）

大変申し上げにくいのですが 的補充例句

大変申し上げにくいのですが、明日までに
たいへんもう　あ　　　　　　　　あす
　　　　　　　　　　　　　　　　明天之前
お願いできませんでしょうか。
ねが
　　　　麻煩您
tai.hen.mou.si.a.ge.ni.ku.i.no.de.su.ga、asu.ma.de.
ni.o.nega.i.de.ki.ma.se.n.de.sho.u.ka
（真的很難啟齒，能否麻煩您明天之前完成？）

上回討論的案子至今沒有回覆，得去問問……

請問上次會議中討論的企劃，貴公司的回覆是什麼？

企劃案

Any good news[1] on the proposal[2] from the last meeting[3]?

前回[4]、会議でお話しました[5]企画の件[6]ですが、いかがお考えでしょうか[7]。

zen.kai、 kai.gi.de.o.hanasi.si.ma.si.ta.ki.kaku. no.ken.de.su.ga、 i.ka.ga.o.kanga.e.de.sho.u.ka

主題句的「前回」也可以換成「先日」(之前)。

❶ 好消息 [gʊd njuz]
❷ 企劃 [prə`pozl̩]
❸ 會議 [`mitɪŋ]
❹ 上次
❺ 討論過的
❻ 企劃案
❼ 您考慮得如何？

相 關 用 法

用 conclusion：表示結論

It's been a week since the <u>agreed</u> <u>deadline</u>. Has a
議定的 [ə`grid] 截止期限 [`dɛd͵laɪn]

conclusion been made?
[kən`kluʒən]

（已經超過約定期限一星期了，請問是否有結
論了？）

用 can't wait any longer：表示無法再等

I'm <u>afraid</u> we **can't wait any longer**.
恐怕 [ə`fred]

（我恐怕沒辦法再等了。）

用 the soonest possible：表示盡快

We hope to have your <u>decision</u> **the soonest possible**.
決定[dɪ`sɪʒən] [ðə sunɪst `pasəbl]

（我們希望您能盡快決定。）

用 一週間過ぎる：表示超過一星期

<ruby>予定<rt>よてい</rt></ruby>より <ruby>一 週 間<rt>いっしゅうかん</rt></ruby><ruby>過<rt>す</rt></ruby>ぎているのですが。
比預定時間　　　超過一星期了

yo.tei.yo.ri.i.sshu.kan.su.gi.te.i.ru.no.de.su.ga

（因為已經超過預約定時間一星期了。）

用 厳しい：表示不能再等、難以配合

<ruby>厳<rt>きび</rt></ruby>しいかと<ruby>思<rt>おも</rt></ruby>います。（恐怕沒辦法再等了。）

kibi.si.i.ka.to.omo.i.ma.su

用 時間點＋までに：表示在某個時間點之前

○○<ruby>時<rt>じ</rt></ruby> / <ruby>日<rt>か</rt></ruby> / <ruby>日<rt>にち</rt></ruby>までに<ruby>お願<rt>ねが</rt></ruby>いいたします。
請您～

○○ji / ka / nichi.ma.de.ni.o.nega.i.i.ta.si.ma.su

（請您在○○點 / 號之前回覆。）

🔊 MP3 132

要向客戶介紹新產品，跟製造商索
取相關資料……

請問可以給我這件
新產品的資料嗎？

Can I have a brochure[1]?

この新商品の資料をいただけます
でしょうか[2]。

ko.no.sin.shou.hin.no.si.ryou.wo.i.ta.da.ke.ma.su.
de.sho.u.ka

- 如果是要跟對方索取公司簡介，可以將主題句的
  「brochure」（小冊子）換成「company profile」
  （公司簡介），例如：
  Can I have your company profile?
  （請問可以給我你們公司的簡介嗎？）

- 可以將主題句的「この新商品の資料」替換
  成：
  こちらの資料（手邊的這份資料）
  こちらのパンフレット（手邊的這本小冊子）

❶ 小冊子 [bro`ʃur]
❷ 可以獲得嗎？

用 explain a little more：表示多做解釋

Do you mind **explaining a little more** about this
[ɪkˋsplenɪŋ]

new product?
新產品 [njuˋprɑdəkt]

（關於新產品的內容，你可以解釋多一點嗎？）

用 know more：表示多加了解

I would like to **know more** about this product.
[no]

（我想要多了解一下這件新產品。）

用 聞く：表示詢問

ちょっと新 商 品について いろいろ 聞きたい
　　　稍微　　しんしょうひん　　關於　　　各方面　　想詢問 き

のですが。

cho.tto.sin.shou.hin.ni.tsu.i.te.i.ro.i.ro.ki.ki.ta.i.no.
de.su.ga

（我想問一下關於新產品的內容。）

用 勉強する：表示了解、學習

新 商 品をもっと 勉 強 しないと…
しんしょうひん　　更多　べんきょう必須了解

sin.shou.hin.wo.mo.tto.ben.kyou.si.na.i.to

（我必須多了解一下新產品。）

133

🔊 MP3 133

想要了解這個產品……

請問這個產品的
特色是什麼？

What are the product features[1]?

しょうひん とくちょう
この商品の特徴[2]は？

ko.no.shou.hin.no.toku.chou.wa

主題句的類似說法還有：
たしゃ　ちが
他社との違いは？
（和其他公司不一樣的地方是什麼？）

❶ 特色 [fitʃəz]
❷ 特色

相 關 用 法

用 keen on：表示感興趣

We are very **keen on** this product.
　　　　　　[kin ɑn]
（我們對貴公司的這個產品非常有興趣。）

用 affordable：表示價格負擔得起的

We are <u>looking for</u> something <u>similar</u> but also
尋找 ['lʊkɪŋ fɔr]　　　類似的 ['sɪmələ˞]

more **affordable**.
[ə'fɔrdəbl]

（我們在找類似，而且價格更負擔得起的產品。）

用 unique：表示獨特之處

What is **unique** about this product?
[ju'nik]

（可以告訴我這個產品有什麼特別的嗎？）

用 興味がござる：
表示（對貴公司的～）有興趣

<u>御社</u>の 商品に<u>大変</u> <u>興味がございまして</u>…
貴公司　　　　　非常　　　　有興趣

on.sha.no.shou.hin.ni.tai.hen.kyou.mi.ga.go.za.
i.ma.si.te

（我們對貴公司的產品非常有興趣。）

用 似たような：表示類似的

<u>似たような</u>商品で<u>安い</u>ものを<u>探しています</u>。
便宜　　　　正在尋找

ni.ta.yo.u.na.shou.hin.de.yasu.i.mo.no.no.wo.saga.
si.te.i.ma.su

（我們正在找類似的，而且價格比較便宜的產品。）

用 違い：表示不同之處

<u>違い</u>を<u>教えてもらえませんか</u>。
可以告訴我嗎？

chiga.i.wo.osi.e.te.mo.ra.e.ma.se.n.ka

（可以告訴我它有什麼不同的地方嗎？）

需要向廠商訂購文具……

> 貨號 AB100 我要
> 訂購 10 箱。

I would like to place¹ a 10 box²
order³ on AB100.

ＡＢ１００を１０ケース⁴注文した
いのですが⁵…

ee.bii.hyaku.wo.ju.kkee.su.chuu.mon.si.ta.i.no.
de.su.ga

如果是要訂購「一打」，可以將日文主題句的「１０
ケース」（10箱）替換成「１ダース」（一打）。

❶ 開出（訂單）[ples]
❷ 箱 [bɑks]
❸ 訂購 [ˋɔrdɚ]
❹ 箱
❺ 想訂購

········· 相 關 用 法 ·········

用 delivery：表示交貨

When will it be <u>delivered</u>? Please make a fast
送達 [dɪˋlɪvərəd]

delivery.
[dɪˋlɪvərɪ]

（請問何時可以送到？請盡快交貨。）

用 pay：表示付款

Can I **pay** <u>upon</u> <u>receiving</u> the goods?
在～之後立即 [əˋpɑn] 收到 [rɪˋsivɪŋ]

（可以貨到付款嗎？）

用 wire：表示匯出（款項）

Which <u>account</u> should I **wire** the money to?
帳戶 [əˋkaunt] 　　　　[waɪr]

（請問我應該匯款到哪個帳戶？）

用 届く：表示送達

<u>どのくらい</u>で届きますか。
多久　　　　とど

do.no.ku.ra.i.de.todo.ki.ma.su.ka

（請問何時可以送到？）

用 急ぎで：表示盡快

急ぎで<u>お願いできますでしょうか。</u>
いそ　　ねが　　　　可以請您～嗎？

iso.gi.de.o.nega.i.de.ki.ma.su.de.sho.u.ka

（可以請您盡快嗎？）

用 着払い：表示貨到付款

着払い<u>できますか。</u>（可以貨到付款嗎？）
ちゃくばら　　可以嗎？

chaku.bara.i.de.ki.ma.su.ka

洽談中詢問商品價格……

我想請教這個商品的價格。

Can I have the price¹ on this?

こちらの商品²の価格³を教えてください(ませんか)⁴。

ko.chi.ra.no.shou.hin.no.ka.kaku.wo.osi.e.te.ku.da.sa.i(ma.se.n.ka)

● 一般詢價時可以說「いくらですか。」（多少錢？）

● 要特別注意日文的「割引」（折扣）說法，例如「３割引」是中文的「7折」。

❶ 價格 [praɪs]　　❸ 價格
❷ 這個商品　　❹ 請告訴我

相 關 用 法

用 discount：表示折扣

Do you offer a wholesale discount?
給予 [ˋɔfɚ] 大量的 [ˋholˏsel] [ˋdɪskaunt]

（如果大量訂購會有折扣嗎？）

用 best offer：表示最低報價

What is your **best offer**?
[bɛst `ɔfɚ]

（請問最低報價是多少？）

用 best price：表示最低價格

What is the **best price** you can offer?
[bɛst praɪs]

（請問您可以提供的最低價格是多少？）

用 購入する：表示訂購

まとめて 購入 した場合 安くなりますか。
　　集中　　こうにゅう　　訂購的話　　ば あい　やす　　會便宜嗎？

ma.to.me.te.kou.nyuu.si.ta.ba.ai.yasu.ku.na.ri.ma.su.ka

（如果大量訂購會有折扣嗎？）

用 何割引：表示幾折

あのう、何割引きして 頂けますか。
　　　　なんわり び き し て　いただ
　　　　　可以打幾折呢？

a.no.u、 nan.wari.bi.ki.si.te.itada.ke.ma.su.ka

（請問最低可以到幾折？）

用 最低価額：表示最低價格

あのう、最低価格はいくらでしょうか。
　　　　さいていか かく　　多少錢

a.no.u、 sai.tei.ka.kaku.wa.i.ku.ra.de.sho.u.ka

（請問您可以提供的最低價格是多少？）

對方的報價似乎不對，想查清楚……

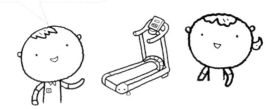

這個產品的報價是多少錢？

Can I get a quote[1] on this product[2]?

この商品の見積金額[3]はいくらでしょうか[4]。

ko.no.shou.hin.no.mi.tsumori.kin.gaku.wa.i.ku.
ra.de.sho.u.ka

想知道商品的詳細價格可以說：

商品明細をもう一度説明して頂けませんか。
（可以請您再說明一次商品的明細嗎？）

❶ 報價 [kwot]
❷ 產品 [ˋprɑdəkt]
❸ 報價金額
❹ 多少錢？

用 transaction amount：表示交易金額

What is the **transaction amount**?
[træn`zækʃən ə`maunt]

（請問這次的交易金額是多少錢？）

用 order：表示訂購

Did we **order** 5000 pieces?
[`ɔrdɚ]

（請問我們訂購的數量是 5000 個嗎？）

用 取引金額：表示交易金額

こんかい　とりひききんがく
今回の取引金額はいくらですか。
這次　　　　　　　　多少錢？

kon.kai.no.tori.hiki.kin.gaku.wa.i.ku.ra.de.su.ka

（請問這次的交易金額是多少錢？）

用 注文する：表示訂購

へいしゃ　　ちゅうもん　　　　　ごせんこ
弊社が注文したのは五千個のはずなんです
敝公司　　訂購的　　　　　　　　　應該是
が。

hei.sha.ga.chuu.mon.si.ta.no.wa.go.sen.ko.no.
ha.zu.na.n.de.su.ga

（敝公司訂購的數量應該是 5000 個才對。）

補充〈報價〉：

● 詢價：inquiry、見積依頼
　　　　　　　　みつもりいらい

● 報價單：quotation、見積書
　　　　　　　　　　みつもりしょ

● 數量：quantity、数量
　　　　　　　　　すうりょう

● 單價：unit price、単価
　　　　　　　　　たんか

137

跟廠商議價……

可以便宜一點嗎？

May I get a discount[1]?

もう少し[2]安くなりませんか[3]。

mo.u.suko.si.yasu.ku.na.ri.ma.se.n.ka

主題句的類似說法還有：

- もう少しなんとかなりませんか。
  （可以再便宜一點嗎？）
- 少し値下げしていただけませんか。
  （價錢可以再降低一點嗎？）

❶ 折扣 [ˈdɪskaʊnt]
❷ 再一點點
❸ 可以便宜嗎？

相 關 用 法

用 expensive：表示價錢高

Isn't that <u>a little</u> too **expensive**?
一點點 [ə ˈlɪtl]　　[ɪkˈspɛnsɪv]

（這個價錢會不會太高了？）

用 offer：表示開價

This is the best price I can **offer**.
[`ɔfɚ]

（這個價錢已經是底限了。）

用 take：表示接受

Sure, I'll **take** it.
（好吧。就決定是這個價錢了！）

用 高くないですか：詢問價錢是不是太貴

ちょっと 高くないですか。
稍微　　　會不會太貴了？

cho.tto.taka.ku.na.i.de.su.ka

（這個價錢會不會太貴了？）

用 下げる：表示壓低價格

もうこれ以上 下げられません。
再也～　　　　無法壓低價格

mo.u.ko.re.i.jou.sa.ge.ra.re.ma.se.n

（這個價錢已經是底限了。）

接受對方提出的價錢：

分かりました。これでお願いします。
了解了

wa.ka.ri.ma.si.ta。ko.re.de.o.nega.i.si.ma.su

（好吧。就決定這個價錢了！）

客戶針對我方的產品進行殺價……

不好意思，這已經是底限。

I'm sorry, but this is the best offer [1]
I can give.

すみません[2]。これがぎりぎり[3]なん
です。

su.mi.ma.se.n。ko.re.ga.gi.ri.gi.ri.na.n.de.su

❶ 最好的報價 [bɛst `ɔfɚ]　　　❸ 極限
❷ 不好意思

相 關 用 法

用 discount：表示折扣

How about a <u>10%</u> **discount**?
　　　　　　　九折

（打九折的話，你覺得如何？）

用 cash transaction：表示現金交易

We can give a discount for a **cash transaction**.
　　　　　　　　　　　　　[kæʃ trænˋzækʃən]

（如果現金交易的話，我們可以打折。）

用 reevaluate：表示重新評估

We can surely **reevaluate** on the other <u>spendings</u>
[ˌriˈvæljuˌet] 花費 [ˈspɛndɪŋz]
/ <u>expenses</u>.
費用 [ɪkˈspɛnsɪz]

（在其他費用方面，我們有再評估的空間。）

用 1割引き：表示九折

<u>1 割引き</u>でどうでしょう。
打九折 　　　您覺得如何
ichi.wari.bi.ki.de.do.u.de.sho.u

（打九折的話，您覺得如何？）

用 現金支払い：表示現金交易

<u>現金支払い</u>でしたら、<u>もう少し</u> <u>お安く</u>できま
現金交易的話 　　　再一點點 　　可以算您便宜
す。
gen.kin.si.hara.i.de.si.ta.ra、 mo.u.suko.si.o.yasu.
ku.de.ki.ma.su

（如果現金交易的話，我們可以再便宜一點。）

用 他の費用：表示其他費用

他の費用については<u>別</u>で <u>話し合わ</u>なければな
　　關於 　　　　　另外 　　必須討論
りません。
hoka.no.hi.you.ni.tsu.i.te.wa.betsu.de.hana.si.a.wa.
na.ke.re.ba.na.ri.ma.se.n

（在其他費用方面，我們必須另外再討論。）

談判順利,進一步詢問……

那麼請問貴公司需要
多少件本商品呢?

How many pieces[1] will you need[2]?

では[3]、どのくらい[4]用意いたしましょう[5]。

de.wa、do.no.ku.ra.i.you.i.i.ta.si.ma.sho.u

❶ 個數 [pisɪz]　　　❹ 多少個
❷ 需要 [nid]　　　❺ 需要為您準備?
❸ 那麼

用 acceptable:表示價格可以接受

Will this be an **acceptable** price?
　　　　　　　[ək`sɛptəbl̩]

(這樣的價格您可以接受嗎?)

用 better:表示更好的

Which one do you think is **better**?
　　　　　　　　　　　　[`bɛtɚ]

(您覺得哪一個更好?)

用 need：表示需求

May I know more about your **needs**?
[ˋnidz]

（請問貴公司的需求是什麼？）

用 値段：表示價格

値段のほうはこちらでよろしいですか。
　価格方面　　　　　　　　這樣子可以嗎？

ne.dan.no.ho.u.wa.ko.chi.ra.de.yo.ro.si.i.de.su.ka

（這樣的價格您可以接受嗎？）

用 ～がいいですかね：詢問～是不是比較好

そちらのほうがいいですかね。
　那樣

so.chi.ra.no.ho.u.ga.i.i.de.su.ka.ne

（還是說您認為那樣比較好？）

用 ご希望：表示貴公司的需求

御社のご**希望**を 伺 います。
貴公司　　　　　　　請教您

on.sha.no.go.ki.bou.wo.ukaga.i.ma.su

（請問貴公司的需求是什麼？）

補充〈訂單相關單字〉：
* 発 注 書（訂購單）
* 数 量 （數量）
* 単価（單價）

接到客戶的大訂單，要確認正確數量……

> 請問貴公司確定要訂購 20000 份沒錯吧？

20000 個？

This will be a 20,000 piece order[1], am I correct[2]?

恐れ入りますが[3]、御社[4]のご注文[5]は
二万個でお間違いないでしょうか[6]。

oso.re.i.ri.ma.su.ga、on.sha.no.go.chuu.mon.
wa.ni.man.ko.de.o.ma.chiga.i.na.i.de.sho.u.ka

主題句的「～でお間違いないでしょうか。」（是～
的情況沒有錯吧？）是針對容易出錯的內容，例如數
量、價格等進行確認的用法，也可以替換成「～でよ
ろしいでしょうか。」（～是這樣對嗎？）

❶ 訂購 ['ɔrdɚ]
❷ 正確的 [kə'rɛkt]
❸ 不好意思
❹ 貴公司
❺ 您們的訂購
❻ 沒有錯吧？

相關用法

用 transaction：表示交易

Could you please <u>provide</u> us the <u>detail</u> **transaction**
　　　　　　提供 [prə'vaɪd]　詳細 ['ditel] [træn'zækʃən]
information?

（可以請您提供本次交易的明確資料嗎？）

用 manufacturer：表示廠商

Let us <u>coordinate</u> with the **manufacturer** first.
協調 [ko`ɔrdn̩et]　　　　[ˌmænjə`fæktʃərɚ]

（請讓我們先與廠商協調一下。）

需要跟客戶約時間進一步討論訂單：

Will January 17th be <u>convenient</u> for a <u>discussion</u>?
方便的 [kən`vinjənt] 洽談 [dɪ`skʌʃən]

（請問您方便在 1 月 17 日與我們洽談嗎？）

用 見積もり：表示報價單

今回の<u>取引</u>の見積もり<u>等</u>を<u>送って</u>いただけま
　こんかい　とりひき　　みつ　　　とう　おく
　　　　　交易　　　　　　等等　　　可以請您提供嗎？

せんか。
kon.kai.no.tori.hiki.no.mi.tsu.mo.ri.tou.wo.oku.tte.
i.ta.da.ke.ma.se.n.ka

（可以請您提供本次交易的報價單等資料嗎？）

用 工場に確認する：表示向工廠確認

<u>工 場 に 確認して</u>から お返事致します。
こうじょう　かくにん　　　　　　へん じ いた
　　向工廠確認之後　　　　　　　給您回覆
kou.jou.ni.kaku.nin.si.te.ka.ra.o.hen.ji.ita.si.ma.su

（我們向工廠確認之後會再回覆您。）

需要跟客戶約時間進一步討論訂單：

1 月 1 7 日に<u>お時間 頂け</u>ますでしょうか。
いちがつじゅうしちにち　　 じ かんいただ
　　　　　　　　　　　可以占用您的時間嗎？
ichi.gatsu.juusichi.nichi.ni.o.ji.kan.itada.ke.ma.su.
de.sho.u.ka

（請問您方便在 1 月 17 日與我們洽談嗎？）

有人來訂購商品，但是現在缺貨……

我先幫您訂貨吧。

Let me place¹ a reserve² order³ for you.

こちら⁴は、お取り寄せになります⁵ね。

ko.chi.ra.wa、o.to.ri.yo.se.ni.na.ri.ma.su.ne

❶ 開（訂單）[ples]
❷ 預約 [rɪˋzɝv]
❸ 訂購 [ˋɔrdɚ]
❹ 這個
❺ 要幫您訂貨才行

用 take：表示花費（時間）

It will **take** about a week.
[tek]

（大約要一周的時間。）

用 place ~ order：表示下訂單

Shall I <u>go ahead</u> and **place** your **order**?
　　　　進行 [go ɚˋhɛd]

（我幫您預訂好嗎？）

用 かかる：表示花費（時間）

いっしゅうかん
<u>一 週 間</u>ほど**かかります**。
　大約一周

i.sshuu.kan.ho.do.ka.ka.ri.ma.su

（大約要一周的時間。）

補充〈期間用語〉：
- いち じ かん
  一 時 間（一小時）
- なん じ かん
  何 時 間（幾小時）
- いっしゅうかん
  一 週 間（一周）
- なんしゅうかん
  何 週 間（幾周）

用 取り寄せ：表示訂購

と　よ
<u>お**取り寄せ**いたしましょうか。</u>
　　　我來幫您訂購好嗎？

o.to.ri.yo.se.i.ta.si.ma.sho.u.ka

（我來幫您訂購好嗎？）

補充〈商品狀態〉：

- 沒有庫存：out of stock、在庫切れ / 品切れ
  　　　　　　　　　　　　ざい こ ぎ　　　しな ぎ
- 有庫存：in stock、在庫あり
  　　　　　　　　　　ざい こ
- 積壓的存貨：overstock、滯貨
  　　　　　　　　　　　　　たい か

沒有收到客戶的款項，跟對方確認⋯⋯

請問上個月的帳款付了嗎？

Has the payment¹ been made for last month?

先月²のお支払いがまだのようなんですが³…

sen.getsu.no.o.si.hara.i.ga.ma.da.no.yo.u.na.n.de.su.ga

❶ 付款 [`pemənt]
❷ 上個月
❸ 付款
❹ 好像還沒有來

⋯⋯⋯⋯⋯ 相 關 用 法 ⋯⋯⋯⋯⋯

用 proceed：表示進行

Please **proceed** with the payment by February 5th.
[prə`sid]

（請務必在 2 月 5 日前付款。）

用 as soon as possible：表示盡快

Please proceed with the payment **as soon as possible**.

[æz sun æz `pɔsəbl]

（請盡快進行付款的流程。）

用 振込み：表示匯款

2月5日までに振込みを宜しくお願いいたします。

にがついつか（之前）　ふりこ　よろ　ねが

ni.gatsu.itsu.ka.ma.de.ni.furi.ko.mi.wo.yoro.si.ku.o.nega.i.i.ta.si.ma.su

（請您在2月5日前付款。）

「までに」和「まで」的差異：
- 時間點＋までに：在～時間點之前
  明日までに（在明天之前）
  あした
- 時間點＋まで：到～時間點為止
  明日まで（到明天為止）
  あした

「まで」的前面還可以接續：
- 地點＋まで：到～地點為止
  バス停まで（到公車站牌為止）
  てい
- 重量＋まで：到～重量為止
  ２０キロまで（到20公斤為止）
  にじゅっ

希望對方盡快付款：

振込みのほうを急ぎでお願いします。

ふりこ　いそ（請盡快）　ねが

furi.ko.mi.no.ho.u.wo.iso.gi.de.o.nega.i.si.ma.su

（請盡快付款。）

311

被對方詢問帳款付了沒……

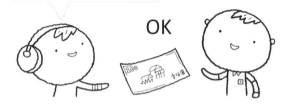

> 我們和會計部確認之後，
> 已經付款了。

OK

We've checked[1] with the accounting department[2], the payment has already[3] been made.

会計[4]に確認したところ[5]、振込み[6]は完了済みとのことです[7]が。

kai.kei.ni.kaku.nin.si.ta.to.ko.ro、 furi.ko.mi.wa.
kan.ryou.zu.mi.to.no.ko.to.de.su.ga.

❶ 確認 [tʃɛkt]
❷ 會計部
　 [əˋkauntɪŋ dɪˋpartmənt]
❸ 已經 [ɔlˋrɛdɪ]
❹ 會計部
❺ 確認之後
❻ 匯款
❼ 據說已經完成了

相關用法

用 reconfirm：表示再確認

We would like to **reconfirm** on this particular
　　　　　　　　[ˌrikənˋfɝm]　　　　[pɚˋtɪkjələ]
payment.
（對於這個帳款，我們想再確認一次。）

用 cheque：表示支票

We will send a **cheque** over.
[ˋtʃɛk]

（我們會送支票過去。）

用 ready：表示備妥、準備好

I apologize for it, we will have the payment **ready**
道歉 [əˋpɑləˏdʒɑɪz]

right away.
馬上 [raɪt əˋwe]

（很抱歉，我們會馬上匯款過去。）

用 お手数ですが：表示麻煩您

お手数ですが、もう一度 ご確認ください。
て すう　　　　　　いち ど　　　　かくにん
　　　　　　　　　再一次　　　　　　請您確認

o.te.suu.de.su.ga、mo.u.ichi.do.go.kaku.nin.ku.da.sa.i

（麻煩您再確認一次。）

用 小切手：表示支票

急ぎで小切手を送らせていただきます。
いそ　　こ ぎって　　おく
盡快　　　　　　　　　為您送過去

iso.gi.de.ko.gi.tte.wo.oku.ra.se.te.i.ta.da.ki.ma.su

（我們會盡快送支票過去。）

用 振込み：表示匯款

振込みの件 に関しましてはもう一度
ふり こ　　けん　　かん　　　　　　　　いち ど
匯款的事情　　關於～　　　　　　再一次

確認のうえ ご連絡いたします。
かくにん　　　　れんらく
　確認過後　　　　會與您聯絡

furi.ko.mi.no.ken.ni.kan.si.ma.si.te.wa.mo.u.ichi.
do.kaku.nin.no.u.e.go.ren.raku.i.ta.si.ma.su

（關於匯款部分，我們再次確認過後，會與您聯絡。）

想要確認付款方式……

> 請問貴公司接受支票
> 還是匯款呢？

Would you prefer[1] **a** cash transfer[2] **or a** cheque[3]?

支払い方法[4]ですが、小切手[5]と振込
み[6]とどちらが宜しいでしょうか[7]。

si.hara.i.hou.hou.de.su.ga、 ko.gi.tte.to.furi.ko.
mi.to.do.chi.ra.ga.yoro.si.i.de.sho.u.ka

❶ 比較喜歡 [prɪˋfɝ]
❷ 現金轉帳 [kæʃ trænsˋfɝ]
❸ 支票 [ˋtʃɛk]
❹ 付款方法
❺ 支票
❻ 匯款
❼ 哪一個比較適合？

相 關 用 法

用 transfer：表示匯款

Please have it **transferred**.
[trænsˋfɝɚd]

（請用匯款的方式。）

用 redemption：表示兌現

Please <u>inform</u> me about the date of **redemption**
告知 [ɪnˈfɔrm]　　　　　　　　[rɪˈdɛmpʃən]
on the cheque.
（請告知支票的兌現日期。）

用 make the payment：表示完成匯款

Please **make the payment** before the 30th of
<u>each month</u>.
每個月

（請在每個月的 30 號之前完成匯款。）

用 振込み：表示匯款

振込みでお願いします。（請用匯款的方式。）
ふり こ　　ねが
furi.ko.mi.de.o.nega.i.si.ma.su

用 支払期日：表示兌現日期

<u>小切手</u>の<u>支払期日</u>の<u>明記</u>をお願いいたします。
こ ぎって　　しはらいきじつ　　めいき　　ねが
支票　　　　　　　　　　　　　請標示清楚
ko.gi.tte.no.si.harai.ki.jitsu.no.mei.ki.wo.o.nega.
i.i.ta.si.ma.su

（請標示清楚支票的兌現日期。）

用 各月：表示每個月

<u>各月</u>の３０<u>日前に</u><u>お支払い</u>をお願いいた
かくつき　さんじゅうにちまえ　しはら　　ねが
每個月的 30 號之前　　　付款
します。
kaku.tsuki.no.sanjuu.nichi.mae.ni.o.si.hara.i.wo.
o.nega.i.i.ta.si.ma.su

（請在每個月的 30 號之前完成匯款。）

145

🔴 MP3 145

了解其他公司的工廠運作……

可以請您帶我們參觀工廠嗎？

Can you take us on a tour¹ of the factory²?

こうじょう
工場³を見学させていただけますで
けんがく

しょうか⁴。

kou.jou.wo.ken.gaku.sa.se.te.i.ta.da.ke.ma.su.
de.sho.u.ka

主題句也可以用「～を見てみたい」（想要參觀～）
み
的說法表達，例如：
こうじょう いちど み
工場を一度見てみたいのですが。
（我想要參觀一下工廠。）

❶ 帶我們參觀 [tek ʌs an ə tur]
❷ 工廠 [`fæktərɪ]
❸ 工廠
❹ 可以請您讓我們參觀嗎？

相 關 用 法

用 size：詢問工廠面積大小

What is the **size** of this factory?
[saɪz]

（請問這個工廠面積多大？）

用 employee：表示員工

How many **employees** are working here?
[ɪmˋplɔɪiz]

（請問有多少員工在這裡工作？）

用 What a~：表示讚嘆

What a nice place!
場所 [ples]

（貴公司真是氣派（舒適、溫馨…等正面評價！））

用 どれくらい：詢問工廠面積大小

こうじょうめんせき
工 場 面積はどれくらいですか。
　　　面積　　　多少？

kou.jou.men.seki.wa.do.re.ku.ra.i.de.su.ka

（請問這個工廠面積多大？）

用 スタッフ：表示員工

なんにん
スタッフは何人ぐらいいらっしゃいますか。
　　　　　　有多少人？

su.ta.ffu.wa.nan.nin.gu.ra.i.i.ra.ssha.i.ma.su.ka

（請問總共有多少員工？）

用 立派な～：表示氣派的～

りっぱ　　かいしゃ
ほんと**立派な**会社ですね！（貴公司真是氣派！）
　真的

ho.n.to.ri.ppa.na.kai.sha.de.su.ne

146

🔴 MP3 146

趕貨快來不及，不想一直催促廠商，
又不得不催……

一直麻煩您，
真不好意思。

Sorry for rushing¹ you.

かさ がさ きょうしゅく
重ね重ね²恐縮ですが³、よろしく
ねが
お願いします⁴。

kasa.ne.gasa.ne.kyou.shuku.de.su.ga、yo.ro.
si.ku.o.nega.i.si.ma.su

❶ 催促 [`rʌʃɪŋ]
❷ 屢次
❸ 很抱歉
❹ 請您多多幫忙

相關用法

用 deadline：表示截止日期

Sorry for rushing you but the deadline is due.
[`dɛdˌlaɪn] 到期的 [dju]

（抱歉一直催促您，但是交貨期限要到了…）

要麻煩對方做某事，可能造成對方不快時，可以使用「Sorry for +動詞-ing」（我很抱歉～）來表達自己的歉意。

用 speed up：表示加快速度

Could you please **speed up** a bit?
[spid ʌp]　一點點 [ə bɪt]

（可以麻煩您趕一下嗎？）

用 期限が近づく：表示接近期限

かさ がさ きょうしゅく
重ね重ね恐 縮ですが、期限が近づいており
　　　　　　　　　　　　　　　正接近期限

　　　　　いそ
ますので、急いでいただけませんか。
　　　　　可以請您盡快嗎？

kasa.ne.gasa.ne.kyou.shuku.de.su.ga、ki.gen.ga.
chika.zu.i.te.o.ri.ma.su.no.de、 iso.i.de.i.ta.da.ke.
ma.se.n.ka

（真抱歉一直麻煩您，但是交貨期限逼近，可以麻煩您盡快嗎？）

● 一直麻煩對方做某事，可能造成對方不快時，日文則說：

かさ がさ きょうしゅく
「重ね重ね恐 縮ですが～」
（真抱歉一直麻煩您～）

● 先表達自己的歉意，接著再說明自己的要求。

針對產品對廠商提出要求……

> 希望貴公司的產品能
> 符合我們的要求。

We hope your products will fit[1] our needs[2].

弊社[3]の 商 品に関する[4]諸々の 条 件[5]
にご 協 力いただきたい[6]と[7]。

hei.sha.no.shou.hin.ni.kan.su.ru.moro.moro.
no.jou.ken.ni.go.kyou.ryoku.i.ta.da.ki.ta.i.to

主題句的類似說法還有：

ご 協 力、お願い致します。
（希望有您的協助。）

❶ 適合 [fɪt]
❷ 需要 [`nidz]
❸ 敝公司
❹ 關於
❺ 種種條件
❻ 希望獲得協助
❼ 「と」的功能是提示出前面所想的內容

用 shipment：表示貨物

The **shipment** has to be delivered by
[`ʃɪpmənt]

the end of October.
10月底 [ðɪ ɛnd ɑv ak`tobɚ]

（我們必須在十月底前收到這批貨。）

用 highest quality：表示高品質

We expect the products to be of the **highest**
期待 [ɪk`spɛkt]

quality.
[`kwɑlətɪ]

（我們希望有高品質的商品。）

用 納品：表示交貨

のうひん　じゅうがつまつ　　　　ねが
納品は１０月末までに お願いいたします。
　　　十月底之前　　　　　麻煩您

nou.hin.wa.juu.gatsu.matsu.ma.de.ni.o.nega.i.i.ta.
si.ma.su

（請在十月底前交貨。）

用 高品質：表示高品質

こうひんしつ　もと
高品質を求めております。
　　　　希望

kou.hin.sitsu.wo.moto.me.te.o.ri.ma.su

（我們希望有高品質的商品。）

向廠商抱怨延遲交貨……

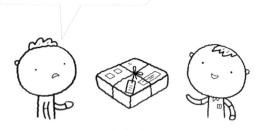

這次交貨實在延遲太久。

There's been a serious[1] delay[2] on the consignment[3].

とうしょ　　よ てい　　　　　　　　　　　　　　 おく
当初の予定より[4]だいぶ遅れている

のですが[5]。

tou.sho.no.yo.tei.yo.ri.da.i.bu.oku.re.te.i.ru.no.
de.su.ga

- 要向廠商反應延遲交貨時，可以在前面加上「納
  のう
  ひん
  品が～」(交貨～)，會讓對方更容易理解，例如：
  のうひん　　とうしょ　　よ てい　　　　　　　　 おく
  納品が当初の予定よりだいぶ遅れているのですが。
  (交貨比當初約定的晚了很多。)

- 主題句的類似說法還有：
  しゅっか　 とうしょ　　よ てい　　　　　　　　　おく
  出荷が当初の予定よりだいぶ遅れているのですが。
  (出貨比當初約定的晚了很多。)

❶ 嚴重的 [ˋsɪrɪəs]　　　❹ 比當初約定 (的時點)
❷ 延遲 [dɪˋle]　　　　　❺ 晚了很多
❸ 交貨 [kənˋsaɪnmənt]

用 item：表示商品項目

Please send all of the **items** we've <u>ordered</u>
　　　　　　　　　　 [`aɪtəmz]　　 訂購 [`ɔrdəd]

<u>as soon as possible</u>.
盡快

（請盡快交付我們所訂的物品。）

用 急ぎで：表示盡快

急ぎで納品をお願い致します。
いそ　 のうひん　 　 ねが　 いた
　　　 交貨

iso.gi.de.nou.hin.wo.o.nega.i.ita.si.ma.su

（請盡快交付我們所訂的物品。）

補充〈生產線相關單字〉：

● 生產：output、生産
　　　　　　　　　せいさん

● 生產線：assembly line、組み立てライン
　　　　　　　　　　　　　　く　 た

● 產能：capacity、生産能力
　　　　　　　　せいさんのうりょく

● 複製：duplicate、複製する
　　　　　　　　　 ふくせい

● 檢查：inspection、検査
　　　　　　　　　　けんさ

● 輪班：rotation、交替制
　　　　　　　　　 こうたいせい

● 訂單式生產：build to order（BTO）、
　　　　　　　受注生産
　　　　　　　じゅちゅうせいさん

廠商交的貨不如預期，跟對方反應……

這些產品並不如同
當初我們所協議的。

These products[1] aren't what we have agreed[2] on.

これは当初[3]、合意した[4]品質に達していません[5]。

ko.re.wa.tou.sho、gou.i.si.ta.hin.sitsu.ni.ta.ssi.te.i.ma.se.n

❶ 產品 [`prɑdəkts]
❷ 議定 [ə`grid]
❸ 當初
❹ 協議過的（辭書形：合意する）
❺ 沒有達到

相 關 用 法

用 refund：表示退還

We would like a **refund** on this <u>shipment</u>.
[`rɪˌfʌnd]　　　　　貨物 [`ʃɪpmənt]

（我們想要退掉這批貨。）

用 issue：表示出（貨）

Please **issue** a new shipment. （請重新出貨。）
[ˈɪʃju]

用 exchange：表示更換

Can we make an **exchange**?
[ɪksˈtʃendʒ]

（我們可以換貨嗎？）

用 返品する：表示退貨

こちらの 商 品を返品したいと思います。
　　　這批商品　　　　　　　　想要退貨

ko.chi.ra.no.shou.hin.wo.hen.pin.si.ta.i.to.omo.i.ma.su

（我們想要退掉這批貨。）

用 作り直す：表示重新製作

もう一度 作り直してください。
　再一次　　　　請重新製作

mo.u.ichi.do.tsuku.ri.nao.si.te.ku.da.sa.i

（請貴公司再重新製作一次。）

用 換える：表示更換

商 品 を**換えられますか**。
　　　　　可以更換嗎？

shou.hin.wo.ka.e.ra.re.ma.su.ka

（我們可以換貨嗎？）

補充〈商品問題相關單字〉：

● 瑕疵品：lemon、不 良 品

● 瑕疵：flaw、欠 陥

為送貨延誤而道歉……

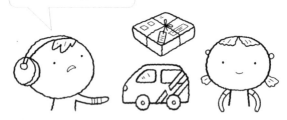

不好意思，
這批貨可能會延遲。

There will be a slight[1] delay[2] on this shipment[3].

大変申し訳ないのですが[4]、納入期日[5]が若干[6]遅れるかと思います[7]。

tai.hen.mou.si.wake.na.i.no.de.su.ga、nou.nyuu.ki.jitsu.ga.ja.kkan.oku.re.ru.ka.to.omo.i.ma.su

如果要說出具體一點的延遲時間，可以說：
納入期日が3日ほど遅れるかと思います。
（交貨日期可能會延遲三天左右。）

❶ 稍微 [slaɪt]
❷ 延遲 [dɪˋle]
❸ 貨物 [ˋʃɪpmənt]
❹ 非常抱歉
❺ 交貨日
❻ 稍微
❼ 可能會延遲

相 關 用 法

用 malfunction：表示故障

There will be a slight delay on this shipment due
to a <u>machine</u> **malfunction**.
　機器 [mə`ʃin] [mæl`fʌŋʃən]

（因為機器故障，這批貨會延遲（交貨）。）

用 avoid：表示避免

We'll try to **avoid** such <u>incidents</u> from <u>happening</u>
　　　　　[ə`vɔɪd]　　　　　事件 [`ɪnsədn̩ts]　發生 [`hæpənɪŋ]
in the future.

（今後我們會盡量避免這種事件發生。）

用 機械故障：表示機器故障

<ruby>工 場<rt>こうじょう</rt></ruby> の <ruby>機械 故 障<rt>き かい こ しょう</rt></ruby> のため、<u><ruby>生産<rt>せいさん</rt></ruby>に <ruby>遅れ<rt>おく</rt></ruby></u>が
　工廠　　　　　　因為機器故障　　　　生產進度延遲

<ruby>出<rt>で</rt></ruby>てきました。
　　發生

kou.jou.no.ki.kai.ko.shou.no.ta.me、 sei.san.ni.
oku.re.ga.de.te.ki.ma.si.ta

（因為工廠機器故障，這批貨的生產進度延遲了。）

用 努める：表示盡力

<u><ruby>今後<rt>こんご</rt></ruby>このようなことが<ruby>無<rt>な</rt></ruby>いよう</u> <ruby>努<rt>つと</rt></ruby>めてまいり
　　　　不要發生這種事情　　　　　　　　　盡力

ます（ので <ruby>何卒<rt>なにとぞ</rt></ruby>ご<ruby>容赦<rt>ようしゃ</rt></ruby>のほどお<ruby>願<rt>ねが</rt></ruby>い<ruby>申<rt>もう</rt></ruby>し<ruby>上<rt>あ</rt></ruby>げ
　　　　　　　　　　　　請您見諒

ます）。

kon.go.ko.no.yo.u.na.ko.to.ga.na.i.yo.u.tsuto.me.
te.ma.i.ri.ma.su.(no.de.nani.tozo.go.you.sha.no.ho.
do.o.nega.i.mou.si.a.ge.ma.su.)

（今後我們會盡力避免這種事情發生，請您見諒。）

句中括弧內的內容屬於書面用語。

151

交貨出狀況，跟客戶解釋……

我們工廠出了一些狀況。

We have some trouble[1] at the factory[2].

こうじょう もんだい お
工場[3]で問題が起きてしまいました[4]。

kou.jou.de.mon.dai.ga.o.ki.te.si.ma.i.ma.si.ta

❶ 麻煩 [`trʌbl̩]
❷ 工廠 [`fæktərɪ]
❸ 工廠
❹ 出問題

相關用法

用 release：表示生產出來

I want to <u>postpone</u> **releasing** the <u>merchandise</u>.
延遲 [post`pon] [rɪ`lisɪŋ]　　　貨物 [`mɝtʃənˌdaɪz]

（我想要延遲出貨。）

用 inform：表示通知

We need to **inform** the <u>clients</u> <u>as soon as possible</u>.
[ɪn`fɔrm] 客戶 [`klaɪənts]　　盡快

（我們必須盡快通知客戶。）

用 先方：表示對方（在此指客戶）

せんぽう に いそ いで（じじょう／りゆう）せつめい しなければ
先方に 急いで（事情／理由）説明 しなければ
　　　盡快　　　　　　　　　　　　必須解釋

いけません。

sen.pou.ni.iso.i.de(ji.jou / ri.yuu)setsu.mei.si.na.
ke.re.ba.i.ke.ma.se.n

（我們必須盡快跟對方解釋（情況／理由）。）

用 トラブル：表示問題、麻煩

こうじょう　　　　　　　　　　　　　お
工場 でちょっと**トラブル**が起きまして、
　　　　　　　　　　　因為發生問題

しゅっか　おく　　　おも
出荷が遅れるかと思います。
出貨　　　可能會延遲

kou.jou.de.cho.tto.to.ra.bu.ru.ga.o.ki.ma.si.te、
shu.kka.ga.oku.re.ru.ka.to.omo.i.ma.su.

（在工廠出了一些問題，所以我們會延遲出貨。）

用 納期：表示交貨日期

き　　　のうき　　えんき　　　　ねが　　　　　まこと
決めた**納期**の延期をお願いするのは、 誠 に
決定的交貨日期　　　希望延期

こころぐる
心 苦しいのですが…
　不得已

ki.me.ta.nou.ki.no.en.ki.wo.o.nega.i.su.ru.no.wa、
makoto.ni.kokoro.guru.si.i.no.de.su.ga

（希望延遲交貨日期，內心也是很不得已…）

用 ご了承ください：希望客戶理解

めいわく　　　　　　　　　　　　　　りょうしょう
ご迷惑をおかけいたしますが、ご了 承 ください。
造成您的麻煩　　　　　　　　　希望您能理解

go.mei.waku.wo.o.ka.ke.i.ta.si.ma.su.ga、 go.ryou.
shou.ku.da.sa.i

（造成您的麻煩了，希望能獲得您的理解。）

客戶要來公司，但是對公司附近環境很陌生……

請坐地鐵／電車到中正站，從第 5 號出口出來後向右轉，過個紅綠燈就可以看到了。

Please take the metro[1] to Chung-cheng station and turn right[2] as you come out from exit[3] #5, we are located[4] right across[5] the street at the traffic light[6].

電車[7]で 中正駅に着きましたら[8]、5番出口を出て[9]右へ曲がってください[10]。それから信号を渡ると[11]見えてまいります[12]ので[13]。

den.sha.de.chuu.sei.eki.ni.tsu.ki.ma.si.ta.ra、
go.ban.de.guchi.wo.de.te.migi.e.ma.ga.tte.ku.da.
sa.i。so.re.ka.ra.sin.gou.wo.wata.ru.to.mi.e.te.
ma.i.ri.ma.su.no.de

主題句的「metro」也可以替換成：MRT（捷運）。

❶ 地鐵 [`mɛtro]　　　　❺ 穿過 [ə`krɔs]
❷ 右轉 [tɜn raɪt]　　　　❻ 紅綠燈 [`træfɪk laɪt]
❸ 出口 [`ɛksɪt]　　　　　❼ 電車
❹ 位於 [`loketɪd]　　　　❽ 抵達後

❾ 出來（辭書形：出る）　　❿ 會看到
❿ 請右轉　　　　　　　　　⓭ 比較委婉的語氣
⓫ 一穿越紅綠燈就～

········ 相 關 用 法 ········

用 billboard：表示廣告招牌

There is a big **billboard** <u>outside</u> the <u>building</u>.
　　　　　　　　['bɪl‚bɔrd] 外面 ['aut‚saɪd] 大樓 ['bɪldɪŋ]

（大樓外有個大招牌。）

擔心對方有其他突發狀況：

Please call me if you <u>need</u> any help / <u>assistance</u>.
　　　　　　　　　　需要 [nid]　　　　　　援助 [ə'sɪstəns]

（如果需要任何幫助 / 協助，請連絡我。）

用 大きい看板：表示大招牌

ビルの前に**大きい看板**がございます。
大樓　　　　　　　　　　　　有
bi.ru.no.mae.ni.oo.ki.i.kan.ban.ga.go.za.i.ma.su
（大樓外有個大招牌。）

請對方直走：

まっすぐ行きます。/まっすぐ行ってください。
ma.ssu.gu.i.ki.ma.su / ma.ssu.gu.i.tte.ku.da.sa.i.
（請直走。）

擔心對方迷路可以說：

<u>分からなくなりましたら</u>、またお電話ください。
之後如果有不知道的　　　　　　　請您打電話
wa.ka.ra.na.ku.na.ri.ma.si.ta.ra、 ma.ta.o.den.wa.
ku.da.sa.i
（之後如果有不知道的，再請您打電話給我。）

331

被對方詢問公司位置……

我的公司地址是中山北路
二段一號十二樓。

My address[1] is Zhongshan N.[2] Rd.[3]
Sec.[4] 2 No.[5]1 12F.

とうしゃ　　ゾンサンベイルー　に　だんいちごう　　じゅうにかい
当社[6]は中山北路２段１号の１２階で
ございます[7]。

tou.sha.wa.zon.san.bei.ruu.ni.dan.ichi.gou.no.
juuni.kai.de.go.za.i.ma.su

❶ 地址 [ə`drɛs]　　❹ section（段）的縮寫
❷ north（北）的縮寫　❺ number（號碼）的縮寫
❸ road（路）的縮寫　❻ 本公司
❼ 在～（です的禮貌說法）

······ 相 關 用 法 ······

用 downtown：表示市中心

The company is located in **downtown** Taipei.
　　　　位於[ɪz `loketɪd ɪn] [ˌdaʊn`taʊn]

（本公司位於台北市中心。）

用 intersection：表示十字路口

It is on the **intersection** of Chung–shiao east road
[ˌɪntɚˈsɛkʃən]
and Tun-hua south road, <u>right across from</u> SOSO
在～正對面 [raɪt əˈkrɔs frɑm]
department store.
（位於忠孝東路和敦化南路的十字路口，在
soso 百貨的正對面。）

用 ～市の中心部：表示～市的中心位置

へいしゃ　　　たいぺいし　　　ちゅうしんぶ
<u>弊社</u>は<u>台北市</u>の<u>中心部</u>にございます。
敝公司　　　　　　台北市中心

hei.sha.wa.tai.pei.si.no.chuu.sin.bu.ni.go.za.i.ma.su

（敝公司位於台北市中心。）

用 交差点：表示十字路口

ジョンシャオドンルー　　トンホワアナンルー　　こうさてん
忠孝東路と敦化南路の<u>交差点</u>にござい
ます。

jon.shao.don.ruu.to.don.hoaa.nan.ruu.no.kou.

sa.ten.ni.go.za.i.ma.su

（位於忠孝東路和敦化南路的交叉口。）

用 ～の隣／向かい：表示在～的隔壁／對面

となり　　　む
<u>soso</u>デパートの<u>隣</u> ／ <u>向かい</u>にございます。
百貨公司　　　　隔壁　　　對面

so.so.de.paa.to.no.tonari ／ mu.ka.i.ni.go.za.i.ma.su

（在soso百貨的隔壁／對面。）

〈地址的英文說法〉：
用英文說明地址時，只要依照中文的順序說出地址
即可（請參考左頁英文主題句），不需要像書寫時
一樣，將較小的單位放在前面。

有客戶來訪時……

請問您要找哪位呢？

接待櫃檯

Hi, who can I get[1] for you?

どの者[2]をお呼びいたしましょうか[3]。

do.no.mono.wo.o.yo.bi.i.ta.si.ma.sho.u.ka

主題句的類似說法還有：

How may I help you, sir?（先生，請問我可以幫您做什麼？）

〈待客禮儀〉

● 客戶來訪時，要積極地向客戶打招呼，此時可以
說：「いらっしゃいませ」（歡迎您）。

● 如果事先知道某位客戶要來訪，當對方抵達時必須
先確認對方身分，並打聲招呼，再指引該客戶到接
待室或對應負責人的辦公室。

❶ 接洽 [gɛt]　　　　　❸ 需要我為您找嗎？
❷ 哪一位

相 關 用 法

用 May I have：詢問對方的名字

May I have your name, sir / ma'am?

（請問您尊姓大名？）　　　女士 [mæm]

用 come this way：表示往這邊走

<u>Thank you for waiting</u>, please **come this way**.
　　　　讓您久等了

（讓您久等了，請往這邊走。）

客戶要找的人正好不在：

Mr. Chen isn't in the office, do you
<u>have an appointment with</u> him?
　　　　和～有約

（陳先生正好不在辦公室，您跟他約好了嗎？）

用 伺う：詢問對方的名字

<u>失礼ですが</u>、<u>お名前を</u>伺っても<u>宜しいでしょうか</u>。
　不好意思　　　您的名字　　　　　　可以請教嗎？

sitsu.rei.de.su.ga、 o.nama.e.wo.ukaga.tte.mo.yoro.
si.i.de.sho.u.ka

（不好意思，我可以請教您的大名嗎？）

用 案内する：表示帶路

<u>お待ちしておりました</u>。<u>ご案内いたします</u>。
　（我們）一直恭候著您　　　　　我來為您帶路
<u>こちらへどうぞ</u>。
　請往這裡走

o.machi.si.te.o.ri.ma.si.ta。 go.an.nai.i.ta.si.ma.su
ko.chi.ra.e.do.u.zo

（我們一直恭候著您，我來為您帶路，請往這邊走。）

客戶要找的人正好不在：

<u>陳は</u>ただ今 <u>席を外しております</u>が、
　現在　　　　　目前正離開座位
<u>お約束は</u> 頂 <u>いております</u>でしょうか。
　　　　　您有約好了嗎？

chin.wa.ta.da.ima.seki.wo.hazu.si.te.o.ri.ma.su.ga、
o.yaku.soku.wa.itada.i.te.o.ri.ma.su.de.sho.u.ka

（陳先生現在不在，您跟他約好了嗎？）

客戶來訪時，引導對方到某地點……

請跟我來。

Please follow[1] me.

ご案内致します[2]。こちらへどうぞ[3]。

go.an.nai.ita.si.ma.su。 ko.chi.ra.e.do.u.zo

● 引導對方到某個地點時，可以使用下方句型：
  地點＋へ＋ご案内致します。こちらへどうぞ。
  （我來帶您到～，請往這邊走。）

● 帶路時如果遇上轉角或樓梯，最好加上手勢指引方
  向，避免對方沒有跟上。

❶ 跟隨 [`falo]
❷ 我來為您帶路
❸ 請往這邊走

相 關 用 法

用 have a seat：表示坐下

Would you please **have a seat** here <u>while</u> you are
    [hæv ə sit]   當～時候
waiting?
（請您坐在這裡等候。）

詢問要喝茶？還是咖啡？

Would you like some <u>coffee</u> or <u>tea</u>?
                    咖啡 [ˋkɔfɪ] 茶 [ti]
（請問您想要喝咖啡或茶嗎？）

引導帶路後的互動：

A：<u>どうぞ</u> <u>こちらに</u> <u>お掛けになって</u>
    請   這裡   請坐
    <u>お待ちください。</u>
       請等候
    do.u.zo.ko.chi.ra.ni.o.ka.ke.ni.na.tte.
    o.ma.chi.ku.da.sa.i
    （請您坐在這裡等候。）

B：はい。
    ha.i
    （好的。）

詢問要喝茶？還是咖啡？

<u>コーヒー</u> <u>か</u> <u>紅茶</u>はいかがですか。
   咖啡   或 紅茶   如何呢？
koo.hii.ka.kou.cha.wa.i.ka.ga.de.su.ka
（請問您想要喝咖啡或紅茶嗎？）

337

邀請的客戶來訪，先對他表示感謝……

讓您百忙之中抽空前來，
真是不好意思！

Thank you for coming[1]!

お忙しいところ[2]、わざわざ[3]ご足労
いただきまして[4]、大変[5]恐縮です[6]。

o.isoga.si.i.to.ko.ro、 wa.za.wa.za.go.soku.rou.i.ta.
da.ki.ma.si.te.tai.hen.kyou.shuku.de.su

❶ 前來 [ˋkʌmɪŋ]
❷ 百忙之中
❸ 特地
❹ 勞駕您前來
❺ 非常
❻ 不好意思

用 take time：表示抽空

Thank you for **taking** the **time** to be here today.
　　　　　　　[ˋtekɪŋ]　　　[taɪm]

（謝謝您今天抽空前來。）

用 rainy day：表示雨天

Thank you for coming on <u>such</u> a **rainy day**!
這樣的 [sʌtʃ]

（在這樣的下雨天還讓您跑一趟，真感謝您。）

要感謝對方特地跑一趟，通常會用「ご足労～」
來表達，例如：

<u>ご足労</u>おかけしまして、 <u>恐 縮</u> です。
勞駕您前來　　　　　　　　不好意思

go.soku.rou.o.ka.ke.si.ma.si.te、 kyou.shuku.de.su

(勞駕您前來，不好意思。)

感謝對方在天候不佳中仍前來：

<u>お足元の悪い中</u>、 <u>ご足労</u>いただき
天候不佳的狀況下　　　　　　勞駕您前來

<u>ありがとうございます</u>。
感謝您

o.asi.moto.no.waru.i.naka、 go.soku.rou.i.ta.da.ki.
a.ri.ga.to.u.go.za.i.ma.su

（下雨天還讓您跑一趟，真感謝您。）

也可以用最簡單的說法表達自己的謝意：

ありがとうございます。（感謝您。）

外國客戶來訪，事先安排接機……

請問您是搭哪個班機來的呢？

Which flight[1] will you be taking?

飛行機[2]はどの便でのお越しですか[3]。

hi.kou.ki.wa.do.no.bin.de.no.o.ko.si.de.su.ka

❶ 飛機班次 [flaɪt]
❷ 飛機
❸ 您是搭乘哪一個航班？

相 關 用 法

用 arrival：表示抵達

When is your **arrival**?
[əˋraɪvl̩]

（可以告訴我您的抵達時間嗎？）

用 terminal：表示航廈

Which **terminal** will you be arriving at?
[ˋtɝmənl̩]

（飛機會停在那一個航廈呢？）

用 arrival gate：表示入境處

We'll be waiting for you at the **arrival gate** at
[əˋraɪvḷ get]
terminal 2.

（我們會在第二航廈的入境處等您。）

用 到着時間：表示抵達時間

とうちゃくじかん　　おし
到着時間を教えていただけますか。
可以麻煩您告訴我嗎？

tou.chaku.ji.kan.wo.osi.e.te.i.ta.da.ke.ma.su.ka

（可以請您告訴我抵達時間嗎？）

用 ターミナル：表示航廈

ひこうき
（飛行機は）どのターミナルにお着きになりま
待在哪一個航廈？

すか。

(hi.kou.ki.wa)do.no.taa.mi.na.ru.ni.o.tsu.ki.ni.

na.ri.ma.su.ka

（飛機會停在哪一個航廈？）

用 待つ：表示等候

だいに　　　　　　　　　　　　　ま
第二ターミナルでお待ちしております。
第二航廈　　　　　　　　　等候您

dai.ni.taa.mi.na.ru.de.o.ma.chi.si.te.o.ri.ma.su

（我們會在第二航廈等您。）

將客戶送達飯店，確認明天的行程……

那麼我們明天早上 9 點
會來接您（開會）。

We will arrange[1] a pickup[2] at 9 am
for tomorrow's meeting[3].

では[4]、明日[5]朝[5]9時に迎えに参ります[6]。

de.wa、asu.asa.ku.ji.ni.muka.e.ni.mai.ri.ma.su

❶ 安排 [ə`rendʒ]
❷ 接送 [`pɪk͵ʌp]
❸ 會議 [`mitɪŋ]
❹ 那麼
❺ 早上
❻ 接送您

······ 相 關 用 法 ······

用 itinerary：表示行程

Here's your **itinerary**.
[aɪ`tɪnə͵rɛrɪ]

（這是您的行程表。）

用 brief：表示介紹

Shall I **brief** you on the itinerary for the
     [brif]
next two days?
    這兩天

（我來為您介紹這兩天的行程好嗎？）

用 スケジュール：表示行程

こちらがスケジュールになります。
  這個

ko.chi.ra.ga.su.ke.juu.ru.ni.na.ri.ma.su

（這是您的行程表。）

用 今日明日：表示這兩天

きょう あ す
今日明日のスケジュール について
           行程   關於

せつめい
ご説明します。
  我來為您說明

kyou.asu.no.su.ke.juu.ru.ni.tsu.i.te.

go.setsu.mei.si.ma.su

（我來為您說明一下這兩天的行程。）

          しゅうごう
「○○ 集 合」是向對方說明集合時間、地點的慣
用句型，○○的部分可以是：
                しゅうごう
1.地點：ロビー 集 合（大廳集合。）
             く じ   しゅうごう
2.時間＋に：9時に 集 合（9點集合。）

會議結束後，招待客戶吃晚餐……

今晚由本公司招待一起去用餐。

Please be our guest¹ for dinner tonight.

こんばん　いっしょ　しょくじ
今晩、一緒に食事どうですか²。

kon.ban、i.ssho.ni.shoku.ji.do.u.de.su.ka

❶ 賓客 [gɛst]
❷ 一起用餐好嗎？

········ 相 關 用 法 ········

用 city tour：表示市區觀光

Would you like to have a **city tour**?
　　　　　　　　　　　　[ˋsɪtɪ tur]
（請問要為您安排市區觀光嗎？）

用 take you on a tour：表示帶你參觀

Let me **take you on a tour** to the
　　　　[tek ju ɑn ə tur]
National Palace Museum.
故宮博物院 [ˋnæʃn̩ḷ ˋpælɪs mjuˋzɪəm]

（讓我帶您參觀故宮博物院吧！）

用 be well known for~：以～出名

Taiwan **is well known for** its <u>night markets</u>.
      [ɪz wɛl nɔn fɔr]   夜市 [naɪt `mɑrkɪts]

（台灣的夜市很有名！）

用 案内する：表示導覽

● <u>市内</u>をご<u>案内しましょうか</u>。
  市區   要不要為您導覽呢？

si.nai.wo.go.an.nai.si.ma.sho.u.ka

（請問要為您安排市區觀光嗎？）

● <u>故 宮 博物館</u>にご<u>案内しますよ</u>！
  故宮博物院   我來為您導覽吧

ko.kyuu.haku.butsu.kan.ni.go.an.nai.si.ma.su.yo

（讓我帶您參觀故宮博物院吧！）

用 有名：表示有名

台湾は<u>夜市</u>が<u>有名</u>なんですよ。
      夜市   很有名喔

tai.wan.wa.yo.ichi.ga.yuu.mei.na.n.de.su.yo

（台灣的夜市很有名喔！）

　　主題句的日文是針對商務場合使用，如果是朋友間
邀約喝酒，可以說：

今日、帰りに一杯どうですか。
（今天下班後要不要去喝酒？）

明天有會議，需要預約餐廳……

請幫我預訂明天晚上
10 位客人。

I would like to book[1] a table[2] of 10
for tomorrow night.

あした よる じゅうにん よやく
明日の夜[3]１０人で[4]予約してくれな
い[5]？

asita.no.yoru.juu.nin.de.yo.yaku.si.te.ku.re.na.i

因為主題句是請下屬或同事幫忙預約餐廳時所用的，
所以可以使用「～てくれない？」（請做～一下）這
種比較輕鬆的說法。

❶ 預定 [buk]
❷ 桌子 [`tebḷ]
❸ 明天晚上
❹ 總共 10 人
❺ 請你預定一下

相 關 用 法

用 private dining room：表示包廂

I need a private dining room.
[`praɪvɪt `daɪnɪŋ rum]

（我需要包廂的座位。）

避免前往餐廳才發現客滿，可以事先詢問餐廳：
Can I make a reservation, please?
（請問我可以訂位嗎？）

用 restaurant：表示餐廳

Which restaurant is great for holding meetings?
[`rɛstərənt]　　　　　　　　　開會[`holdɪŋ `mitɪŋz]

（哪一家餐廳比較適合開會？）

用 貸切：表示包場、包下某個區域

かしきり
貸切で。
kasi.kiri.de

（我要包下整個餐廳 / 我要包下某個區域。）

用 レストラン：表示餐廳

かい ぎ　　　　　　　　　　　　　し
会議してもいいレストランを知らない？
　適合開會的　　　　　　　　　　知道嗎
kai.gi.si.te.mo.i.i.re.su.to.ra.n.wo.si.ra.na.i

（你知道哪一家餐廳比較適合開會嗎？）

補充〈預約、取消〉用語：

　　　よ やく
● 予約する（預約）
　　　よ やく
● 予約をキャンセルする（取消預約）

告知今晚參加應酬名單……

今晚我們會和總裁以及
三位法國人一起用餐。

We will be dining with¹ **the** president²
and three French guests³ **tonight.**

<ruby>今晩<rt>こんばんしゃちょう</rt></ruby>社長 と⁴ フランスの<ruby>方<rt>かた</rt></ruby>⁵ <ruby>3人<rt>さんにん</rt></ruby>が
<ruby>私<rt>わたし</rt></ruby> たちと <ruby>一緒<rt>いっしょ</rt></ruby>に <ruby>食事<rt>しょくじ</rt></ruby>をします⁶。

kon.ban.sha.chou.to.fu.ra.n.su.no.kata.san.nin.
ga.watasi.ta.chi.to.i.ssho.ni.shoku.ji.wo.si.ma.su.

在正式場合提到某個國家的人，不能直接用「國家名＋
人」，要用「國家名＋の＋<ruby>方<rt>かた</rt></ruby>」表示禮貌的稱呼，例如：
● フランスの<ruby>方<rt>かた</rt></ruby>（法國人） ● イギリスの<ruby>方<rt>かた</rt></ruby>（英國人）

❶ 和～用餐 [ˋdaɪnɪŋ wɪð]　　　❹ 和總裁
❷ 總裁 [ˋprɛzədənt]　　　　　❺ 法國客戶
❸ 法國客戶 [frɛntʃ gɛsts]　　　❻ 一起用餐

相關用法

用 attend：表示出席

Looks like a lot of people won't be able to **attend**
看起來似乎　　　　　　　　　　　　　　　[əˋtɛnd]
the dinner tonight.

（似乎有很多人無法出席今晚的宴會。）

用 attendance：表示出席、出席者

I am not <u>exactly</u> sure about the **attendance** for tonight.
確切地 [ɪɡˋzæktlɪ]　　　[əˋtɛndəns]

（我不太確定今晚的出席者。）

用 book：表示訂位

We've **booked** the <u>whole place</u> tonight <u>due to</u> the
[bukt]　　　整個場地 [hol ples]　　　因為 [dju tu]

<u>high attendance rate</u>.
高出席率 [haɪ əˋtɛndəns ret]

（因為今晚人數眾多，所以我們公司已經包場了。）

用 人数：表示人數

すみません。人数はちょっとわからないんですが。
にんずう　　　　　不太清楚

su.mi.ma.se.n。nin.zuu.wa.cho.tto.wa.ka.ra.na.i.n.de.su.ga

（不好意思，我不太清楚出席人數…。）

用 あまり多くない：表示不多

今晩、人数のほうはあまり多くないようです。
こんばん　にんずう　人数方面　　　　　　おお　　　似乎

kon.ban、nin.zuu.no.ho.u.wa.a.ma.ri.oo.ku.na.i.yo.u.de.su

（今晚的出席人數似乎不多。）

用 大人数：表示人數眾多

今晩は大人数ですので、会社のほうで
こんばん　おおにんずう　　　因為　　かいしゃ　公司

貸切にしました。
かしきり　包場了

kon.ban.wa.oo.nin.zuu.de.su.no.de、kai.sha.no.ho.
u.de.kasi.kiri.ni.si.ma.si.ta

（因為今晚人數眾多，所以我們公司已經包場了。）

🔊 MP3 162

和客戶用餐，請對方先點菜……

請您點您喜歡的菜。

What would you like to have¹?

どうぞ²お好きなの³を頼んでください⁴。

do.u.zo.o.su.ki.na.no.wo.tano.n.de.ku.da.sa.i

要請客戶過目菜單時可以說：

メニューです。どうぞ。（這是菜單，請您看一下。）

❶ 享用 [hæv]　　　　❸ 您喜歡的東西
❷ 請　　　　　　　　❹ 請點菜

相 關 用 法

用 order：表示點菜

Please **order** <u>whatever</u> you like.
　　　　[`ɔrdɚ] 任何東西 [hwɑt`ɛvɚ]

（請您盡量點菜！）

事先詢問對方的口味：

Is there <u>anything</u> that you don't eat?
　　　　任何東西 [`ɛnɪˌθɪŋ]

（請問您有什麼東西不吃嗎？）

用 after the meal：表示餐後

Would you like some coffee / tea **after the meal**?
[ˈæftɚ ðə mil]

（餐後要不要來杯咖啡 / 茶呢？）

請對方盡量點菜，不用客氣：

<u>じゃんじゃん</u> <ruby>頼<rt>たの</rt></ruby>んでください。
　　不要客氣　　　　　請點菜
ja.n.ja.n.tano.n.de.ku.da.sa.i

（不要客氣，請您盡量點菜！）

用 召し上がる：表示享用

<u><ruby>遠慮<rt>えんりょ</rt></ruby>なさらずに</u>、<u>たくさん</u> <u><ruby>召<rt>め</rt></ruby>し<ruby>上<rt>あ</rt></ruby>がって</u>ください。
　　不要客氣　　　　　大量　　　　請享用
en.ryo.na.sa.ra.zu.ni、ta.ku.sa.n.me.si.a.ga.tte.ku.da.sa.i

（不要客氣，請盡量享用。）

用 食べられない：表示不敢吃、不能吃

<ruby>食<rt>た</rt></ruby>べられない <ruby>物<rt>もの</rt></ruby>は<u>ありませんか</u>。
　　　　　　　　　　　有嗎？
ta.be.ra.re.na.i.mono.wa.a.ri.ma.se.n.ka

（請問您有不敢吃的東西嗎？）

用 ショーロンポウ：表示小籠包

ここのショーロンポウ、<u><ruby>有名<rt>ゆうめい</rt></ruby>なんですよ</u>。
　　　　　　　　　　　　很有名喔
<u><ruby>食<rt>た</rt></ruby>べてみませんか</u>。
要不要吃吃看？
ko.ko.no.shoo.ro.n.po.u、 yuu.mei.na.n.de.su.yo。
ta.be.te.mi.ma.se.n.ka

（這家餐廳的小籠包很有名，要不要吃吃看？）

還沒決定點餐內容，告訴服務生……

可以再等一下嗎？

menu

We'd like a little longer[1], please.

ちょっと[2]待ってください[3]。

cho.tto.ma.tte.ku.da.sa.i

- 主題句的類似說法還有：
  Could you give us a couple more minutes?
  （可以給我們幾分鐘時間嗎？）

- 除了主題句的說法之外，也可以跟服務生說：
  1. まだです。（我們還沒決定好。）
  2. とりあえずビールで。（先來杯啤酒再說。）

❶ 一下下[ə ˋlɪt ˋlɔŋgə]　　❸ 請等候
❷ 稍微

用 advise：表示建議

We really can't <u>decide</u>. Can you **advise** us?
　　　　　　決定[dɪˋsaɪd]　　[ədˋvaɪz]

（我們真的無法決定，可以給我們建議嗎？）

用 good：表示好吃

What's **good** here?（你們這裡什麼比較好吃？）
[gud]

用 have：表示享用

What would you like to **have**?（你想吃什麼？）

用 homemade：表示手工自製的

They have the best **homemade** pizza.
[`hom`med]
（這裡有很棒的手工披薩喔！）

用 お薦め：表示推薦菜色

● 迷いますね。お薦めは？
　まよ
　很猶豫耶
moyo.i.ma.su.ne o.susu.me.wa
（我們很猶豫耶！有推薦的菜色嗎？）

● お薦めは何ですか。
　すす　　なん
　　　　　是什麼東西？
o.susu.me.wa.nan.de.su.ka
（你們的推薦菜色是什麼？）

用 食べたい：表示想吃

何が食べたい？（你想吃什麼？）
なに　た
什麼東西
nani.ga.ta.be.ta.i

用 手作りピザ：表示手工披薩

ここの手作りピザおいしいんだよ！
　　　てづく　　　　　好吃的
ko.ko.no.te.zuku.ri.pi.za.o.i.si.i.n.da.yo
（這裡的手工披薩很好吃喔！）

🔊 MP3 164

被客戶招待用餐，交給對方點餐……

就請您點餐，我什麼都吃。

Why don't you do the ordering[1].
There's nothing that I don't eat.

何でも[2]食べますのでお任せします[3]。

nan.de.mo.ta.be.ma.su.no.de.o.maka.se.si.ma.su

主題句的類似說法還有：
何でも食べますので、頼んでください。
（我什麼都吃，請您點餐。）

❶ 點餐 [ˋɔrdɚɪŋ]
❷ 無論什麼都
❸ 吃（辭書形：食べる）
❹ 交給您處理

用 treat：表示招待

Thanks for the **treat**!
　　　　　　[trit]

（不好意思，讓您破費。）

英文通常會用「Thanks for the treat!」感謝對方破費招待。

用 wonderful meal：表示豐富的一餐

Thank you for the **wonderful meal**.
[ˋwʌndəˋfəl mil]

（謝謝貴公司的招待。）

用 beef：表示牛肉

I'm sorry, but I don't eat **beef**.
[bif]

（抱歉，我不吃牛肉。）

吃飽後感謝對方招待：

ち そうさま
ご馳走様でした。（謝謝貴公司的招待！）
go.chi.sou.sama.de.si.ta

不好意思讓對方破費：

ち そう
ご馳走になって、どうもすみません。
　　　　讓您破費　　　　　　　真不好意思
ko.chi.sou.ni.na.tte、do.u.mo.su.mi.ma.se.n
（讓您破費真不好意思。）

用 食べられない：表示不敢吃、不能吃

ぎゅうにく　た
すみません。牛肉は**食べられないんです**。
　　　　　　　　　　　　　不敢吃 / 不能吃
su.mi.ma.se.n。gyuu.niku.wa.ta.be.ra.re.na.i.n.de.su
（抱歉，我不吃牛肉。）

被招待吃飯，有自己不敢吃的菜色……

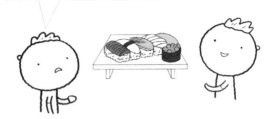

不好意思，我不吃生魚片…

I'm sorry, but I don't eat sashimi[1].

ごめんなさい[2]。私[わたし]、おさしみ[3]は
ちょっと[4]…。

go.me.n.na.sa.i。 watasi、 o.sa.si.mi.wa.cho.tto

❶ 生魚片 [saˋʃɪmɪ]
❷ 不好意思
❸ 生魚片
❹ 有點…

相 關 用 法

用 commonly eaten：表示常吃的

Is this **commonly eaten** in Japan?
[ˋkamənlɪ ˋitṇ]

（這在日本是常吃的嗎？）

用 first time：表示第一次

This is the **first time** I have seen such food.
[fɝst taɪm]　　　　　　　　這樣的 [sʌtʃ]

（我第一次看到這種食物。）

用 delicious：表示美味的

It's surprisingly **delicious**!
出乎意料的 [səˈpraɪzɪŋlɪ] [dɪˈlɪʃəs]

（沒想到這麼好吃！）

用 よく食べられる：表示常吃的

に ほん　　　　　　　　た
日本ではよく食べられているんですか。
　　　　　　　常吃的

ni.hon.de.wa.yo.ku.ta.be.ra.re.te.i.ru.n.de.su.ka

（在日本是常吃的東西嗎？）

用 初めて：表示第一次

はじ　　み
初めて見ました。
　　　看到

haji.me.te.mi.ma.si.ta

（我第一次看到（這種食物）。）

用 おいしい：表示好吃的

い がい
意外とおいしいですね。
意外地

i.gai.to.o.i.si.i.de.su.ne

（沒想到這麼好吃耶！）

補充〈食物種類〉：
● 生的食物：raw food、生もの
　　　　　　　　　　　なま
● 熟食：deli、デリ

宴請客戶，需要收據報帳……

請給我收據好嗎？

receipt

May I have a receipt[1]?

りょうしゅうしょ
領収書[2]をください[3]。

ryou.shuu.sho.wo.ku.da.sa.i

❶ 收據 [rɪˋsit]
❷ 收據
❸ 請給我

相 關 用 法

告知客戶這一餐由公司買單：

The company will pay for the meal.
　　　　　　　　付款 [pe]

（這一餐將由公司買單。）

提醒同事記得向會計部請款：

We have to claim this as an expense with the
　　　　　申請 [klem]　　　　支出 [ɪkˋspɛns]
accounting department.
會計部

（我們得向會計部請款。）

店員詢問收據抬頭：

店員：宛名はいかがなさいますか。
　　　てんいん　あて な
　　　抬頭　　　　如何寫比較好？

ten.in ate.na.wa.i.ka.ga.na.sa.i.ma.su.ka

（店員：請問抬頭要怎麼寫？）

告知收據抬頭：

じ ぶん　　くまもとかぶしきがいしゃ
● 自分：熊本株式会社で。

ji.bun kuma.moto.kabu.siki.gai.sha.de

（自己：請寫熊本公司。）

じ ぶん　　か
● 自分：書かなくてもいいです。

ji.bun ka.ka.na.ku.te.mo.i.i.de.su

（自己：不寫也沒關係。）

店員詢問備註事項：

てんいん　ただ　が　　　　しょくじだい　よろ
店員：但し書きは 食 事代で宜しいですか。
　　　類似中文的品名　　餐費　　　　可以嗎？

ten.in tada.si.ga.ki.wa.shoku.ji.dai.de.yoro.si.i.de.su.ka

（店員：品名上寫餐費可以嗎？）

回應店員備註事項：

じ ぶん　　　　　　　しょくじだい
自分：はい。/ 食 事代で。

　　　 ha.i. / shoku.ji.dai.de

（自己：好的 / 寫餐費。）

部門舉辦餐會，邀請客戶參加⋯⋯

11月10日晚上想請李經理吃飯，
不曉得您有沒有空？

Will Mr. Lee be free[1] for dinner[2] on November the 10th?

じゅういちがつ と お か ばん いっしょ しょく
　１１月１０日の晩、ご一緒にお食
じ
事いかがですか[3]。

juuichi.gatsu.too.ka.no.ban、go.i.ssho.ni.o.
shoku.ji.i.ka.ga.de.su.ka

主題句的「いかがですか」也可以替換成「どうですか」（如何呢？），例如：
いっしょ　　しょくじ
ご一緒にお食事どうですか。
（和您一起用餐如何呢？）

❶ 有空的 [bi fri]
❷ 晚餐 [ˋdɪnɚ]
❸ 您要不要一起用餐？

相關用法

用 convenient：表示方便的

When will be **convenient** for Mr. Chen?
[kənˈvinjənt]

（陳先生什麼時候方便呢？）

用 invite：表示邀請

We would like to **invite** your <u>department</u> for a
[ɪnˈvaɪt] 部門 [dɪˈpɑrtmənt]

<u>dinner party</u>.
晚宴 [ˈdɪnɚ ˈpɑrtɪ]

（我們想邀請貴部門的人來參加我們的宴會。）

用 都合が宜しい：表示方便的

陳さんは何時頃、ご都合が宜しいでしょうか。
　　　　　什麼時候　　　　　　對您來說是方便的？

chin.sa.n.wa.i.tsu.goro、go.tsu.gou.ga.yoro.si.i.de.
sho.u.ka

（陳先生什麼時候方便呢？）

用 食事会：表示餐會

弊社の 食事会があるんですが、○○部の
敝公司的餐會

みなさん も一緒にどうですか。
大家　　　　也一起的話如何呢？

hei.sha.no.shoku.ji.kai.ga.a.ru.n.de.su.ga、
○○.bu.no.mi.na.sa.n.mo.i.ssho.ni.do.u.de.su.ka

（貴部門的人要不要一起來參加我們公司的餐
會？）

公司舉辦活動，邀請客戶參加……

貴公司有意願參加嗎？

Will your company be interested in[1] joining[2]?

よろしければ[3]、御社[4]も参加なさいませんか[5]。

yo.ro.si.ke.re.ba、on.sha.mo.san.ka.na.sa.i.ma.se.n.ka

邀請客戶參加活動時，通常會先說目的，再說出主題句的日文，可見右頁例句。

❶ 對～感興趣 [bi `ɪntərɪstɪd ɪn]
❷ 參加 [`dʒɔɪnɪŋ]
❸ 可以的話
❹ 貴公司
❺ 要不要參加？

相 關 用 法

用 sales exhibition：表示展銷會

We will have a <u>booth</u> at **sales exhibition**.
攤位 [buθ]　[selz ˌɛksəˈbɪʃən]

（我們在展銷會有攤位。）

用 conference：表示討論會

We will be having a **conference**.
[ˈkɑnfərəns]

（我們要舉辦討論會。）

用 seminar：表示專題研討會

We will be having a <u>corporate</u> **seminar**.
企業的 [ˈkɔrpərɪt] [ˈsɛməˌnɑr]

（我們要舉辦企業專題研討會。）

用 見本市：表示展覽會

<ruby>見本市<rt>み ほん いち</rt></ruby>に<u>ブースを<ruby>出<rt>だ</rt></ruby>す</u>んですが…
展出攤位

mi.hon.ichi.ni.buu.su.wo.da.su.n.de.su.ga

（我們在展覽會有攤位…）

用 懇談会：表示懇談會

<u><ruby>今度<rt>こん ど</rt></ruby>懇談会をやるん</u>ですが…
這次　　　　　　舉辦

kon.do.kon.dan.kai.wo.ya.ru.n.de.su.ga

（我們這次要舉辦懇談會…）

用 勉強会：表示研討會

<ruby>関連会社<rt>かんれんがいしゃ</rt></ruby>の**勉強会**をやるんですが…
關係企業

kan.ren.gai.sha.no.ben.kyou.kai.wo.ya.ru.n.de.su.ga

（我們要舉辦關係企業的研討會…）

客戶邀請參加宴會，婉轉拒絕……

不好意思，恐怕有點困難…

I'm afraid I won't be able to¹ join² the event³.

ちょっと⁴難しい⁵ですね。

cho.tto.muzuka.si.i.de.su.ne

婉拒時不要直接說出「不參加」等字眼，要先感謝對方的好意，例如：
お誘いはありがたいんですが…
（感謝您的邀約，但是…。）

❶ 能夠 [bi ˋebḷ tu]
❷ 參加 [dʒɔɪn]
❸ 活動 [ɪˋvɛnt]
❹ 有點
❺ 困難的

相關用法

婉拒後表達下次再參加：

● I'd love to go <u>next time</u>.
　　　　　　　 下次 [ˋnɛkst taɪm]

（下次有機會再參加。）

● I'll <u>definitely</u> go next time.
一定 [ˋdɛfənɪtlɪ]

（我下次一定參加。）

用 of course：接受邀請

Of course, I would love to go!
當然 [ɑv kors]

（好啊！我會參加。）

婉拒後表達下次再參加：

● <u>また</u>の<u>機会</u>に。（下次有機會再參加。）
　另外　　機會

ma.ta.no.ki.kai.ni

● <u>次</u>はぜひ<u>参加</u>させていただきます。
　下次　一定

tsugi.wa.ze.hi.san.ka.sa.se.te.i.ta.da.ki.ma.su

（我下次一定參加。）

樂意接受邀請時：

● はい。そうさせていただきます。
ha.i。so.u.sa.se.te.i.ta.da.ki.ma.su

（好的，我會參加。）

● はい、ぜひ<u>参加</u>させていただきます。
ha.i、ze.hi.san.ka.sa.se.te.i.ta.da.ki.ma.su

（好的，我一定參加。）

● はい、ぜひご<u>一緒</u>にさせていただきます。
ha.i、ze.hi.go.i.ssho.ni.sa.se.te.i.ta.da.ki.ma.su

（好的，我一定會參加。）

公司即將參展……

We will be exhibiting[1] in Paris next month[2].

らいげつ
来月[3]、パリ[4]で展覧会[5]をします[6]。

rai.getsu、pa.ri.de.ten.ran.kai.wo.si.ma.su

如果要表達「預定參展」，可以說：
らいねんいちがつ　　　　　　　　てんらんかい　　よてい
来年一月にパリで展覧会の予定です。
（我們預定明年一月在巴黎舉辦展覽會。）

❶ 參展 [ˌɛksəˈbɪtɪŋ]
❷ 下個月 [ˈnɛkst mʌnθ]
❸ 下個月
❹ 巴黎
❺ 展覽會
❻ 舉辦（辭書形：する）

用 event：表示活動

There will be 10 <u>exhibitors</u> <u>attending</u> this **event**.
參展者 [ɪgˋzɪbɪtɚz] 出席 [əˋtɛndtɪŋ]　[ɪˋvɛnt]

（共有 10 家廠商參加此次活動。）

用 exhibition：表示展覽會

The **exhibition** will <u>last for</u> 10 days.
　[ˏɛksəˋbɪʃən]　　　持續

（此次展覽為期 10 天。）

用 イベント：表示活動

こんかい
今回の**イベント**には<u>全部で</u> <u>10社 参加</u>します。
　　　　　　　　　ぜん ぶ　　じゅっしゃ さん か
　　　　　　　　　總共　 10 家廠商　　參加

kon.kai.no.i.be.n.to.ni.wa.zen.bu.de.ju.ssha.san.
ka.si.ma.su

（共有 10 家廠商參加此次活動。）

用 展覧会：表示展覽會

こんかい　てんらんかい　とお か かん
今回の**展覧会**は<u>10日間</u>あります。
　　　　　　　　　　　10 天

kon.kai.no.ten.ran.kai.wa.too.ka.kan.a.ri.ma.su

（此次展覽為期 10 天。）

補充〈參展相關單字〉：

● 商品展：trade show、トレード・ショー

● 陳列：display、展示
　　　　　　　　てん じ

同事問我出差的時間地點……

我預計下星期三到
台中出差。

台中站

I will be on a business trip[1] in
Taichung next Wednesday.

らいしゅうすいよう び たいちゅう しゅっちょう よ てい
来週水曜日台中へ[2]出張の予定[3]
です。

rai.shuu.sui.you.bi.tai.chuu.e.shu.cchou.no.yo.
tei.de.su

如果要表達「預定在某處舉行準備會議／說明會」，
可以說：

しんしょうひん う あ せつめいかい よ てい
○○で新商品の打ち合わせ／説明会の予定です。
（我們預定在○○舉行新商品的準備會議／說明會。）
（○○的部分可以填入地點。）

❶ 出差 [`bɪznɪs trɪp]
❷ 往台中
❸ 預計出差

相關用法

用 how long：詢問出差多久

368

How long will the business trip be?
（請問這次要出差幾天？）

說明出差天數：

It will be a 3-day business trip.
（這次要出差三天。）

用 book flight：表示訂機票

Could you **book** me a **flight**?
　　　　　[buk]　　　[flaɪt]
（可以幫我訂飛機票嗎？）

用 itinerary：表示行程

Can I <u>have a look at</u> the **itinerary**?
　　　　看一下　　　　[aɪˋtɪnəˌrɛrɪ]
（可以讓我看一下行程嗎？）

詢問出差天數：

こんかい　なんにちかん　しゅっちょう
今回は 何日間の 出 張 ですか。
　　　　　幾天　　　　出差
kon.kai.wa.nan.nichi.kan.no.shu.cchou.de.su.ka
（請問這次要出差幾天？）

說明出差天數：

こんかい　　しゅっちょう　　みっ か かん
今回の 出 張 は三日間です。
　　　　　出差　　　　三天
kon.kai.no.shu.cchou.wa.mi.kka.kan.de.su
（這次要出差三天。）

補充〈期間用語〉：
らいしゅうすいよう　　きんよう
● 来 週 水曜から金曜 （下周三到下周五）
か　にちかん　　　　しゅうかん
● ○日 / 日間（○天）/ ○ 週 間（○周）

369

想知道出差費用的細節……

請問出差費怎麼算呢？

$?

What is the allowance[1] for the business trip[2]?

出張費用[3]はどう計算したらいいですか[4]。

shu.cchou.hi.you.wa.do.u.kei.san.si.ta.ra.i.i.de.su.ka

❶ 津貼 [əˋlauəns]
❷ 出差 [ˋbɪznɪs trɪp]
❸ 出差費
❹ 要如何計算？

....

相 關 用 法

用 apply for：表示申請費用

The allowance must be **applied for** <u>ahead of time</u>.
       [əˋplaɪd fɔr] 提前

（出差費必須先申請。）

用 pay-as-you-go：表示實支實付

The allowance will be **pay-as-you-go**.
[pe æz ju go]

（出差費採實支實付的方式。）

用 pay：表示支付

The **allowances** are only **paid** <u>on the basis of</u> a
[ped] 根據～[ɑn ðə ˋbesɪs ɑv]
<u>claim</u>.
申請 [klem]

（出差費會根據申請金額支付。）

用 出張前：表示出差前

しゅっちょう ひ よう　　しゅっちょうまえ　　て つづ
出 張 費用は 出 張 前に<u>手続きするように。</u>
必須辦理申請

shu.cchou.hi.you.wa.shu.cchou.mae.ni.te.tsuzu.
ki.su.ru.yo.u.ni

（出差費必須在出差前申請。）

用 全額支給する：表示實支實付

しゅっちょう ひ よう　　ぜんがく し きゅう
出 張 費用は全額支 給 しています。

shu.cchou.hi.you.wa.zen.gaku.si.kyuu.si.te.i.ma.su

（出差費採實支實付的方式。）

補充〈出差費相關用語〉：
しゅっちょう て あて
● 出 張 手当（出差津貼、出差補助）
つうきん ひ
● 通 勤費（交通費）
りょうしゅうしょはっこう
● 領 収 書発行（開收據）

173

● MP3 173

要到美國出差，到銀行兌換美金……

你好，我想換美金，
請問現在的匯率是多少？

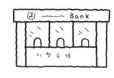

Hi, I would like to get some U.S.
Dollars[1]. What is the exchange rate[2]?

アメリカドル[3]に換えたい[4]のです
が、今のレート[5]は？

a.me.ri.ka.do.ru.ni.ka.e.ta.i.no.de.su.ga、 ima.
no.ree.to.wa

匯率的數字念法：
【小數點前】：同一般數字念法
【小數點後】：要一個字一個字分開念
例如：13.14

13	.	1	4
↓	↓	↓	↓
じゅうさん	てん	いち	よん

❶ 美金 [ju ɛs `dɑlɚz]　　　❹ 想要兌換
❷ 匯率 [ɪks`tʃendʒ ret]　　❺ 匯率
❸ 美金

相 關 用 法

372

用 New Taiwan Dollar：表示台幣

What is the exchange rate for the **New Taiwan Dollar** to the U.S. dollar?
（台幣兌換美金的匯率是多少？）

用 fee：表示費用、手續費

- Is there an exchange **fee**?
[fi]
（需要兌換手續費嗎？）

- What is the exchange **fee**?
（兌換手續費是多少呢？）

用 台湾ドル：表示台幣

台湾ドルからアメリカドルへのレートは
たいわん　　　　　　　美金　　　　　　　　匯率

どのくらいですか。
多少？

tai.wan.do.ru.ka.ra.a.me.ri.ka.do.ru.e.no.ree.to.wa.
do.no.ku.ra.i.de.su.ka
（台幣兌換美金的匯率是多少？）

用 手数料：表示手續費

手数料 はかかりますか。
て すうりょう　　需要支付嗎？

te.suu.ryou.wa.ka.ka.ri.ma.su.ka
（需要兌換手續費嗎？）

用 いくら：表示多少錢

手数料 はいくらかかりますか。
て すうりょう　　需要花多少錢？

te.suu.ryou.wa.i.ku.ra.ka.ka.ri.ma.su.ka
（兌換手續費是多少錢呢？）

馬上要出差了，準備預訂機票……

> 請幫我預訂 10 月 1 號到東京羽田機場的商務艙一位。

Please help me book[1] a business class[2] flight[3] to Haneda, Tokyo on October 10th.

10月1日、東京羽田まで[4]、ビジネスクラス[5]で1名[6]、お願いします。

juu.gatsu.tsui.tachi、tou.kyou.hane.da.ma.de、bi.ji.ne.su.ku.ra.su.de.ichi.mei、o.nega.i.si.ma.su

補充〈其他艙位〉：

經濟艙：economy class、エコノミークラス

頭等艙：first class、ファーストクラス

❶ 預訂 [bʊk]
❷ 商務艙 [ˋbɪznɪs klæs]
❸ 班機
❹ 到東京羽田機場
❺ 商務艙
❻ 一位

相關用法

用 return date：表示回程日期

The <u>estimated</u> **return date** will be on October 3rd.
預計 [`ɛstəˌmetɪd] [rɪ`tɝn det]

（回程預定是 10 月 3 號。）

要求早去晚回的班機：

I would like to <u>fly out early</u> and <u>return late</u>.
早去 [flaɪ aut `ɝlɪ]　　晚回 [rɪ`tɝn let]

（請幫我訂早去晚回的班機。）

用 帰り：表示回程

帰りは１０月３日の<u>予定</u>です。
　　　　　　　　　　　　預定

kae.ri.wa.juu.gatsu.mi.kka.no.yo.tei.de.su

（回程預定是 10 月 3 號。）

要求早去晚回的班機：

<u>行き</u>は<u>朝</u>で、<u>帰り</u>は<u>遅い</u> <u>便</u>で<u>予約</u>をしてく
早上出發　　　回程晚一點　班機　　　　請預訂
ださい。

i.ki.wa.asa.de、kae.ri.wa.oso.i.bin.de.yo.yaku.wo.si.
te.ku.da.sa.i

（請幫我訂早去晚回的班機。）

〈出發地〉說法：○○ 発

〈目的地〉說法：○○行き

例如：桃 園 / 松 山 発（桃園 / 松山機場出發）

　　　成田 / 関西空港行き（前往成田 / 關西機場）

指定靠窗或靠走道座位……

請給我靠走道的座位。

I would like to have an aisle[1] seat[2].

通路側[3]の席[4]をお願いします。

tsuu.ro.gawa.no.seki.wo.o.nega.i.si.ma.su

❶ 走道 [aɪl]
❷ 座位 [sit]
❸ 靠走道
❹ 座位

······ 相關用法 ······

用 window seat：表示靠窗的座位

I would like to have a **window seat**.
（請給我靠窗的座位。）

用 near the washroom：表示靠近洗手間

I would like to <u>be seated</u> **near the washroom**.
被安排坐…[bi `sitɪd]　　[`waʃˌrum]

（請給我靠近洗手間的座位。）

用 front / back row：表示前面 / 後面

Is there any seat <u>closer to</u> the **front row** / **back row**?
靠近　　　　　[frʌnt ro]　　[bæk ro]

（有沒有前面 / 後面一點的座位？）

用 窓側の席：表示靠窗的座位

窓側の席をお願いします。
（請給我靠窗的座位。）

mado.gawa.no.seki.wo.o.nega.i.si.ma.su.

用 トイレに近い：表示靠近洗手間

トイレに近い席をお願いします。
to.i.re.ni.chika.i.seki.wo.o.nega.i.si.ma.su

（請給我靠近洗手間的座位。）

用 前 / 後ろのほう：表示前面 / 後面

<u>もう少し</u>前 / 後ろのほうの席は<u>ありませんか</u>。
再一點點　　　　　　　　　　　　有嗎？

mo.u.suko.si.mae / usi.ro.no.ho.u.no.seki.wa.a.ri.
ma.se.n.ka

（有沒有前面 / 後面一點的座位？）

用 二人並び：表示兩人坐一起

二人並びの席をお願いします。
futari.nara.bi.no.seki.wo.o.nega.i.si.ma.su

（請給我兩人坐一起的座位。）

指定機上餐點……

請給我海鮮的餐點。

I would like to have the seafood
meal[1].

シーフード[2]をお願いします。

sii.fuu.do.wo.o.nega.i.si.ma.su

- 如果需要素食餐點可以說：
  ベジタリアンミールをお願いします。
  （請給我素食餐點。）

- 如果需要沒有牛肉的餐點可以說：
  牛肉は食べられません。（我不吃牛肉。）

❶ 海鮮 [ˋsiˌfud mil]
❷ 海鮮

相 關 用 法

用 alternative：表示可選擇的東西

What are the **alternatives**?
[ɔlˋtɝnətɪv]

（請問有沒有其他選擇？）

用 kids' meal：表示兒童餐

I would like to have two **kids' meals**.
[kɪds milz]

（請幫我訂兩份兒童餐。）

用 ovo-lacto vegetarian：表示蛋奶素

I would like to have an **ovo-lacto vegetarian** meal.
[ˋovolæˋkto ˌvɛdʒəˋtɛrɪən]

（請給我蛋奶素。）

補充〈其他餐點〉：
- vegetarian meal（素食餐點）
- non-beef meal（沒有牛肉的餐點）

用 他に：詢問其他選擇

他に 何がありますか。
（ほか）（なに）
其他　　有什麼東西呢？

hoka.ni.nani.ga.a.ri.ma.su.ka

（請問有沒有其他選擇？）

指定可以是蛋奶素的素食餐：

ベジタリアンミールで 卵 と 乳 製 品 は
（たまご）（にゅうせいひん）
素食餐點　　　　　蛋　　　乳製品

大 丈 夫です。
（だいじょうぶ）
沒問題

be.ji.ta.ri.a.n.mii.ru.de.tamago.to.nyuu.sei.hin.
wa.dai.jou.bu.de.su

（素食餐點可以是蛋奶素。）

抵達機場櫃檯，準備辦理登機……

麻煩你，我要辦理
登機手續。

I would like to check-in[1], please.

これお願いします[2]。搭乗手続き[3]を
してきます[4]。

ko.re.o.nega.i.si.ma.su。 tou.jou.te.tsuzu.ki.wo.
si.te.ki.ma.su

主題句的「これお願いします」是要將手中的行李等
物品交給櫃檯人員時所用的。

❶ 登機手續 [ˋtʃɛk˄ɪn]
❷ 這個麻煩你
❸ 登機手續
❹ 來辦理

相 關 用 法

用 boarding time：表示登機時間

When is the **boarding time**?
[ˋbordɪŋ taɪm]

（請問什麼時候開始登機？）

用 passport：表示護照

Here are my **passport** and <u>ticket</u>.
　　　　　　　['pæs,port]　　機票 ['tɪkɪt]

（這是我的護照和機票。）

用 visa：表示簽證

Is a **visa** still <u>required</u>?（現在還需要簽證嗎？）
　　　['vizə]　　必需的 [rɪ'kwaɪrd]

用 boarding gate：表示登機門

Which is the way to the **boarding gate**?
　　　　　　　　　　　　　　['bordɪŋ get]

（請問在哪個登機門呢？）

用 搭乗時間：表示搭乗時間

とうじょう じ かん　　　なんぷん
搭乗時間は<u>何分</u>ですか。
　　　　　　　幾分

tou.jou.ji.kan.wa.nan.pun.de.su.ka

（請問幾分開始登機？）

用 パスポート：表示護照

　　　　　わたし　　　　　　　　　　　とうじょうけん
これ、私 のパスポートと<u>搭乗券</u>です。
　　　　　　　　　　　　　　　　　登機證

ko.re、watasi.no.pa.su.poo.to.to.tou.jou.ken.de.su

（這是我的護照和登機證。）

用 ゲート：表示登機門

なんばん
<u>何番</u>ゲートでしょうか。
幾號

nan.ban.gee.to.de.sho.u.ka

（請問在哪個登機門呢？）

糟糕！塞了太多行李，只好問櫃檯人員……

請問超重費怎麼算？

What is the penalty[1] **cost for** overweight[2] luggage[3]**?**

ついかりょうきん
追加料金[4]はどう計算していますか[5]。
けいさん

tsui.ka.ryou.kin.wa.do.u.kei.san.si.te.i.ma.su.ka

❶ 罰款 [ˋpɛnḷtɪ]
❷ 超重 [ˋovɚˌwet]
❸ 行李 [ˋlʌgɪdʒ]
❹ 超重費用
❺ 如何計算？

-------------------- 相 關 用 法 --------------------

用 weight limit：表示限重

What is the weight limit for luggage?
[wet ˋlɪmɪt]

（請問行李限重是幾公斤？）

用 carry-on luggage：表示手提行李

What are the **restrictions** for **carry-on luggage**?
限制規定 [rɪ`strɪkʃənz]　　[`kærɪʌn `lʌgɪdʒ]

（手提行李有什麼限制嗎？）

用 何キロ：表示幾公斤

エコノミークラスは何キロまで大丈夫です
　　経濟艙　　　　　到幾公斤為止　　是可以的？

か。

e.ko.no.mii.ku.ra.su.wa.nan.ki.ro.ma.de.dai.jou.bu.

de.su.ka.

（請問經濟艙的行李限重是幾公斤？）

用 手荷物：表示手提行李

手荷物での制限は何がありますか。
　　　　　　限制

te.ni.motsu.de.no.sei.gen.wa.nani.ga.a.ri.ma.su.ka

（手提行李有什麼限制嗎？）

補充〈行李相關單字〉：

● 托運行李：checked baggage、預け荷物

● 行李吊牌：baggage tag、タグ

● 行李推車：luggage trolley、カート

● 行李輸送帶：conveyer belt、
　　　　　　　手荷物ベルトコンベア

● 違禁品：banned item、持ち込み禁止物

登機手續辦好了，準備去貴賓室……

我們可以去貴賓室
休息一下。

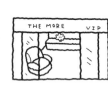

Let's have a rest¹ at the VIP lounge².

ラウンジ³で休みましょう⁴。

ra.u.n.ji.de.yasu.mi.ma.sho.u

❶ 休息 [hæv ə rɛst]
❷ 貴賓室 [`viaɪpi laʊndʒ]
❸ 休息室
❹ 休息吧（辭書形：休む）

相 關 用 法

用 duty-free shop：表示免稅店

There are a lot of **duty-free shops** on the second
很多　　[`djutɪˋfri]
floor.

（二樓有很多家免稅店。）

用 lounge：表示候機室

The **lounge** is bright and spacious.
[laʊndʒ]　明亮的 [braɪt]　寬敞 [`speʃəs]

（這個候機室既明亮又寬敞。）

用 shall we：提出自己的建議

Shall we <u>go through</u> the meeting <u>content</u> at the
進行~ [go θru]　　　　　　內容 [ˈkɑntɛnt]

coffee shop?

（要不要在咖啡廳討論一下會議內容？）

用 免税店：表示免税店

<u>２階</u>にたくさん**免税店**がありますよ。
に かい　　　　　　めんぜいてん
二樓　　　很多

ni.kai.ni.ta.ku.sa.n.men.zei.ten.ga.a.ri.ma.su.yo

（二樓有很多家免税店喔。）

用 搭乗ロビー：表示候機室

ここの**搭乗ロビー**は<u>明るくて広い</u>ですね。
とうじょう　　　あか　　　ひろ
明亮又寬敞

ko.ko.no.tou.jou.ro.bii.wa.aka.ru.ku.te.hiro.i.de.su.ne

（這個候機室既明亮又寬敞。）

用 確認する：表示確認

<u>コーヒーでも</u> <u>飲みながら</u>今日の会議内容を
咖啡之類的　　　　一邊喝一邊~　きょう　かい ぎ ないよう

確認しておきませんか。
かくにん
要不要事先確認？

koo.hii.de.mo.no.mi.na.ga.ra.kyou.no.kai.gi.nai.
you.wo.kaku.nin.si.te.o.ki.ma.se.n.ka

（要不要喝杯咖啡，一邊確認今天的會議內容？）

補充〈候機相關單字〉：

● 待ち時間（等候時間）
　ま　じ かん

● ＶＩＰ／空港ラウンジ（貴賓室）
　ブイアイピー　くうこう

飛機上的空調有點冷，跟空服員說……

請給我一條毛毯。

May I have a blanket[1]?

ブランケット[2]をください[3]。

bu.ra.n.ke.tto.wo.ku.da.sa.i

● 主題句的「blanket」（毛毯）也可以替換成其他需要的物品，例如：
May I have a headset?
（請給我耳機。）

● 「May I have ....」是「請給我～」的常用說法，後面加上「please」會顯得更有禮貌，可見右頁例句。

● 「名詞＋をください」是「請給我～」的常用說法，例如：
ヘッドフォンをください。
（請給我耳機。）

❶ 毛毯 [`blæŋkɪt]
❷ 毛毯
❸ 請給我

用 black tea：表示紅茶

May I have some hot **black tea** / water, please?
[blæk ti]

（請給我一杯熱紅茶 / 水。）

用 immigration form：表示入境申請書

I need an **immigration form**.
[ˌɪməˋgreʃən fɔrm]

（我需要入境申請書。）

用 入国手続き：表示入境手續

にゅうこく て つづ　　か
入 国手続きを書かないと。
　　　　　　　　　必須填寫

nyuu.koku.te.tsuzu.ki.wo.ka.ka.na.i.to

（我必須填入境申請書。）

用 紅茶：表示紅茶

あたた　　こうちゃ　みず　　いっぱい
温 かい紅茶 / 水を（一杯）ください。
　熱紅茶

atata.ka.i.kou.cha/mizu.wo(i.ppai)ku.da.sa.i

（請給我（一杯）熱紅茶 / 水。）

補充〈機上設備〉：

● 摺疊桌：tray、テーブル

● 安全帶：seatbelt、シートベルト

詢問租車公司的機場接送服務⋯⋯⋯

請問你們有機場接送的服務嗎？

Is there an airport¹ transport service²?

そちら³は空港から⁴の送迎⁵はしていますか。

so.chi.ra.wa.kuu.kou.ka.ra.no.sou.gei.wa.si.te.i.ma.su.ka

❶ 機場 [`ɛr͵port] 　　　　❹ 從機場
❷ 接送服務[`træns͵port `sɚvɪs] 　❺ 接送
❸ 你們

用 Please be here：表示請到這裡

Please be here at 10:20.
（請在 10 點 20 分時到這裡。）

用 how much：詢問接送價錢

How much will it be?（請問是多少錢呢？）

用 discount：表示折扣、優惠

How can I get a **discount**?
['dɪskaunt]

（請問怎麼樣才有優惠呢？）

用 迎え：表示接送

じゅうじ にじゅっぷん むか　　　　　　　ねが
１０時２０分に迎えをお願いしてもいいです
　　　　　　　　　　可以來接我嗎？

か。

juu.ji.niju.ppun.ni.muka.e.wo.o.nega.i.si.te.mo.i.i.
de.su.ka

（請問可以在 10 點 20 分來接我嗎？）

用 いくら：詢問接送價錢

いくらですか。
　多少錢？

i.ku.ra.de.su.ka

（請問是多少錢呢？）

用 割引：表示折扣

わりびき　　とう
割引（等のサービス）はありますか。
折扣之類的服務　　　　　　　　　有嗎？

wari.biki.tou.no.saa.bi.su.wa.a.ri.ma.su.ka

（請問有折扣嗎？）

補充〈往來機場、飯店的交通工具〉：

● シャトルバス（接駁巴士）
そうげい
● 送迎バス（接送巴士）

🎧 MP3 182

搭計程車到飯店時，跟司機說……

請載我到～飯店。

Please take me to¹ the Sheraton hotel².

シェラトンホテルまで³お願いします。

she.ra.to.n.ho.te.ru.ma.de.o.nega.i.si.ma.su

❶ 帶我去～ [tek mi tu]
❷ 飯店 [ho`tɛl]
❸ 到～飯店

用 get off：表示下車

Please let me **get off** now.（請讓我下車。）
[gɛt ɔf]

用 stop at：表示停在某處

• Please **stop at** the <u>front door</u> of that <u>building</u>.
前門 [frʌnt dor]　　大樓 [`bɪldɪŋ]

（請你停在那棟大樓的前門。）

● Please **stop at** the <u>traffic light</u>.
紅綠燈 [ˈtræfɪk laɪt]

（請在紅綠燈前停車。）

用 charge：表示收費

Do you **charge** by the <u>meter</u>?
[tʃɑrdʒ]　　　　　計程錶 [ˈmitɚ]

（請問是照表收費嗎？）

用 ride：表示搭乘

How much is the **ride**?（這樣是多少錢呢？）
[raɪd]

用 ～でいい：請司機停在某處

<u>ここ</u>でいいです。（請讓我在這裡下車。）
這裡就可以了

ko.ko.de.i.i.de.su

用 ビルの前：表示大樓正門口

<u>あそこ</u>のビルの前で<u>降ろしてください</u>。
那裡　　　　　　　　　　請讓我下車

a.so.ko.no.bi.ru.no.mae.de.o.ro.si.te.ku.da.sa.i

（請你停在那棟大樓的正門口。）

用 信号の前：表示紅綠燈前

<u>あの信号の前</u>で <u>いいです</u>。
在那個紅綠燈前　　　可以

a.no.sin.gou.no.mae.de.i.i.de.su

（請在那個紅綠燈前停車。）

下飛機後，要轉搭地鐵……

我可以在哪裡搭地鐵？

How can I get to¹ the subway²?

地下鉄³の駅⁴はどこですか⁵。

chi.ka.tetsu.no.eki.wa.do.ko.de.su.ka

- 地下鐵的另一個說法是「tube」。如果是要搭乘捷運可以說「MRT」。

- 地鐵通常會有許多路線，如果不知道要如何前往搭乘，可以使用下方句型詢問：
  ○○線までどう行けばいいですか。
  （請問要搭○○線的話要怎麼走？）

❶ 去 [gɛt tu]　　　　　❹ 車站
❷ 地下鐵 [ˋsʌbˏwe]　　❺ 在哪裡
❸ 地下鐵

相關用法

用 bus：表示公車

Which **bus** should I take?

搭乘 [tek]

（請問我應該搭幾號公車？）

用 bus station：表示公車站

Where is the **bus station**?
[bʌs ˋsteʃən]

（請問公車站在哪裡？）

用 get a taxi：表示搭計程車

Where can I **get a taxi**?

（請問我應該到哪裡搭計程車？）

用 何番線：表示幾號路線

（地名）まで<u>何番線のバスで行け</u>ばいいです
<u>か</u>。

なんばんせん（幾號公車）　　い（去的話比較好）

ma.de.nan.ban.sen.no.ba.su.de.i.ke.ba.i.i.de.su.ka

（請問我應該搭幾號公車去某處？）

用 バス乗り場：表示公車站

バス<u>乗り場</u>は<u>どちらですか</u>。

の　ば　　在哪裡？

ba.su.no.ri.ba.wa.do.chi.ra.de.su.ka

（請問公車站在哪裡？）

用 タクシーに乗る：表示搭計程車

（地名）まで<u>行きたい</u>のですが、<u>どこからタ</u>

い（想去）

<u>クシーに乗った</u>ほうがいいですか。

の　從哪裡搭計程車比較好？

ma.de.i.ki.ta.i.no.de.su.ga、 do.ko.ka.ra.ta.ku.sii.ni.
no.tta.ho.u.ga.i.i.de.su.ka

（我想去某處，請問我應該到哪裡搭計程車？）

指定交通工具座位……

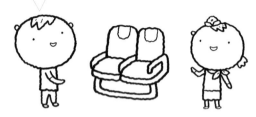

請給我最後面的座位。

I would like to be seated[1] in the
farthest back row[2].

一番後ろ[3]の座席[4]をお願いします。

ichi.ban.usi.ro.no.za.seki.wo.o.nega.i.si.ma.su

❶ 被安排坐～ [bi `sitɪd]
❷ 最後排 [`farðɪst bæk ro]
❸ 最後面
❹ 座位

相關用法

用 last row：表示最後一排

Is there a seat in the **last row**?
[læst ro]

（請問最後一排座位有空位嗎？）

用 baggage area：表示行李區

I would like to be seated near the **baggage area**.

[ˈbægɪdʒ ˈɛrɪə]

（請給我靠近行李區的座位。）

用 空く：詢問有沒有空位

<ruby>一番後ろ<rt>いちばんうし</rt></ruby>の<ruby>座席<rt>ざせき</rt></ruby>は<ruby>空<rt>あ</rt></ruby>いていますか。

最後面　　　　　　　　　　是空著的嗎？

ichi.ban.usi.ro.no.za.seki.wa.a.i.te.i.ma.su.ka

（請問最後一排座位有空位嗎？）

用 荷物置き場：表示行李放置區

<ruby>荷物置き場<rt>にもつおきば</rt></ruby>の<ruby>近く<rt>ちか</rt></ruby>の<ruby>席<rt>せき</rt></ruby>を<ruby>お願<rt>ねが</rt></ruby>いします。

附近　　座位

ni.motsu.o.ki.ba.no.chika.ku.no.seki.wo.o.nega.i.si.ma.su

（請給我行李區附近的座位。）

用 予約する：表示預約

<ruby>一番後ろ<rt>いちばんうし</rt></ruby>の<ruby>席<rt>せき</rt></ruby>を<ruby>予約<rt>よやく</rt></ruby>したいのですが。

想預約

ichi.ban.usi.ro.no.seki.wo.yo.yaku.si.ta.i.no.de.su.ga

（我想要預約最後面的座位。）

補充〈座位的量詞〉：
- <ruby>座席 一つ<rt>ざせきひと</rt></ruby>（一個座位）
- <ruby>座席 二つ<rt>ざせきふた</rt></ruby>（兩個座位）

打電話預訂旅館，要訂非吸菸房……

請幫我訂禁菸房。

I would like to have a non-smoking room[1].

きんえん
禁煙ルーム[2]をお願いします。

kin.en.ruu.mu.wo.o.nega.i.si.ma.su

如果要訂吸菸房，可以說：

（英）I would like to have a smoking room.

きつえん　　　　　　　　ねが
（日）喫煙ルームをお願いします。

（請幫我訂吸菸房。）

❶ 禁菸房 [nɑn ˋsmokɪŋ rum]

❷ 禁菸房

相 關 用 法

用 wifi：表示無線網路

Is there wifi at the <u>hotel</u>?

飯店 [hoˋtɛl]

（請問飯店有提供無線上網嗎？）

用 type：詢問早餐內容

What **type** of breakfast is served at the hotel?
類型 [taɪp] 早餐 [`brɛkfəst] 供應 [sɜvd]

（請問飯店提供什麼樣的早餐？）

用 無線 LAN：表示無線網路

ホテルに無線ＬＡＮはありますか。
　飯店　　　　むせん　ラ ン　　　有嗎？

ho.te.ru.ni.mu.sen.ran.wa.a.ri.ma.su.ka

（請問飯店有提供無線上網嗎？）

「免費無線網路」的說法：

（英）free wifi

（日）無料 無線ＬＡＮ / 無料 WIFI
　　　むりょうむせん ラ ン　　むりょうワイファイ

用 朝食：表示早餐

朝 食 は何がありますか。
ちょうしょく　なに　　有哪些？

chou.shoku.wa.nani.ga.a.ri.ma.su.ka

（請問飯店提供什麼樣的早餐？）

補充〈其他餐點〉：

● 午餐：lunch、昼ごはん
　　　　　　　　　ひる

● 晚餐：dinner、晩ごはん
　　　　　　　　　ばん

● 下午茶：afternoon tea、アフタヌーンティー

打電話預訂旅館，說明想住的房型……

我想訂一間單人房。

I would like to have a single room[1].

すみません[2]。シングル[3]を一部屋[4]
お願[ねが]いしたいのですが[5]。

su.mi.ma.se.n。si.n.gu.ru.wo.hito.he.ya.o.nega.
i.si.ta.i.no.de.su.ga

- 主題句的「すみません」（不好意思）是讓對方覺得較為客氣有禮的緩衝用語。

- 如果要訂雙人房，可以說：

（英）I would like to have a double room.

（日）すみません。ダブルを一部屋[ひと へ や]お願[ねが]いしたいのですが。

　　（我想訂有一張大床的雙人房一間。）

- 「兩間房間」的日文說法是「二部屋[ふた へ や]」。

❶ 單人房 [ˈsɪŋgl̩ rum]　　❹ 一間房間
❷ 不好意思　　　　　　　❺ 我想要訂
❸ 單人房

相 關 用 法

用 upper floor：表示高樓層

I would like to have a room on an **upper floor**.

[ˋʌpɚ flor]

（請給我高樓層的房間。）

用 corner：表示邊間

Can I have a room at the **corner**?

[ˋkɔrnɚ]

（可以給我邊間嗎？）

用 view：表示風景

Is there a **view** from the room?

[vju]

（請問從房間窗戶看得到風景嗎？）

用 上の階：表示高樓層

うえ かい　　　　ねが
上の階をお願いします。

ue.no.kai.wo.o.nega.i.si.ma.su

（請給我高樓層的房間。）

用 角部屋：表示邊間

かど べ や　　　　ねが
角部屋をお願いします。（請給我邊間的房間。）

kado.be.ya.wo.o.nega.i.si.ma.su

用 景色：表示風景

へ や　　　　そと　けしき　　み
部屋から 外の景色が見えますか。
從房間　　外面的風景　　看得到嗎？

he.ya.ka.ra.soto.no.ke.siki.ga.mi.e.ma.su.ka

（請問從房間窗戶看得到外面的風景嗎？）

有事耽擱來不及 check in，跟飯店
延後 check in 時間……

我會延後抵達飯店，
可以幫我延後 check in 時間嗎？

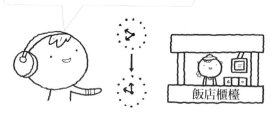

飯店櫃檯

I'll be checking in¹ **late** due to² **a late**
arrival³.

今日のチェックイン⁴に間に合わな
い⁵ので、時間を延ばしてもらえま
せんか⁶。

kyou.no.che.kku.i.n.ni.ma.ni.a.wa.na.i.no.de、
ji.kan.wo.no.ba.si.te.mo.ra.e.ma.se.n.ka

打電話到飯店延後時間或取消訂房時，通常會先表明
自己的身分以利後續作業，再說明自己的需求，例
如：

今日 宿 泊予定の＋自己的名字＋ですが…
（我是今天預訂住宿的～，我要…）

❶ 登記入住 [tʃɛkɪŋ ɪn]　　❹ 登記入住
❷ 由於 [dju tu]　　　　　❺ 趕不上
❸ 晚到 [let əˈraɪvl]　　　❻ 可以幫我延後嗎？

用 booking：表示預訂

This is David Wang, I have a **booking** for tonight.
[ˋbʊkɪŋ]

（我是王大衛，訂了今天晚上的房間。）

用 keep：表示保留房間

Would you please **keep** the room for me?
[kip]

（可以幫我保留房間嗎？）

用 check out：表示退房

Would you please underline{postpone} the **check out** time?
延後 [postˋpon]

（可以幫我延後退房時間嗎？）

用 部屋を取っておく：表示保留房間

部屋を取っておいてもらえませんか。
へ や と

he.ya.wo.to.tte.o.i.te.mo.ra.e.ma.se.n.ka

（可以幫我保留房間嗎？）

用 チェックアウト：表示退房

チェックアウトの時間を延ばしてもらえません
じ かん の   可以幫我延後嗎？

か。

che.kku.a.u.to.no.ji.kan.wo.no.ba.si.te.mo.ra.e.ma.
se.n.ka

（可以幫我延後退房時間嗎？）

去日本出差，帶回當地土產招待大家……

> 這是北海道的特產，請大家嚐嚐看。

Try[1] some of this specialty[2] from Hokkaido.

北海道(ほっかいどう)みやげ[3]です。どうぞ[4]みなさんで[5]食(た)べてください[6]。

ho.kkai.dou.mi.ya.ge.de.su。do.u.zo.mi.na.sa.n.de.ta.be.te.ku.da.sa.i

主題句的「食(た)べてください」還可以替換成：
お食(た)べください（請您享用）
召(め)し上(あ)がってください（請您享用）

這兩種都是更加客氣的說法。

❶ 嘗試 [traɪ]
❷ 特產 [ˈspɛʃəltɪ]
❸ 特產
❹ 請
❺ 大家一起
❻ 請享用

用 hip：表示流行

This is <u>pretty</u> **hip** over there.
　　　相當 [`prɪtɪ] [hɪp]

（這在當地是很流行的東西。）

用 souvenir：表示紀念品

I got you a **souvenir**.
　　　　　　 [`suvə.nɪr]

（我買了一個東西送你當紀念品。）

用 流行る：表示流行

これ、今 (地名) で<u>流行っているみたいですよ</u>。
　　　いま　　　　　 は や　好像正在流行

ko.re、ima (地名) de.ha.ya.tte.i.ru.mi.ta.i.de.su.yo
（這在（地名）是很流行的東西喔。）

用 つまらないもの：表示微不足道的小東西

つまらないものですが、<u>記念にどうぞ</u>。
　　　　　　　　　　　き ねん
　　　　　　　　　　　　請當作紀念

tsu.ma.ra.na.i.mo.no.de.su.ga、ki.nen.ni.do.u.zo
（微不足道的小東西，送給你當紀念品。）

- 句中的「つまらないもの」是指「微不足道的小東西、不值錢的小東西」。

- 在日本，送禮者通常會用「つまらないものです
  が」來表達自己微不足道的一點小心意，希望對
  方能夠笑納。

介紹自己公司的業務內容……

請讓我先介紹敝公司的業務。

Let me do a briefing¹ on our business operation².

まず³、弊社⁴について⁵ご説明させていただきます⁶。

ma.zu、hei.sha.ni.tsu.i.te.go.setsu.mei.sa.se.
te.i.ta.da.ki.ma.su

❶ 簡介 [`brifɪŋ]　　　❹ 敝公司
❷ 營運 [ˌɑpə`reʃən]　❺ 關於
❸ 首先　　　　　　　❻ 請讓我來說明

相 關 用 法

用 specialize：表示專門從事

We **specialize** in electronic components
　　[`spɛʃəlˌaɪz] 電子 [ɪlɛk`trɑnɪk] 零件 [kəm`ponənts]
export.
出口 [`ɛksport]

（我們是專門從事電子零件出口的公司。）

用 plant：表示工廠

We have **plants** in both Shanghai and Vietnam.
[plænts]　都有 [boθ]　　　　　　越南 [ˌvjɛtˋnæm]

（我們公司在上海和越南都有設廠。）

用 branch：表示分公司

We have more than one **branch** in some countries.
[bræntʃ]

（我們在其他國家有兩家以上的分公司。）

用 電子部品：表示電子零件

主に 電子部品の輸出 をやっております。
主要　　電子零件出口　　　　　目前從事

omo.ni.den.si.bu.hin.no.yu.shutsu.wo.ya.tte.o.ri.ma.su

（我們主要從事電子零件出口。）

用 工場：表示工廠

シャンハイとベトナムに工 場 があります。
　上海　　　越南

sha.n.ha.i.to.be.to.na.mu.ni.kou.jou.ga.a.ri.ma.su

（我們公司在上海和越南都有設廠。）

用 わが社：表示本公司

わが社は設立して２０年になります。
　　　　　　已經設立20年

wa.ga.sha.wa.setsu.ritsu.si.te.nijuu.nen.ni.na.ri.ma.su

（本公司已經設立 20 年了。）

補充〈業務相關用語〉：
● 主な 業 務（主要的業務）
● 主な取引先（主要的往來業者）

🔊 MP3 190

跟客戶介紹自己公司的表現……

> 我們公司是業界規模最大的。

We are the largest[1] in scale[2] in the industry[3].

へいしゃ ぎょうかいさいおお て
弊社[4]は業界最大手[5]でございます[6]。

hei.sha.wa.gyou.kai.sai.oo.te.de.go.za.i.ma.su

❶ 最大的 [lardʒɪst]　❹ 敝公司
❷ 規模 [skel]　❺ 規模最大
❸ 業界 [ˋɪndəstrɪ]　❻ 是～（です的禮貌說法）

⸺ 相 關 用 法 ⸺

用 grow：表示成長

Our company has **grown** by one-third.
[gron]

（我們公司成長了三分之一。）

用 annual profits：表示年利潤

We make **annual profits** of $1 million.
[ˋænjuəl ˋprɑfɪts]

（我們的年利潤有 100 萬美元。）

用 turnover：表示營業額

Our **turnover** is <u>in excess of</u> $2 million.
   [`tɜn͵ovɚ]    超過 [ɪn ɪk`sɛs ɑv]

（我們的營業額超過 200 萬美元。）

用 海外関連：表示海外相關業務

海外関連を<u>主に</u> <u>事 業 拡大</u>をはかっており
主要   擴大企業   打算

ます。

kai.gai.kan.ren.wo.omo.ni.ji.gyou.kaku.dai.wo.ha.
ka.tte.o.ri.ma.su

（我們打算以海外方面的業務擴大企業版圖。）

用 トータル：表示總計

<u>総売上</u> / <u>純利益</u>はトータルで <u>百 万ドル</u>
總營業額   淨利   百萬美元

ぐらいです。
左右

sou.uri.age/jun.ri.eki.wa.too.ta.ru.de.hyaku.man.
do.ru.gu.ra.i.de.su

（我們的總營業額 / 淨利有 100 萬美元。）

用 超える：表示超過

<u>営 業 売上</u>は<u>200万ドル</u>超えました。
營業額   200 萬美元

ei.gyou.uri.age.wa.nihyaku.man.do.ru.ko.e.ma.si.ta

（我們的營業額超過 200 萬美元。）

客戶詢問公司的網站有哪些內容……

我們的網站上提供
各項產品的介紹。

We offer a complete[1] product
introduction[2] on our website[3].

弊社^{へいしゃ}[4]のホームページ[5]にて各種^{かくしゅ}サー
ビス[6]がご覧頂^{らんいただ}けます[7]。

hei.sha.no.hoo.mu.pee.ji.ni.te.kaku.shu.saa.bi.
su.ga.go.ran.itada.ke.ma.su

主題句的「ホームページ」也可以替換成：
● ウェブページ（網頁）
● ウェブサイト（網站）

❶ 完整的 [kəm`plit]
❷ 介紹 [ˌɪntrə`dʌkʃən]
❸ 網站 [`wɛbˌsaɪt]
❹ 敝公司
❺ 網站
❻ 各種服務
❼ 您可以看到～

用 online：表示線上

We offer **online** purchases.
    [ˈɑnˌlaɪn] 購買 [ˈpɝtʃəs]

（我們提供線上購買服務。）

用 sign up：表示登入

Please **sign up** as a <u>member</u> on our website.
  [saɪn ʌp]   會員 [ˈmɛmbɚ]

（請上我們的網站登錄為會員。）

用 インターネット販売：表示網路販賣

インターネット<ruby>販売<rt>はんばい</rt></ruby>を<u>しております</u>。
                      有提供

i.n.taa.ne.tto.han.bai.wo.si.te.o.ri.ma.su

（我們提供網路販賣服務。）

用 会員登録：表示登錄會員

<u>ウェブサイト</u> より <ruby>会員登録<rt>かいいんとうろく</rt></ruby>をしてください。
  網站   從   請登錄會員

we.bu.sa.i.to.yo.ri.kai.in.tou.roku.wo.si.te.ku.da.sa.i

（請上我們的網站登錄為會員。）

補充〈線上購物〉：

● 網路商店：webstore、ネットショップ

● 線上型錄：online catalog、オンラインカタログ

● 貨到付款：cash on delivery、<ruby>着<rt>ちゃく</rt></ruby>払い

409

介紹自家的商品和服務……

> 我們正在開發新的網路軟體。

We are developing[1] new software[2] for the internet[3].

ただ今[4] 新しいインターネットソフトウェア[5]を開発しております[6]。

ta.da.ima.atara.si.i.i.n.taa.ne.tto.so.fu.to.we.a.wo.
kai.hatsu.si.te.o.ri.ma.su

主題句的「インターネットソフトウェア」也可以替換成「アプリ」（APP），例如：
ただ今 新しいアプリを開発しております。
（我們正在開發新的APP。）

❶ 研發 [dɪˋvɛləpɪŋ]
❷ 軟體 [ˋsɔftˌwɛr]
❸ 網路 [ˋɪntɚˌnɛt]
❹ 現在
❺ 網路軟體
❻ 正在開發

相關用法

用 entertainment industry：表示娛樂產業

We are <u>researching</u> new <u>products</u> for the home
研究 [rɪˋsətʃɪŋ]　　　 產品 [ˋprɑdəkts]

entertainment industry.
[ˌɛntəˋtenmənt ˋɪndəstrɪ]

（我們正在研究有關家庭娛樂產業的新商品。）

用 roll out：表示推出

We hope to **roll** them **out** <u>early next year</u>.
　　　　 [rol]　　　 [aut]　　 明年年初

（我們希望明年年初能推出新產品。）

用 R&D department：表示研發部門

Our **R&D department** is working <u>closely</u> with
　　　　　　　　　　　　　　　 緊密地 [ˋkloslɪ]

our <u>international</u> <u>partners</u>.
國際性的 [ˌɪntəˋnæʃənl] 夥伴 [ˋpɑrtnəz]

（我們公司的研發部門和海外的國際合作夥伴
有密切的合作。）

用 娯楽家電：表示娛樂家電

へいしゃ　　　 ごらく か でん　 しんしょうひん　 さが
弊社では**娯楽家電**の新 商品を<u>探しております</u>。
　　　　　　　　　　　　　　　　 正在尋找

hei.sha.de.wa.go.raku.ka.den.no.sin.shou.hin.
wo.saga.si.te.o.ri.ma.su

（敝公司正在尋找有關娛樂家電的新商品。）

用 出していく：表示推出

らいねん　　　 しんしょうひん　 だ　　　　　　　　　 おも
<u>来年</u>には新 商 品を<u>出していきたい</u>と思って
明年　　　　　　　　　　　 希望推出

おります。
rai.nen.ni.wa.sin.shou.hin.wo.da.si.te.i.ki.ta.i.to.
omo.tte.o.ri.ma.su

（我們希望明年能推出新產品。）

介紹自家公司的產品……

讓我為您介紹本公司的最新產品。

Allow[1] me to introduce[2] to you our newest product[3].

わが社[4]の新商品をご紹介させて頂きます[5]。

wa.ga.sha.no.sin.shou.hin.wo.go.shou.kai.sa.se.te.itada.ki.ma.su

❶ 允許 [əˋlaʊ]
❷ 介紹 [ˌɪntrəˋdjus]
❸ 最新產品 [njuɪst ˋprɑdəkt]
❹ 本公司
❺ 請讓我來介紹

相關用法

用 newest：表示最新的

This is our **newest** plan / proposal / package.

企劃 [plæn] 提案 [prəˋpozl] 包裝 [ˋpækɪdʒ]

（這是我們最新的企劃 / 提案 / 包裝。）

用 uniqueness：表示獨特性

The **uniqueness** of this product is / are ....
　　[ju`niknɪs]

（這產品的特別之處在於…）

用 function：表示功能

This product consists of numerous **functions**.
由～構成[kən`sists ɑv] 很多的 [`njumərəs] [`fʌŋkʃənz]

（這項產品擁有許多功能。）

用 新プラン：表示新方案

こちらがわが社の新プランでございます。
　　　　　　しゃ　しん
這個　　本公司

ko.chi.ra.ga.wa.ga.sha.no.sin.pu.ra.n.de.go.za.i.ma.su

（這是我們的新方案。）

用 売り：表示賣點

こちらの商品の売りは…
　　　　しょうひん　う
　　這個商品

ko.chi.ra.no.shou.hin.no.u.ri.wa

（這個產品的賣點是…）

用 機能：表示功能

こちらの商品はいろんな機能がついております。
　　　しょうひん　　　　　　き のう
　　　　　　　許多功能　　　　　附有

ko.chi.ra.no.shou.hin.wa.i.ro.n.na.ki.nou.ga.tsu.i.te.
o.ri.ma.su

（這個產品附有許多功能。）

客戶還想知道更多產品資訊……

它附有說明書。

說明書

It comes with[1] an instruction book[2].

説明書が付いております[3]。

setsu.mei.sho.ga.tsu.i.te.o.ri.ma.su

- 主題句的「instruction book」（說明書）也可以替換成「manual」（使用手冊），例如：
  It comes with a manual.（它附有使用手冊。）

- 如果要請客戶看說明書可以說：
  こちらの説明書をご覧ください。
  （請您看這份說明書。）

❶ 附有 [kʌmz wɪð]
❷ 說明書 [ɪn`strʌkʃən buk]
❸ 附有

相 關 用 法

用 patented product：表示專利產品

This is a **patented product**.
['pætn̩tɪd 'prɑdəkt]

（這個產品是有專利的。）

用 sample：表示樣品

I am sorry, but we don't have a **sample** to try out.
['sæmpl̩] 試用 [traɪ aut]

（很抱歉，我們沒有樣品可以試用。）

用 特許：表示專利

こちらの 商品、特許を取得しております。
　　　　しょうひん　とっきょ　しゅとく
有取得專利

ko.chi.ra.no.shou.hin、to.kkyo.wo.shu.toku.si.te.o.ri.ma.su

（這個產品是有專利的。）

用 試し：表示試用

恐れ入ります。こちらはお試しができません。
おそ　い　　　　　　　　　　　ため
很抱歉　　　　　　　　　　　　無法試用

oso.re.i.ri.ma.su。ko.chi.ra.wa.o.tame.si.ga.de.ki.ma.se.n

（很抱歉，這個是不能試用的。）

補充〈產品相關資訊〉：

● 規格：specification、仕様 / スペック
　　　　　　　　　　　　しよう

● 價格：price、価格
　　　　　　　　かかく

跟客戶強調自家產品的優點,讓客戶更信任……

本公司產品的優點在於堅固耐用。

This product is extremely¹ durable²
and sturdy³.

当社の⁴商品は壊れにくく長くお使い頂けるもの⁵だけ⁶を販売しております⁷。

tou.sha.no.shou.hin.wa.kowa.re.ni.ku.ku.naga.
ku.o.tsuka.i.itada.ke.ru.mo.no.da.ke.wo.han.bai.
si.te.o.ri.ma.su

❶ 非常 [ɪkˋstrɪmlɪ]
❷ 耐用的 [ˋdjʊrəbḷ]
❸ 堅固的 [ˋstɝdɪ]
❹ 本公司

❺ 不容易壞而且耐用的東西
❻ 只有
❼ 目前販賣

相關用法

用 explain:表示說明

Let me **explain** it more....
[ɪk`splen]

（讓我來說明更多…）

用 convenient：表示便利的

It <u>consists of</u> many **convenient** <u>functions</u>.
由～構成 [kən`sɪsts ɑv] [kən`vinjənt] 功能 [`fʌŋkʃənz]

（它有許多使用便利的功能。）

用 manufacture：表示製造、生產

We have **manufactured** 10,000 <u>units</u>.
[ˌmænjə`fæktʃəd] 個 [`junɪts]

（我們製造了一萬個。）

用 点：表示部分、地方

ご注意していただく点は…
要請您注意

go.chuu.i.si.te.i.ta.da.ku.ten.wa

（要請您注意的部分是…）

用 便利：表示便利的

その他 いろんな 便利な 機能がついております。
其他 許多的 便利的功能 附有

so.no.ta.i.ro.n.na.ben.ri.na.ki.nou.ga.tsu.i.te.o.ri.ma.su

（其他還有許多使用便利的功能。）

用 生産する：表示製造、生產

すでに 1万個 生産しております。
已經 一萬個 生產

su.de.ni.ichi.man.ko.sei.san.si.te.o.ri.ma.su

（我們已經生產了一萬個。）

🔊 MP3 196

客戶詢問產品的售後服務⋯⋯

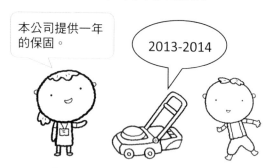

We offer[1] a one-year warranty[2] on this product.

一年間の保証付き[3]でございます。

ichi.nen.kan.no.ho.shou.tsu.ki.de.go.za.i.ma.su

補充〈保固相關用語〉：
- 保証期間（保固期間）
- 延期保証期間（延長保固期間）
- 部分保証（部分保固）

❶ 提供 [ˋɔfɚ]

❸ 附帶保固

❷ 保固 [ˋwɔrəntɪ]

相關用法

用 maintenance：表示維修

We offer a one-year <u>nation wide</u> **maintenance**
全國各地 [ˋneʃən waɪd] [ˋmentənəns]
<u>service</u>.
服務 [ˋsɝvɪs]

（我們提供一年的全國各地維修服務。）

用 home maintenance：表示到府維修

We offer a **home maintenance** service.
[hom `mentənəns]

（我們提供到府維修的服務。）

用 repair：表示修理

We can send it back to the <u>head office</u> for **repair**.
總公司 [hɛd `ɔfɪs]　[rɪ`pɛr]

（我們可以幫您送回總公司修理。）

用 修理：表示修理

<ruby>全国各店舗<rt>ぜんこくかくてんぽ</rt></ruby>での <u><ruby>修 理<rt>しゅうり</rt></ruby></u>が <ruby>可能<rt>かのう</rt></ruby>です。
　全國各店　　　　　　　可以修理

zen.koku.kaku.ten.po.de.no.shuu.ri.ga.ka.nou.de.su

（可以在全國各店修理。）

用 出張修理サービス：到府維修服務

<ruby>出 張 修 理<rt>しゅっちょうしゅうり</rt></ruby>サービスを <u><ruby>行<rt>おこな</rt></ruby>って</u>おります。
　　　　　　　　　　　　執行

shu.cchou.shuu.ri.saa.bi.su.wo.okona.tte.o.ri.ma.su

（我們會提供到府維修的服務。）

用 本社：表示總公司

<u><ruby>本社<rt>ほんしゃ</rt></ruby></u>のほうで <u><ruby>修 理<rt>しゅうり</rt></ruby>させていただけます</u>。
　總公司　　　　　我們可以為您修理

hon.sha.no.ho.u.de.shuu.ri.sa.se.te.i.ta.da.ke.ma.su

（我們可以幫您送回總公司修理。）

要特別注意的是，在日本當地並沒有送回總公司修
理的服務。

419

客戶詢問退換貨的時間限制……

We offer a 7-day return[1] / refund[2] policy[3].

ご満足いただけなかった場合[4]はお買い上げより[5]7日以内でしたら[6]返品可能[7]でございます。

go.man.zoku.i.ta.da.ke.na.ka.tta.ba.ai.wa.o.ka.
i.a.ge.yo.ri.nano.ka.i.nai.de.si.ta.ra.hen.pin.ka.
nou.de.go.za.i.ma.su

主題句的「返品」可以替換成「交換」（換貨），
例如：
ご満足いただけなかった場合はお買い上げより
7日以内でしたら交換可能でございます。
（不滿意的話，可以在購買後七天內換貨。）

❶ 退貨 [rɪ`tɝn]
❷ 退款 [`rɪ.fʌnd]
❸ 制度 [`pɑləsɪ]
❹ 不滿意的情況下
❺ 從購買當天開始
❻ 在七天之內的話
❼ 可以退貨

相關用法

用 non-refundable：表示不能退還

This is a **non-refundable** product.
[nʌnrɪˈfʌndəbl̩]

（商品概不退貨。）

可以退還的說法：
It is refundable.（這是可以退還的。）

用 fully refundable：表示全額退費

The product is **fully refundable**.
[ˈfulɪ rɪˈfʌndəbl̩]

（這商品是全額退費。）

用 value：表示重視

We **value** your suggestions.
[ˈvælju]　　建議 [səˈdʒɛstʃənz]

（我們重視您寶貴的建議。）

用 お買い上げ後：表示購買後

（お買い上げ後の）返品はお断りいたします。
　か　あ　ご　　　　　へんぴん　　　ことわ
　　　　　　　　　　　　　　　無法退貨

(o.ka.i.a.ge.go.no)hen.pin.wa.o.kotowa.ri.i.ta.si.ma.su

（購買後的商品概不退貨。）

用 全額：表示全部金額

全額お返し致します。（我們保證全額退費。）
ぜんがく　　かえ　いた
　　　　退還給您

zen.gaku.o.kae.si.ita.si.ma.su

421

說明產品雖然有保固但也有但書……

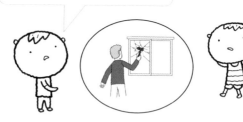

人為損壞我們無法提供保固。

Man-made[1] damage[2] is not covered[3]
under this warranty[4].

しようじょう　あやま
使用上の誤り[5]による[6]故障[7]・損
しょう　　ほしょう　　いた
傷[8]の保証は致しかねます[9]。

si.you.jou.no.ayama.ri.ni.yo.ru.ko.shou.son.
shou.no.ho.shou.wa.ita.si.ka.ne.ma.su

❶ 人為的 [`mæn͵med]　　　❻ 由於
❷ 損害 [`dæmɪdʒ]　　　❼ 故障
❸ 涵蓋 [`kʌvəd]　　　❽ 損壞
❹ 保固 [`wɔrəntɪ]　　　❾ 難以提供保固
❺ 不當使用

用 warranty：表示保固

The **warranty** on this product <u>includes</u> ....
包含 [ɪn`kludz]

（這項產品的保固範圍包含…）

用 damage：表示損害

Damage to the <u>hardware</u> is not included under
硬體設備 ['hɑrdˌwɛr]
this warranty.
（硬體設備的損害不在保固的範圍。）

用 取扱説明書：表示使用說明書

取扱説明書に<u>従った</u>正常な使用をしな
とりあつかいせつめいしょ　したが　　せいじょう　しょう
遵照　　　　　　沒有正常使用的情況下

<u>かった場合は保証致し</u>かねます。
ば あい　ほ しょういた
難以提供保固

tori.atsukai.setsu.mei.sho.ni.sitaga.tta.sei.jou.na.si.you.
wo.si.na.ka.tta.ba.ai.wa.ho.shou.ita.si.ka.ne.ma.su

（沒有按照使用說明書正常使用的情況下，請
恕我們難以提供保固。）

用 保証対象：表示保固範圍

こちらの商品の保証対象の
しょうひん　ほ しょうたいしょう

<u>説明をさせていただきます</u>。
せつめい
讓我來為您說明

ko.chi.ra.no.shou.hin.no.ho.shou.tai.shou.no.
setsu.mei.wo.sa.se.te.i.ta.da.ki.ma.su

（讓我為您說明這項產品的保固範圍。）

用 お問い合わせ：表示詢問

お問い合わせ、<u>ご質問</u>が<u>ございましたら</u>
と　あ　　　　しつもん
問題　　　　　有的話

<u>こちらまでご相談ください</u>。
そうだん
請向我們諮詢

o.to.i.a.wa.se、go.sitsu.mon.ga.go.za.i.ma.si.ta.ra.
ko.chi.ra.ma.de.go.sou.dan.ku.da.sa.i.

（如果有問題的話請來電詢問。）

遭遇客戶抱怨時……

真的很抱歉造成您的不便，我們一定會改進！

We apologize[1] for the inconvenience[2] and we will keep improving[3] on it.

申し訳ございませんでした[4]。今後このような事がないよう[5]指導してまいります[6]。

mou.si.wake.go.za.i.ma.se.n.de.si.ta。kon.go.ko.no.yo.u.na.koto.ga.na.i.yo.u.si.dou.si.te.ma.i.ri.ma.su

❶ 道歉 [ə`pɑlə،dʒaɪz]
❷ 不便之處 [،ɪnkən`vinjəns]
❸ 改進 [ɪm`pruvɪŋ]
❹ 非常抱歉

❺ 不會再有這樣的事情
❻ 我會去指導

相關用法

用 relevant departments：表示相關部門

We will <u>definitely</u> <u>pass on</u> your <u>suggestions</u> to the
一定 [`dɛfənɪtlɪ]　轉達　　建議
relevant departments.
[`rɛləvənt dɪ`pɑrtmənts]

（我們一定會將您的建議轉達給相關部門。）

用 valuable：表示寶貴的

Thank you for your **valuable** suggestions.
[ˋvæljuəbl]

（謝謝您寶貴的建議。）

用 責任をもつ：表示負起責任

<u>責任をもって</u> <u>担当事業部</u>にお伝えいたしま
せきにん　　　　たんとうじぎょうぶ　　　たつ
　會負責　　　　擔任部門　　　　我會為您轉達

<u>す</u>。

seki.nin.wo.mo.tte.tan.tou.ji.gyou.bu.ni.o.tsuta.e.i.
ta.si.ma.su

（我們會負責將您的意見轉達給相關部門。）

用 返事する：表示回覆

<u>お伝えしてから</u> <u>お返事</u>いたします。
つた　　　　　　へんじ
為您轉達之後　　　我會回覆您

o.tsuta.e.si.te.ka.ra.o.hen.ji.i.ta.si.ma.su

（為您轉達後，我們會給您回覆。）

用 貴重：表示寶貴的

<u>貴重</u>なご<u>意見</u>をありがとうございました。
きちょう　　いけん
您寶貴的意見

ki.chou.na.go.i.ken.wo.a.ri.ga.to.u.go.za.i.ma.si.ta

（謝謝您寶貴的意見！）

補充〈客服、客訴〉：
- 客服部門：consumer department、

　　　　　カスタマーサービス部
　　　　　　　　　　　　　　ぶ

- 電話客服中心：call center、コールセンター
- 免付費專線：toll-free number、フリーダイヤル
- 抱怨：claim、クレーム

425

這次的商品有瑕疵，被客戶反應⋯⋯

不好意思，我們會負起責任。

We apologize[1] for it. We will take responsibility[2].

申し訳ございません[3]。こちらで責任取らせていただきます[4]。

mou.si.wake.go.za.i.ma.se.n。 ko.chi.ra.de.seki.nin.to.ra.se.te.i.ta.da.ki.ma.su

道歉一方所使用的慣用句（文章或對話中皆可使用）：
これはひとえに当方のミスであり、弁解の余地もございません。誠に申し訳ございませんでした。
（這是我方的錯誤，毫無置喙的餘地，真的很抱歉！）

❶ 道歉 [əˈpɑləˌdʒaɪz]　　❸ 非常抱歉
❷ 責任 [rɪˌspɑnsəˈbɪlətɪ]　❹ 我們這邊會負起責任

相 關 用 法

用 defective：表示瑕疵的

Please send the **defective** products back for an
exchange. [dɪˋfɛktɪv]
交換 [ɪksˋtʃendʒ]
（請您將瑕疵品寄回來換貨。）

用 refund：表示退貨

Would you like to get a **refund**？（您要退貨嗎？）
[ˋrɪˏfʌnd]

用 compensate：表示補償

I'm sorry, we will **compensate** for your loss.
[ˋkɑmpənˏset] 損失 [lɔs]
（很抱歉，我們會補償您的損失。）

用 料金着払い：表示貨到付款

お手数をおかけして 誠 に 恐 縮 でございま
給您添麻煩 真的非常抱歉

すが、 料 金 着 払いにてご返送いただいても
可以請您寄回來嗎？

宜しいでしょうか。

o.te.suu.wo.o.ka.ke.si.te.makoto.ni.kyou.shuku.de.
go.za.i.ma.su.ga、 ryou.kin.chaku.bara.i.ni.te.go.
hen.sou.i.ta.da.i.te.mo.yoro.si.i.de.sho.u.ka
（給您添麻煩真的非常抱歉，運費由我方支付，
可以請您將商品寄回嗎？）

用 返品：表示退貨

返品も可能でございますが。（退貨也沒問題。）
～也沒問題
hen.pin.mo.ka.nou.de.go.za.i.ma.su.ga

用 手違い：表示錯誤

わたくしどもの手違いでございました。
我們
wa.ta.ku.si.do.mo.no.te.chiga.i.de.go.za.i.ma.si.ta.
（是我們弄錯了。）

跟客戶道歉並保證……

我們保證這樣的事情
以後不會再犯。

We will definitely¹ avoid² such an
incident³ occurring⁴ in the future.

こん ご
今後このようなことのないよう⁵、
しゃぜんたい   てってい   まい
社全体⁶に徹底して参ります⁷。

kon.go.ko.no.yo.u.na.ko.to.no.na.i.yo.u、
sha.zen.tai.ni.te.ttei.si.te.mai.ri.ma.su

日文主題句除了用於會話之外，也可以用於書面文
章。如果是處理客訴電話，可以使用右頁例句。

❶ 肯定 [ˋdɛfənɪtlɪ]
❷ 避免 [əˋvɔɪd]
❸ 事情 [ˋɪnsədn̩t]
❹ 發生 [əˋkɝɪŋ]

❺ 不再有這樣的事情
❻ 公司全體
❼ 會徹底做～

相關用法

用 improvement：表示改善

We will strive for continuous **improvement**!
努力 [straɪv] 持續的 [kənˋtɪnjuəs] [ɪmˋpruvmənt]

（我們會努力持續改善。）

用 take extra precaution：對～格外警惕

We will **take extra precaution** from now on.
[tek `ɛkstrə prɪ`kɔʃən]　　從現在開始

（我們今後會更加注意！）

用 point out：表示指出（錯誤）

Thank you for **pointing** it **out** to us.
[`pɔɪntɪŋ]　　[aut]

（感謝您幫我們指出來。）

誠心誠意的道歉：

誠 に申し訳ございませんでした。
真的

makoto.ni.mou.si.wake.go.za.i.ma.se.n.de.si.ta

（我們真的非常抱歉。）

用 注意する：表示留心注意

今後 十 分 注 意いたします。
我們會十分留心注意

kon.go.juu.bun.chuu.i.i.ta.si.ma.su

（今後我們會十分留心注意。）

誠心接受對方的意見：

● ごもっともでございます。
go.mo.tto.mo.de.go.za.i.ma.su
（是的，誠如您所說的。）

● おっしゃるとおりです。
o.ssha.ru.to.o.ri.de.su
（是的，誠如您所說的。）

完成交易後，瞭解客戶滿意度……

希望我們的商品和
服務能讓您滿意。

滿意度
調查

We hope our products and services
have lived up to[1] your satisfaction[2].

へいしゃ
弊社[3]のサービス[4]にご満足いただけ
ましたでしょうか[5]。

hei.sha.no.saa.bi.su.ni.go.man.zoku.i.ta.da.ke.
ma.si.ta.de.sho.u.ka

商用文書中，可以如下陳述自己公司致力於滿足客戶
需求的主張：

とうしゃ　　　　きゃくさま　　まんぞくいただ　　ていきょう　つと
当社では、お客様にご満足頂ける提供に努
　　　　　　　　　　　　　　　　　　　ぜんぱん　　　　　　　　いけん
めておりますが、サービス全般についてのご意見
くじょう　　　　　　　　　　　　　　　　　いけん
・苦情などがございましたら、ご意見ください。
（本公司一直致力於滿足顧客的要求，對於服務上有任
何意見及不滿，請不吝指教。）

❶ 不辜負 [lɪvd ʌp tu]　　❹ 服務
❷ 滿意 [ˌsætɪsˈfækʃnel]　❺ 可以滿足您嗎？
❸ 敝公司

相關用法

用 comment：表示評論

We would like to hear your **comments** about our
products and service. [ˈkɑments]

（想請教您對於我們的商品和服務的評論。）

用 support：表示支持

Thank you for your <u>kind</u> **support**.
善意的 [kaɪnd] [səˈport]

（非常感謝您對於本公司的支持！）

用 satisfaction：表示滿意

Your **satisfaction** is our biggest <u>achievement</u>.
[ˌsætɪsˈfækʃən]　　　　　　　成就 [əˈtʃivmənt]

（您的滿意是我們最大的成就。）

用 改善する：表示改善

<u>商 品のいいところ</u>、または<u>改善してほしい</u>
　　優點　　　　　　　　　　希望改善的地方

<u>ことがありましたら</u> <u>お聞かせください</u>。
　　如果有的話　　　　　　請讓我聽聽

shou.hin.no.i.i.to.ko.ro、 ma.ta.wa.kai.zen.si.te.
ho.si.i.ko.to.ga.a.ri.ma.si.ta.ra.o.ki.ka.se.ku.da.sa.i

（想請教您關於本商品的優點以及需要改善的地方。）

用 ご不満：表示不滿之處

<u>弊社について</u> <u>ご意見、ご不満がありましたら</u>、
　關於敝公司　　　　如果您有意見、有不滿意的地方

<u>おっしゃってください</u>。
　　請您說出來

hei.sha.ni.tsu.i.te.go.i.ken、 go.fu.man.ga.a.ri.ma.si.
ta.ra、 o.ssha.tte.ku.da.sa.i

（如果對敝公司有不滿之處，請盡量跟我們說。）

主管正在忙，想找他卻被拒絕，只好說……

抱歉打擾了，我之後再來。

Sorry for the interruption[1].

では[2]、また 改めます[3]。

de.wa、ma.ta.arata.me.ma.su

有事情要打擾別人時，可以先說：

お 忙 しいところすみませんが、今、お時間 宜し
いでしょうか。

（忙碌中真不好意思，請問現在方便嗎？）

❶ 打擾 [ˌɪntəˈrʌpʃən]
❷ 那麼
❸ 我再找時間

相 關 用 法

用 sorry：表示抱歉

I'm so sorry!（真的很抱歉）

[ˈsɑrɪ]

用 again：表示再一次

Can I come **again** later?
[əˋgɛn]

（我等一下再來找你好嗎？）

用 good time：表示方便的時間

When will be a **good time** for you?
[gud taɪm]

（請問你什麼時候有空？）

向對方表達歉意：

しつれい
失礼しました。
sitsu.rei.si.ma.si.ta

（真是不好意思。）

用 後ほど：表示待會兒

では、また後ほど伺います。
　　　　　　のち　　うかが
那麼　　再～　　　　　我來找您

de.wa、 ma.ta.nochi.ho.do.ukaga.i.ma.su

（那麼，我待會兒再來找您。）

用 手すき：表示時間、空閒

いつ頃、お手すきでしょうか。
　　ごろ　　　て
什麼時候　　　　您有空呢？

i.tsu.goro、 o.te.su.ki.de.sho.u.ka

（請問您什麼時候有空呢？）

事情還沒做完，竟然快要下班了……

快下班了，我得快一點！

Time's up¹, I've got to hurry up².

あと少しで終わり³だ。急がなきゃ⁴！
a.to.suko.si.de.o.wa.ri.da。iso.ga.na.kya

主題句的類似說法還有：
もうこんな時間。早くしなきゃ。
（已經這麼晚了，不快點不行。）

❶ 時間到了 [taɪmz ʌp]
❷ 快一點 [ˋhɝɪ ʌp]
❸ 快下班了
❹ 必須趕快

用 plan：表示計畫

Any **plans** after work today?
[plænz]

（今天下班後你有什麼計畫嗎？）

用 work OT (overtime)：表示加班

I might have to **work OT (overtime)**.
['ovɚ͵taɪm]

（我可能要加班。）

用 after work：表示下班後

Want to go somewhere **after work**?
去某個地方 [go `sʌm͵hwɛr]

（下班後要不要去哪走走？）

用 終わる：表示工作結束下班

<ruby>終<rt>お</rt></ruby>わったら どこか<ruby>行<rt>い</rt></ruby>くんですか。
下班後　　　　要去哪裡嗎？

o.wa.tta.ra.do.ko.ka.i.ku.n.de.su.ka

（下班後你有要去哪裡嗎？）

用 残業：表示加班

<ruby>残業<rt>ざんぎょう</rt></ruby> かも。
可能要加班

zan.gyou.ka.mo

（我可能要加班。）

邀約同事下班後一起走：

（<ruby>終<rt>お</rt></ruby>わったら）<ruby>一緒<rt>いっしょ</rt></ruby>に<ruby>帰<rt>かえ</rt></ruby>りませんか。
下班後　　　　要不要一起回去？

(o.wa.tta.ra)i.ssho.ni.kae.ri.ma.se.n.ka

（（下班後）要不要一起走？）

工作太多做不完，看來得加班了……

我今天必須加班。

I need to work overtime¹ **today.**

今日は残業しなきゃ²。

きょう　ざんぎょう

kyou.wa.zan.gyou.si.na.kya

主題句的類似說法還有：

● 今日は残業しないと。
きょう　ざんぎょう
（今天必須加班。）

● 今日は残業しなくちゃ。
きょう　ざんぎょう
（今天必須加班。）

❶ 加班 [ˋovɚˌtaɪm]
❷ 必須加班

相關用法

用 by today：表示今天之前

This <u>document</u> has to be done **by today**.
文件 [ˋdɑkjəmənt]

（這份文件今天必須完成。）

用 or so：表示左右、大約

I have to <u>stay</u> for another two hours **or so**.
留下 [ste]

（我必須加班 2 小時左右。）

關於〈overtime〉的例句：

- Nobody likes to work overtime.
  （每個人都不喜歡加班。）
- I have to work overtime till very late every day.
  （我每天都加班到很晚。）
- I often have to work overtime even on holidays.
  （我經常假日也到公司加班。）
- Do you work overtime often?
  （你常加班嗎？）

用 今日中：表示今天之內

この資料、今日中にまとめないと残業だ。
しりょう　きょうじゅう　　　　　不完成的話　　要加班了　　ざんぎょう

ko.no.si.ryou.kyou.juu.ni.ma.to.me.na.i.to.zan.
gyou.da

（這份文件今天之內不完成的話，就要加班了。）

用 ～ぐらい：表示～小時左右

2時間ぐらい 残業 しなくちゃ。
にじかん　　　　ざんぎょう
2小時左右　　　必須加班

ni.ji.kan.gu.ra.i.zan.gyou.si.na.ku.cha

（我必須加班 2 小時左右。）

這個月好忙！想抒發一下心情……

哎！這個月真是不好受！

It's been a stressful[1] month.

あぁ、今月きついな[2]。

aa、kon.getsu.ki.tsu.i.na

主題句的類似說法還有：

あぁ、今月しんどいわ。

（哎！這個月好累啊。）

❶ 壓力重的 [`strɛsfəl]

❷ 好累喔

相 關 用 法

用 take off：表示休假

I'll be **taking** 3 days **off** starting tomorrow.

開始 [`stɑrtɪŋ]

（明天開始我要休三天假。）

用 quit：表示放棄

438

I feel like **quitting**!

[kwɪtɪŋ]

（真想不要做算了！）

用 休む：表示休假

明日から 三日間 休みます。

開始　　　休假三天

asita.ka.ra.mi.kka.kan.yasu.mi.ma.su

（明天開始我要休三天假。）

覺得受不了、做不下去了：

もう やってられない！

已經　　　做不下去

mo.u.ya.tte.ra.re.na.i

（已經做不下去了！）

用 気分転換：表示轉換心情

どう 気分転換したらいい？

如何　　　　　　～的話是好的

do.u.ki.bun.ten.kan.si.ta.ra.i.i

（該怎麼轉換心情呢？）

描述自己目前的工作狀況……

我最近非常忙！

工作
計畫

I've been extremely¹ busy².

最近^{さいきん}すごく³忙^{いそが}しくて⁴…

sai.kin.su.go.ku.isoga.si.ku.te

主題句的類似說法還有：

最近残業続きで…^{さいきんざんぎょうつづ}
（我最近一直持續加班…）

❶ 非常 [ɪk`strimlɪ]
❷ 忙碌 [`bɪzɪ]
❸ 非常
❹ 忙碌

相 關 用 法

用 regular：表示規律的

The work hours have been quite regular.

相當 [kwaɪt] [rɛgjələ]

（目前工作時間很規律。）

用 peak-season：表示旺季

This is the **peak-season** for this product's
[pik`sizṇ]

production.
生產 [prə`dʌkʃən]

（目前正是這個貨品的生產旺季。）

用 work on：表示進行

I'm **working on** a big case.
案子 [kes]

（我正在進行一個大案子。）

用 定時上がり：表示準時下班

最近は**定時上がり**です。
さいきん　　ていじ あ

sai.kin.wa.tei.ji.a.ga.ri.de.su

（目前工作時間很規律。）

用 繁忙期：表示旺季

今が**ちょうど繁忙期**です。
いま　　　　　　はんぼう き
正好

ima.ga.cho.u.do.han.bou.ki.de.su

（目前正是（這個貨品的生產）旺季。）

用 進める：表示進行

今**大きいプロジェクト**を**進めている**ところです。
いまおお　　　　　　　　　　　 すす
大案子　　　　　　　　　正在進行中

ima.oo.ki.i.pu.ro.je.ku.to.wo.susu.me.te.i.ru.to.ko.
ro.de.su

（我正在進行一個大案子。）

208

MP3 208

有要事在身，無法抽出空檔回覆……

對不起，
我等一下再回覆你好嗎？

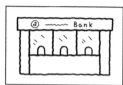

I'm sorry, can I get back¹ to you in a bit²?

すみません。今手が離せない³ので、あとで⁴でもいいですか⁵。

su.mi.ma.se.n。ima.te.ga.hana.se.na.i.no.de、
a.to.de.de.mo.i.i.de.su.ka

如果是接聽電話時很忙碌，可以跟對方說：
折り返しお電話します。（我再給您回電話。）

❶ 回覆 [gɛt bæk]   ❹ 等一下
❷ 一會兒 [ə bɪt]   ❺ 可以嗎？
❸ 很忙

相 關 用 法

用 give：請對方給一些時間

● **Give** me 5 minutes.（給我 5 分鐘！）
[gɪv]

442

- Please **give** me <u>another</u> 15 minutes.
  　　　　　　再一個 [əˋnʌðə]

（請再給我 15 分鐘。）

- Please **give** me <u>some time</u>.
  　　　　　　　　一些時間 [sʌm taɪm]

（請給我一些時間。）

用 visit：表示拜訪

When will be a <u>good time</u> to **visit**?
　　　　　　　適當的時間　　［ˋvɪzɪt]

（我什麼時候去拜訪你比較好？）

用 あと～：表示再～

<u>あと５分</u>で<u>終わります</u>。（再 5 分鐘就結束了。）
再 5 分鐘　　　　　結束
a.to.go.fun.de.o.wa.ri.ma.su

用 待つ：表示等候

１５分<u>待ってもらえますか</u>。
　　　　　　可以請您等候嗎？
juugo.fun.ma.tte.mo.ra.e.ma.su.ka
（可以請你等我 15 分鐘嗎？）

用 かかる：表示需要（時間）

<u>もうちょっと</u> <u>かかりそうです</u>。
再一點點　　　可能需要（時間）
mo.u.cho.tto.ka.ka.ri.so.u.de.su
（我想還要再一點時間。）

用 いつ頃：表示什麼時候

<u>いつ頃</u>でしたら <u>お時間がありますか</u>。
什麼時候的話　　　有時間呢？
i.tsu.goro.de.si.ta.ra.o.ji.kan.ga.a.ri.ma.su.ka
（什麼時候您比較有空？）

加班一陣子了，應該稍微休息……

我們休息一下吧！

Let's take a break[1]!

ちょっと[2]休憩しましょう[3]。

cho.tto.kyuu.kei.si.ma.sho.u

❶ 休息 [tek ə brek]
❷ 一會兒
❸ 休息吧（辭書形：休憩する）

相 關 用 法

用 stop：表示停止

Let's **stop** here for today.
　　　　[stɑp]

（今天就先到這兒吧！）

用 10 minute：表示 10 分鐘

Let's take a **10 minute** break.
（我們休息 10 分鐘吧！）

用 一休み：表示休息一下

ここで一休みしませんか。

ko.ko.de.hito.yasu.mi.si.ma.se.n.ka

（要不要在這裡先休息一下？）

用 ここまで：表示到此為止

今日はここまでにしましょう。
　　　　　　　到此為止吧

kyou.wa.ko.ko.ma.de.ni.si.ma.sho.u

（今天就先加班到這兒吧！）

用 一服：表示一根煙

一服しましょう。

i.ppuku.si.ma.sho.u

（抽根菸吧！）

日文主題句及上述例句都是加班後跟同事提議休息的説法。

用 10分休憩する：表示休息10分鐘

10分休憩してから やろう。
休息10分鐘後再～　　　　去做吧

ju.ppun.kyuu.kei.si.te.ka.ra.ya.ro.u

（先休息10分鐘之後再做吧！）

上述例句除了適用於加班時跟同事提議暫時休息，也適用於自己自言自語的情況。

210

🔴 MP3 210

想要自己一個人安靜的時候……

請讓我一個人安靜一下。

我們一起
去吃飯吧

I need to be alone¹.

ひとり
一人にしてもらえませんか²。

hitori.ni.si.te.mo.ra.e.ma.se.n.ka

希望別人不要打擾自己時，先說一句「すみません」
（不好意思），會讓氣氛較為和緩，不會給人冷淡無
情的感覺。

❶ 獨自一人 [əˋlon]
❷ 可以讓我一個人獨處嗎？

相 關 用 法

用 please let me~：表示請讓我～

Please let me be alone for <u>a while</u>.
                              [ə hwaɪl]

（請讓我獨處一會兒。）

用 leave me alone：表示不要吵我

Please **leave me alone**.
（請不要吵我。）

　更簡單的說法是：
　● Leave me alone.
　　　（別理我 / 別管我！）

用 keep it down：表示保持安靜

Could you please **keep it down**?
　　　　　　　[kip ɪt daun]
（請你們安靜一點好嗎？）

用 そっと：表示不要打擾

<u>そっとしてくれませんか。</u>
　　可以請你不要干擾我嗎？
so.tto.si.te.ku.re.ma.se.n.ka
（請不要來打擾我。）

用 静か：表示安靜

しず
静かにしてくれませんか。
sizu.ka.ni.si.te.ku.re.ma.se.n.ka
（請你們安靜一點好嗎？）

211

🔊 MP3 211

因為老闆的原因要離職，跟同事說
......

我實在沒辦法跟我的老闆相處。

Boss

I want to quit my job¹ as my boss²
makes it intolerable³ to keep
working⁴ for him.

<ruby>上<rt>じょう</rt>司<rt>し</rt></ruby>と⁵は<ruby>馬<rt>うま</rt></ruby>が<ruby>合<rt>あ</rt></ruby>わない⁶。

jou.si.to.wa.uma.ga.a.wa.na.i

「馬が合わない」是日文的慣用語，其他類似說法還
有：

- 性格が合わない（個性不合）
- 意見が合わない（意見不合）

❶ 辭職 [kwɪt maɪ dʒab]
❷ 老闆 [bɔs]
❸ 無法忍受的 [ɪn`talərəbl̩]
❹ 繼續工作 [kip `wɝkɪŋ]
❺ 和上司
❻ 處不來

用 quit one's job：表示某人辭職

I'm going to **quit my job** next week.
（我打算下周提出辭呈。）

用 get a raise：表示獲得加薪

I want to quit if I don't **get a raise**.
[gɛt ə rez]
（如果再不加薪我就要辭職。）

用 辭表：表示辭呈

<ruby>来<rt>らいしゅう</rt></ruby> <ruby>週<rt></rt></ruby>に<ruby>辞 表<rt>じ ひょう</rt></ruby>を<ruby>出<rt>だ</rt></ruby>そうと<ruby>思<rt>おも</rt></ruby>ってる。
　下周　　　　　　　打算提出

rai.shuu.ni.ji.hyou.wo.da.so.u.to.omo.tte.ru

（我打算下周提出辭呈。）

用 給料：表示薪水

<ruby>給 料<rt>きゅうりょう</rt></ruby><ruby>上<rt>あ</rt></ruby>げないと <ruby>辞<rt>や</rt></ruby>める。
　　不提高的話就～　　辭職

kyuu.ryou.a.ge.na.i.to.ya.me.ru

（如果再不加薪我就要辭職。）

補充〈薪資〉：

時薪：hourly payroll、<ruby>時 給<rt>じ きゅう</rt></ruby>

加班費：overtime compensation、<ruby>残 業 手当<rt>ざんぎょう て あて</rt></ruby>

業績獎金：performance-related pay、<ruby>能 力 給<rt>のうりょくきゅう</rt></ruby>

遣散費：severance payment、<ruby>離 職 手当<rt>り しょくて あて</rt></ruby>

準備跟主管提離職……

我想做到下個月底就離職。

辭呈

I would like to hand in [1] my resignation [2], however I will keep working till the end of the next month [3].

あのう [4]、来月一杯 [5] で辞めようと思っているのですが [6]。

a.no.u、rai.getsu.i.ppai.de.ya.me.yo.u.to.omo.tte.i.ru.no.de.su.ga

遞出辭呈的時機必須提前一到三個月，依每間公司規定有所不同。

❶ 提出 [hænd ɪn]
❷ 辭職 [ˌrɛzɪgˋneʃən]
❸ 直到下個月月底 [tɪl ðɪ ɛnd ɑv ðə mʌnθ]
❹ 不好意思
❺ 下個月月底
❻ 打算要辭職

相關用法

用 move：表示搬家

I'll be **moving** to Panchiao.
[ˋmuvɪŋ]

（因為我要搬家到板橋了。）

用 leave：表示辭去工作

I have to **leave** because someone needs to
　　　　　[liv]
take care of the kids.
照顧 [tek kɛr ɑv]

（因為必須照顧小孩，不得不離職。）

用 health matters：表示健康問題

I need to take a break due to some **health matters**.
　　　　休息　　　由於 [dju tu]　　[hɛlθ `mætɚz]

（因為健康問題，必須休息。）

用 引っ越す：表示搬家

板橋区へ引っ越すことになったので。
　　　　　　　　決定搬家了
pan.chao.ku.e.hi.kko.su.ko.to.ni.na.tta.no.de

（因為我要搬家到板橋了。）

用 子供の世話：表示照顧小孩

子供の世話をしなければならなくなりました
　　　　　　　　必須做
ので。
ko.domo.no.se.wa.wo.si.na.ke.re.ba.na.ra.na.ku.na.
ri.ma.shi.ta.no.de

（因為必須照顧小孩，不得不離職。）

用 休養をとる：表示長時間休息

休養をとるようにと言われているので。
　　　　　　　　　　　被說
kyuu.you.wo.to.ru.yo.u.ni.to.i.wa.re.te.i.ru.no.de

（因為被（醫生）說要長時間休息。）

🔊 MP3 213

剛進入公司，想了解公司的福利和
規定……

可以請教公司的福利和規定嗎？

員工旅行？

I would like to know more about the
employee[1] benefits[2] and company
policies[3].

あのう、福利厚生[4]や規定などについ
て[5]伺いたいのですが[6]。

a.no.u、 fuku.ri.kou.sei.ya.ki.tei.na.do.ni.tsu.i.te.
ukaga.i.ta.i.no.de.su.ga

補充〈相關保險制度〉：

- 雇用保険（勞工保險）
- 国民健康保険 （全民健康保險）

❶ 員工 [ˌɛmplɔɪˋi]　　　❹ 公司福利待遇
❷ 福利 [ˋbɛnəfɪts]　　　❺ 關於～
❸ 公司制度 [ˋkʌmpənɪ ˋpɑləsɪz]　❻ 我想請教

相 關 用 法

用 annual leave：表示年假

How many days of **annual leave** do we get?
[ˋænjʊəl] 休假 [liv]

（我們一年的年假有幾天？）

用 sick leave：表示病假

How many days of annual **sick leave** do we get?
[sɪk liv]

（我們一年的病假有幾天？）

用 company outing：表示員工旅行

Will there be any **company outings**?
[ˋkʌmpənɪ ˋaʊtɪŋz]

（請問有員工旅行嗎？）

用 有給休暇：表示有薪假期

有 給 休 暇は 1 年に<u>何日ありますか</u>。
<small>ゆうきゅうきゅうか　　　いちねん　　なんにち</small>
有幾天？

yuu.kyuu.kyuu.ka.wa.ichi.nen.ni.nan.nichi.a.ri.ma.su.ka

（一年的有薪假期有幾天？）

用 病気休暇：表示病假

病 気 休 暇は何日取れますか。
<small>びょうききゅうか　　なんにちと</small>
可以請幾天？

byou.ki.kyuu.ka.wa.nan.nichi.to.re.ma.su.ka

（病假天數有幾天？）

用 社員旅行：表示員工旅行

社 員 旅 行は<u>ありますか</u>。
<small>しゃいんりょこう</small>
有嗎？

sha.in.ryo.kou.wa.a.ri.ma.su.ka

（請問有員工旅行嗎？）

拜訪客戶搭了計程車，要報公帳……

> 請問計程車費用
> 可以申報嗎？

\$?

Can taxi expenses[1] be claimed[2]?

あのう、タクシー代[3]は経費で落ちますか[4]。

a.no.u、 ta.ku.sii.dai.wa.kei.hi.de.o.chi.ma.su.ka

- 如果要說明交通費的上限，可以說：
  こうつうひ じょうげん えん
  交 通 費は 上 限○○円までです。
  （交通費支付上限是○○日圓。）

- 補充〈交通費相關用語〉：
  こうつう ひ いちぶ
  交 通 費一部（一部分交通費）

❶ 計程車費 [ˋtæksɪ ɪkˋspɛnsɪz]
❷ 提出申請 [klemd]
❸ 計程車費
❹ 可以報銷經費嗎？

相 關 用 法

用 public transportation：表示大眾交通工具

All **public transportation** expenses can be
[ˋpʌblɪk ͵trænspɚˋteʃən]
claimed.

（所有大眾交通工具費用都可以申報。）

用 receipt：表示收據

Transportation expenses are to be claimed with
receipts.
[rɪˋsits]

（交通費可以依收據實報實銷。）

用 公共交通：表示大眾交通工具

こうきょうこうつう　　　　　お
公 共 交通しか落とせないことになっていま
　　　　　規定只有～可以申報

す。
kou.kyou.kou.tsuu.si.ka.o.to.se.na.i.ko.to.ni.na.tte.
i.ma.su

（公司規定只有大眾交通工具的費用可以申報。）

用 経費で落ちる：表示報銷費用

こうつう ひ　　ぜんがく　けい ひ　　お
交通費は全額、経費で落ちます。
　　　　　　　報銷經費
kou.tsuu.hi.wa.zen.gaku、kei.hi.de.o.chi.ma.su

（交通費可以全額實報實銷。）

發獎金的時候到了，好開心啊……

今年的年終獎金有三個月。

There's a 3 month year-end¹ bonus²
for this year.

今年の冬のボーナス³は三か月分⁴あ
ります。

kotosi.no.fuyu.no.boo.na.su.wa.san.ka.getsu.
bun.a.ri.ma.su

補充〈獎金相關用語〉：
夏のボーナス（夏季獎金）

❶ 年終 [ˋjɪrˏɛnd]   ❸ 年終獎金
❷ 獎金 [ˋbonəs]   ❹ 三個月份

用 low：表示少的

The bonus is so **low** this year.
[lo]

（今年的獎金很少！）

用 grant：表示給予

The company **grants** 2 bonuses a year.
[grænts]

（公司一年發兩次獎金。）

用 personal performance：表示個人考績

Bonuses are given based on **personal performance**.
依據　　　[ˈpɝsn̩l pɚˈfɔrməns]

（獎金依照個人的考績發放。）

用 少ない：表示少的

今回のボーナス少ない！（這次的獎金很少！）
これ次　　　獎金

kon.kai.no.boo.na.su.suku.na.i

用 年に二回：表示一年兩次

当社では年に二回ボーナスがあります。
本公司

tou.sha.de.wa.nen.ni.ni.kai.boo.na.su.ga.a.ri.ma.su

（本公司一年發兩次獎金。）

用 個々の業績：表示個人考績

当社では個々の業績に応じてボーナスを
本公司　　　　　　　　　　　按照
決めています。
決定

tou.sha.de.wa.ko.ko.no.gyou.seki.ni.ou.ji.te.boo.
na.su.wo.ki.me.te.i.ma.su

（本公司是按照個人考績決定獎金。）

216

🔴 MP3 216

公司會發放股票給員工哦⋯⋯

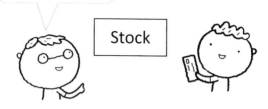

每個員工可以認購限額的股票。

Stock

Employees[1] are entitled[2] to
employee stock purchase plans[3].

社員[4]は一定額[5]で自社株[6]の購入ができます[7]。

sha.in.wa.i.tte.gaku.de.ji.sha.kabu.no.kou.nyuu.
ga.de.ki.ma.su

補充〈股票的量詞〉：

- 1 株（1股）
- 100株（100股）

❶ 員工 [ˌɛmplɔɪˋiz]
❷ 給…權利 [ɪnˋtaɪtl̩d]
❸ 員工認股權 [ˌɛmplɔɪˋi stɑk ˋpɝtʃəs plænz]
❹ 公司員工
❺ 限額
❻ 自家公司的股票
❼ 可以購買

用 market price：表示市價

The employee stock purchase plan will be <u>offered</u>
提供 [ˈɔfɚd]

at 20% off the **market price**.
[ˈmɑrkɪt praɪs]

（股票以市價八折賣給員工。）

用 investment：表示投資

An <u>employee stock option plan</u> can be a <u>lucrative</u>
員工認股權　　　　　　　　賺錢的 [ˈlukrətɪv]

investment <u>instrument</u> if <u>properly</u>
[ɪnˈvɛstmənt] 工具 [ˈɪnstrəmənt] 恰當地 [ˈprɑpɚlɪ]

<u>managed</u>.
管理 [ˈmænɪdʒd]

（如果管理得好的話，員工認股是賺錢的投資
工具。）

用 通常の 2 割引：表示市價的八折

かぶ　　つうじょう　　に わりびき　　しゃいん　う
<u>株</u>は<u>通 常</u> の2<u>割引</u>で<u>社員</u>に<u>売</u>っています。
股票　　　　　　　　　　員工　　　　賣出

kabu.wa.tsuu.jou.no.ni.wari.biki.de.sha.in.ni.u.tte.
i.ma.su

（股票以市價八折賣給員工。）

用 買う：表示購買

かぶ　か
<u>株</u>は<u>買</u>ったことがないです。
　　　　　沒有買過

kabu.wa.ka.tta.ko.to.ga.na.i.de.su.

（我沒有買過股票。）

217

🔴 MP3 217

已經工作一年了，公司會調薪嗎……

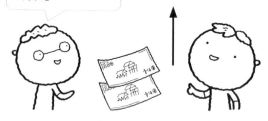

請問公司什麼時候調薪呢？

How often¹ do we get a raise²?

あのう³、いつごろ⁴昇給できますか⁵。

a.no.u、i.tsu.go.ro.shou.kyuu.de.ki.ma.su.ka

日商公司通常在春季時調薪。

❶ 多久一次 [hau `ɔfən]　　❹ 什麼時候
❷ 加薪 [rez]　　　　　　　❺ 可以加薪呢？
❸ 請問一下

用 percentage：表示比例

What will the **percentage** of the raise be?
[pə`sɛntɪdʒ]

（調薪幅度是多少？）

用 raise：表示加薪

I <u>heard</u> that we will get a 3% **raise**.
聽說 [hɜd]　　　　　　　　　[rez]

（聽說我們的薪資會調漲 3 ％。）

用 half-pay：表示半薪

<u>Sick leave</u> is only **half-pay**.
病假 [liv]　　　　　[hæfpe]

（病假會扣半薪。）

用 昇給：表示加薪

<u>どのくらい</u> 昇 給 できますか。
多少　　　　　　可以加薪呢？

do.no.ku.ra.i.shou.kyuu.de.ki.ma.su.ka

（加薪可以加多少？）

用 パーセント：表示百分比

<u>3パーセント</u> 昇 給 できるそうですよ。
3 ％　　　　　　　聽說可以加薪

san.paa.se.n.to.shou.kyuu.de.ki.ru.so.u.de.su.yo

（聽說我們的薪資會調漲 3 ％。）

用 病気欠勤：表示病假

病 気欠勤の場合は半分カットされます。
病假的情況　　　　　　被扣掉一半

byou.ki.ke.kkin.no.ba.ai.wa.han.bun.ka.tto.sa.re.ma.su

（病假會扣半薪。）

補充〈薪資相關用語〉：
定期 昇 給 （定期調薪）

218

🔊 MP3 218

公司要舉辦尾牙，想知道地點……

請問今年的尾牙在哪裡舉辦？

Where will the year-end party[1] be held[2] at this year?

（今年の）忘年会[3]はどちら[4]で？
こ と し　　　　　ぼうねんかい

(kotosi.no)bou.nen.kai.wa.do.chi.ra.de

如果詢問時離尾牙要舉辦的時間還很早，可以在前面加上「今年の」（今年的），如果彼此都知道什麼時候舉辦，就不用加「今年の」。
こ と し

❶ 尾牙 [ˋjɪrˏɛnd ˋpartɪ]　　❸ 尾牙
❷ 舉辦 [hɛld]　　　　　　❹ 哪裡

相關用法

用 venue：表示場地

There's a perfect **venue** for hosting year-end
　　　　　　理想的 [ˋpɝfɪkt] [ˋvɛnju]　　舉辦 [ˋhostɪŋ]
parties.
（有個很適合舉辦尾牙的場地。）

用 hunt：表示尋找

Please help **hunt** for a year-end party venue.
[hʌnt]

（請幫我找尾牙的場地。）

用 appropriate：表示適合的

Is it an **appropriate** venue?
[ə`proprɪˌet]

（那個場地適合嗎？）

用 ぴったり：表示適合

そこ、忘年会にぴったりです。
そこ（ぼうねんかい）
那裡

so.ko、bou.nen.kai.ni.pi.tta.ri.de.su

（那個場地很適合舉辦尾牙。）

用 お店：表示店家

ピッタリなお店？（是適合的店嗎？）
適合的　（みせ）

pi.tta.ri.na.o.mise.

用 場所探し：表示尋找場地

忘年会の場所探しをしてもらえませんか。
（ぼうねんかい）（ばしょさが）
可以請你幫我找場地嗎？

bou.nen.kai.no.ba.sho.saga.si.wo.si.te.mo.ra.e.ma.
se.n.ka

（可以請你幫我找尾牙的場地嗎？）

219

🔊 MP3 219

正在討論餐會地點，希望大家提供
建議……

請大家幫忙提供
此次餐會的場地。

Please help brainstorm[1] on the venue[2].

の　　かい[3]　　ば しょ[4]　　　　　　　すす
飲み会の場所ですが、お薦めの
ところ[5]
所ありませんか[6]。

no.mi.kai.no.ba.sho.de.su.ga、 o.susu.me.no.
tokoro.a.ri.ma.se.n.ka

日文主題句的「お薦めの 所 」可以根據想要尋找的
場所而更換，例如：

● いい店ありませんか。（有不錯的店嗎？）
　　かしきり　　　　　みせ
● 貸切できるお店ありませんか。
　（有可以包場的店嗎？）
● カラオケ付きのお店ありませんか。
　（有附設卡拉OK的店嗎？）

❶ 集思廣益 [`brenˌstɔrm]　　❹ 場地
❷ 場地 [`vɛnju]　　　　　　　❺ 推薦的地方
❸ 聚會　　　　　　　　　　　❻ 有嗎？

相 關 用 法

用 great：表示不錯的

I know a **great** restaurant / place.
[gret]

（我知道一個不錯的餐廳 / 地點。）

用 reasonably priced：表示價格合理

The restaurant is **reasonably priced**.
[ˋriznəblɪ praɪst]

（這家餐廳價格很合理。）

用 serve：表示提供（料理）

The restaurant **serves** great food.
[sɝvz]

（這家餐廳提供好吃的料理。）

用 いいところ：不錯的地方

いいところを<ruby>知<rt>し</rt></ruby>っていますよ。
知道

i.i.to.ko.ro.wo.si.tte.i.ma.su.yo

（我知道一個不錯的地方喔！）

用 値段：表示價格

ここ、<ruby>値段<rt>ね だん</rt></ruby>もちょうどいい。
剛剛好

ko.ko、 ne.dan.mo.cho.u.do.i.i

（這家餐廳價位也剛剛好。）

用 おいしい：表示好吃

ここの<ruby>料理<rt>りょうり</rt></ruby>、とてもおいしいんです。
非常

ko.ko.no.ryou.ri、to.te.mo.o.i.si.i.n.de.su

（這家餐廳的料理很好吃。）

🔊 MP3 220

宣布員工旅行的好消息……

> 7 月中旬要舉辦員工旅行。

There will be a company outing[1] in mid[2] July.

しちがつちゅうじゅん　　しゃいんりょこう
7 月 中 旬 に社 員 旅 行[3]をします[4]。

sichi.gatsu.chuu.jun.ni.sha.in.ryo.kou.wo.si.ma.su

しゃいんりょこう
主題句的「社 員 旅 行」也可以替換成：
いあんりょこう
● 慰安 旅 行（慰勞旅行）
けんしゅうりょこう
● 研 修 旅 行（研修旅行）

❶ 短途旅遊 [ˋautɪŋ]　　❸ 員工旅行
❷ 中旬 [mɪd]　　　　　❹ 舉辦（辭書形：する）

相 關 用 法

用 outing：表示短程旅遊

It will be a 2 day / 1 day **outing**.
　　　　　　　　　　[ˋautɪŋ]

（這次公司旅遊是兩天一夜 / 當天來回。）

用 family member：表示員工家屬

Are **family members** invited <u>as well</u>?
   [ˋfæməlɪ ˋmɛmbɚz]   同樣

（請問員工家屬可以參加嗎？）

用 staff：表示員工

I'm sorry, but only the **staff** are invited to this <u>trip</u>.
          [stæf]   旅行 [trɪp]

（很抱歉，只有員工本人可以參加旅行。）

用 一泊二日 / 日帰り～：說明旅行天數

<ruby>今回<rt>こんかい</rt></ruby>の<u><ruby>社員旅行<rt>しゃいんりょこう</rt></ruby></u>は<u><ruby>一泊二日<rt>いっぱくふつか</rt></ruby> / <ruby>日帰り<rt>ひがえ</rt></ruby></u>の<u><ruby>予定<rt>よてい</rt></ruby></u>
                    兩天一夜   當天來回   預計
です。

kon.kai.no.sha.in.ryo.kou.wa.i.ppaku.futsu.ka/hi.
gae.ri.no.yo.tei.de.su

（這次的員工旅行預計是兩天一夜 / 當天來回。）

用 従業員の家族：表示員工家屬

あのう、<ruby>従業員<rt>じゅうぎょういん</rt></ruby>の<ruby>家族<rt>かぞく</rt></ruby>も<u><ruby>参加<rt>さんか</rt></ruby>できますか</u>。
                              也可以參加嗎？

a.no.u、juu.gyou.in.no.ka.zoku.mo.san.ka.de.ki.
ma.su.ka

（請問一下，員工家屬也可以參加嗎？）

用 社員のみ：表示只限員工

すみません。<u><ruby>社員<rt>しゃいん</rt></ruby>のみ</u>の<ruby>参加<rt>さんか</rt></ruby>となっています。
                規定只限員工參加

su.mi.ma.se.n。sha.in.no.mi.no.san.ka.to.na.tte.i.ma.su

（很抱歉，只有員工本人可以參加。）

公司舉辦員工活動，被詢問參加意願……

我非常樂意參加！

I would love to ¹ go!

はい²、ぜひ参加させていただきま
す³。

ha.i、ze.hi.san.ka.sa.se.te.i.ta.da.ki.ma.su

主題句的簡單說法是：
はい、ぜひ。（好，我一定參加。）

❶ 非常樂意做～ [wʊd lʌv tu]
❷ 好的
❸ 非常樂意參加

用 plan：表示計畫

I'm sorry. But I have already made **plans** on that day.

[plænz]

（抱歉，我那天已經有計畫。）

用 think about：表示考慮

I'll have to **think about** it.
[θɪŋk əˈbaʊt]

（我得考慮看看。）

用 calendar：表示行事曆

I'll have to check my **calendar**.
確認 [tʃɛk]　[ˈkæləndɚ]

（我需要查一下我的行事曆。）

用 ちょっと：表示不太方便

すみません。その日はちょっと…
　　　　　　　　ひ
　　　　　　那天不太方便

su.mi.ma.se.n。so.no.hi.wa.cho.tto

（抱歉，我那天不太方便…）

用 返事する：表示回覆

またお返事します。
　　へん じ
　　回覆您

ma.ta.o.hen.ji.si.ma.su

（我會再給您回覆。）

用 スケジュール：表示行事曆

スケジュールを見てみます。
　　　　　　　　み
　　　　　　看一下

su.ke.juu.ru.wo.mi.te.mi.ma.su

（我要查一下我的行事曆。）

222

公司要舉辦餐會，但自己沒辦法參加……

不好意思，
我當天有事無法參加。

I'm sorry! I won't be able to attend[1]
because I have already[2] made plans[3].

すみません。当日[4]は予定が入ってい
まして[5]…

su.mi.ma.se.n。 tou.jitsu.wa.yo.tei.ga.hai.tte.i.
ma.si.te

婉拒參加之後可以表明希望下回參加的意願，讓氣氛
不會太尷尬，例如：
- また誘ってください。（下次再找我喔！）
- 次回は参加しますので。（我下次一定參加。）

❶ 參加 [əˋtɛnd]　　　❹ 當天
❷ 已經 [ɔlˋrɛdɪ]　　　❺ 已經排好行程了
❸ 訂好計畫 [med plænz]

相 關 用 法

470

用 What a shame：表示真可惜

What a shame! I won't be able to <u>attend</u>.
    [ʃem]   參加

（真可惜！我無法參加。）

用 a different day：表示其他日子

I wish it were on **a different day**.
              [ˋdɪfərənt]

（要是能改期就好了！）

用 else：表示其他人

Who **else** will be going?
  [ɛls]

（有哪些人要參加呢？）

用 残念：表示可惜

残念。<u>参加できない</u>や。
ざんねん　さん か
        無法參加　　表示可惜失望的語氣
zan.nen。san.ka.de.ki.na.i.ya

（真可惜！我無法參加。）

用 他の日：表示其他日子

他の日に<u>かえられるなら</u> <u>一番</u>いいんですけど。
ほか　ひ　　　　　　　　　　　いちばん
        可以更改的話　　　　　　最好了
hoka.no.hi.ni.ka.e.ra.re.ru.na.ra.ichi.ban.i.i.n.de.su.ke.do

（要是能改期就好了！）

用 誰が：表示哪些人

誰が<u>行くんですか</u>。（有哪些人要參加呢？）
だれ　い
     要去呢？
dare.ga.i.ku.n.de.su.ka

223

🔴 MP3 223

年末要送賀年卡時……

請問賀年卡要
準備幾張呢？

How many new year¹ greeting
cards² should we prepare³?

ねん が じょう　　　なんまい よう い
年賀状⁴は何枚⁵用意したらよろしい
でしょうか⁶。

nen.ga.jou.wa.nan.mai.you.i.si.ta.ra.yo.ro.si.i.de.
sho.u.ka

主題句的「～よろしいでしょうか」（～是比較好的
呢？）是比較有禮貌的說法，一般說法是：
ねん が じょう　　　なんまいよう い
年賀状は何枚用意したらいいですか。
（賀年卡要準備幾張比較好？）

❶ 新年 [nju jɪr]
❷ 賀卡 [ˋgritɪŋ kɑrdz]
❸ 準備 [prɪˋpɛr]
❹ 賀年卡
❺ 幾張
❻ 準備～比較好呢？

相關用法

用 list：表示名單

Please help prepare the <u>contact</u> **list** for the new
聯絡 [ˋkɑntækt] [lɪst]
year greeting cards.
（請幫我準備賀年卡的寄送名單。）

用 send：表示寄送

Shall we **send** a new year greeting to A <u>company</u>?
[sɛnd]　　　　　　　　　　　　　　　　公司

（我們要不要寄賀年卡給 A 公司呢？）

用 リストアップ：表示名冊

<u>年賀状</u>のリストアップを<u>お願いします</u>。
　ねんがじょう　　　　　　　　　　　　　ねが
賀年卡　　　　　　　　　　　　　　　請給我

nen.ga.jou.no.ri.su.to.a.ppu.wo.o.nega.i.si.ma.su

（請準備賀年卡的寄送名單。）

用 送る：表示寄送

Ａ社に年賀状 <u>送った</u>ほうがいいですか。
エーしゃ　ねんがじょうおく　　　是不是寄去比較好？

ee.sha.ni.nen.ga.jou.oku.tta.ho.u.ga.i.i.de.su.ka

（要不要寄賀年卡給 A 公司呢？）

補充〈張數〉的數量詞：

● 一枚（1張）/ 二枚（2張）/ 三枚（3張）
　いちまい　　　　にまい　　　　　さんまい
● 十枚（10張）/ 二十枚（20張）
　じゅうまい　　　　にじゅうまい
● 百枚（100張）
　ひゃくまい

往來的客戶搬遷，要送花籃祝賀……

> B 公司搬家了，
> 要送花籃去。

B company has moved[1], we need to
send a basket of flowers[2] over.

B社の移転祝い[3]で[4]、お花[5]を贈ります[6]。

bii.sha.no.i.ten.iwa.i.de、o.hana.wo.oku.ri.ma.su

主題句的「移転祝い」還可以換成：

- 開業祝い（開業誌慶）
- 昇進祝い（慶祝升遷）
- 創立記念（創立紀念）

---

❶ 搬家了 [hæz muvd]
❷ 花籃
　[`bæskɪt ɑv `flauɚz]
❸ 祝賀搬家
❹ 因為
❺ 花籃
❻ 贈送（辭書形：贈る）

相關用法

用 on one's behalf：表示以某人的名義

Would you please <u>order</u> a basket of flowers **on my**
　　　　　　　 訂購 [`ɔrdɚ]　　　　　　　　　 [ɑn maɪ

behalf?
bɪ`hæf]

（請幫我訂一對花籃好嗎？）

用 deliver：表示遞送、運送

Please **deliver** the basket to this <u>address</u>.
　　　　 [dɪ`lɪvɚ]　　　　　　　　　 地址 [ə`drɛs]

（請將這個花籃送到以下地址。）

用 開店祝い：表示開幕誌慶

<ruby>開店祝<rt>かいてんいわ</rt></ruby>いでお<ruby>花<rt>はな</rt></ruby>を<ruby>一<rt>ひと</rt></ruby>つ お<ruby>願<rt>ねが</rt></ruby>いしてもいいで
　　　　　　　 一對花籃　　　　　 可以麻煩你嗎？

すか。

kai.ten.iwa.i.de.o.hana.wo.hito.tsu.o.nega.i.si.te.mo.
i.i.de.su.ka

（麻煩你，我要訂一對開幕誌慶的花籃。）

用 住所：表示地址

このお<ruby>花<rt>はな</rt></ruby>をこの <ruby>住所<rt>じゅうしょ</rt></ruby>までお<ruby>願<rt>ねが</rt></ruby>いします。
　 這個花籃　　 送到這個地址

ko.no.o.hana.wo.ko.no.juu.sho.ma.de.o.nega.i.si.ma.su

（請將這個花籃送到以下地址。）

補充〈禮品相關用語〉：

● 包裝紙：wrapping paper、<ruby>包装紙<rt>ほうそうし</rt></ruby>
● 緞帶：ribbon、リボン
● 蝴蝶結：bow tie、<ruby>蝶々結<rt>ちょうちょうむす</rt></ruby>び
● 禁忌：taboo、タブー

🔊 MP3 225

收到往來廠商的年節禮品，打電話致謝……

收到您的禮物，
真的很感謝！

Thanks for the present[1]!

お歳暮[2]届きました[3]。丁寧な[4]お心
遣い[5]ありがとうございました[6]。

o.sei.bo.todo.ki.ma.si.ta。 tei.nei.na.o.kokoro.
zuka.i.a.ri.ga.to.u.go.za.i.ma.si.ta

- 在日本除了會在歲末年終送禮之外，還有在夏季送禮，被稱為「お中元」（中元節禮品）的習俗。通常會針對往來的廠商或客戶送禮，對於平常在工作上的照顧表達謝意。

- 收到禮物後，要在三天之內回覆謝卡。如果是比較親近的廠商、客戶，則可以用電話道謝。

❶ 禮物 [`prɛzn̩t]
❷ 歲末禮物
❸ 收到了（辭書形：届く）
❹ 周到細心的
❺ 關心掛念
❻ 謝謝

用 support：表示支持

Thanks for all the help and **support**.
[səˈport]

（感謝你們的幫助和支持。）

用 share：表示分享

I'll **share** it with my family.
[ʃɛr]　　　　　　家人 [ˈfæməlɪ]

（我會帶回去和家人一起享用。）

用 お世話になる：表示受到照顧

いつも**お世話になって**おります。
せ わ
一直受您照顧

i.tsu.mo.o.se.wa.ni.na.tte.o.ri.ma.su

（感謝您一直以來的照顧。）

用 おいしく頂く：表示好好享用食物

家族みんなでおいしく頂きます。
か ぞく　　　　　　　　いただ
全家人一起

ka.zoku.mi.n.na.de.o.i.si.ku.itada.ki.ma.su

（我會帶回去和家人一起享用。）

補充〈回禮相關用語〉：
● 礼状（謝卡）
　れいじょう
● お礼を言う（回禮道謝）
　れい い

477

226

🔊 MP3 226

感謝對方幫忙……

感謝您的大力協助！

Thank you for your support[1].

おかげ様でございます[2]。

o.ka.ge.sama.de.go.za.i.ma.su

- 在日本，通常會用主題句的說法「おかげ様でご
  ざいます」（多虧您的幫忙）來感謝對方對自己的
  大力協助。

- 其他類似說法還有：
  1. おかげ様で、上手くいきました。
     （多虧您的幫忙，已經順利進行了。）
  2. 皆様のおかげで、無事成功いたしました。
     （多虧大家的幫忙，已經順利完成了。）

❶ 支持 [sə`port]
❷ 多虧您的幫忙

相關用法

用 look forward to：表示期望

- We **look forward to** your continued support.
  [luk `fɔrwəd tu]      不斷的 [kən`tɪnjud]

  （我們希望您之後繼續支持。）

- Thank you so much and we **look forward to**
  非常感謝

  your continued support.
  （非常感謝您，希望之後繼續支持。）

用 今後とも：表示今後也～

今後とも宜しくお願いいたします。
こんご　　よろ　　　　　ねが
　　　　　請多多支持

kon.go.to.mo.yoro.si.ku.o.nega.i.i.ta.si.ma.su

（今後也請繼續多多支持。）

前面加上 誠に～：

誠 にありがとうございました。今後とも
まこと　　　　　　　　　　　　　　　こんご
　真的很感謝您

なにとぞ宜しくお願いします。
　　　　よろ　　　ねが
　請

makoto.ni.a.ri.ga.to.u.go.za.i.ma.si.ta。 kon.go.to.
mo.na.ni.to.zo.yoro.si.ku.o.nega.i.si.ma.su

（真的很感謝您。請您之後也繼續多多支持！）

句中的「なにとぞ」是「強烈請求對方」的意思。

工作上不小心出錯，對同事感到抱
歉……

是我的錯。

價格：0元

It's my fault[1]!

私のミス[2]です。

watasi.no.mi.su.de.su

- 如果是熟識的同事或朋友之間，英文可以說：
  My bad!（我錯了。）

- 日文的「ミス」為外來語，源自於英文的「miss」
  （失誤）。

❶ 錯誤 [fɔlt]
❷ 錯誤

········· 相 關 用 法 ·········

用 miss：表示遺漏

I must have **missed** it, sorry!
       [mɪst]

（一定是我疏忽遺漏了，對不起。）

用 make a note：表示記住

I'll **make a note** of it!
[mek ə not]

（我之後會記住。）

用 不注意：表示疏失

<ruby>私<rt>わたし</rt></ruby> の<ruby>不注意<rt>ふちゅうい</rt></ruby>です。

watasi.no.fu.chuu.i.de.su

（是我的疏失。）

用 気が付く：表示注意

<ruby>気<rt>き</rt></ruby>がつかなくて、<ruby>申<rt>もう</rt></ruby>し<ruby>訳<rt>わけ</rt></ruby>ございません。
　　沒注意　　　　　　　　　真的很抱歉

ki.ga.tsu.ka.na.ku.te、mou.si.wake.go.za.i.ma.se.n.

（是我沒注意到，真抱歉。）

用 気をつける：表示小心

<ruby>今後<rt>こんご</rt></ruby><ruby>気<rt>き</rt></ruby>をつけます。

kon.go.ki.wo.tsu.ke.ma.su.

（我今後一定會小心。）

對方好像需要幫忙……

請問有需要幫忙嗎？

Need a hand¹?

なに　　てつだ
何か手伝いましょうか²。

nani.ka.tetsu.da.i.ma.sho.u.ka

更客氣的日語說法：
なに　　　てつだ
何かお手伝いしましょうか。
（需要我幫您做點什麼嗎？）

❶ 幫助 [hænd]
❷ 要不要我幫你做什麼？

用 help ~with：表示幫助某人做…

What can I **help** you **with**?
（我可以幫你做什麼呢？）

用 anything：表示任何事情

Let me know if there's **anything** I can help you
with.
［ˈɛnɪˌθɪŋ］
（如果有需要我幫忙的地方，請告訴我。）

需要別人幫忙協助：

Would you <u>do me a favor</u>, please?
幫我一下

（可以請你幫我一下嗎？）

用 お手伝いできる：表示可以幫您做

何か<u>お手伝いできる</u>ことは<u>ありませんか</u>。
　　我可以幫你做的事情　　　　　有嗎？

nani.ka.o.te.tsuda.i.de.ki.ru.ko.to.wa.a.ri.ma.se.n.ka

（我可以幫您做什麼呢？）

用 手伝えること：表示可以幫忙的事情

<u>私 に手伝えること</u>がありましたら、
　需要我幫忙的事情　　　　　　有的話

<u>言ってください</u>。
　　請說

watasi.ni.te.tsuda.e.ru.ko.to.ga.a.ri.ma.si.ta.ra、
i. tte.ku.da.sa.i

（如果有需要我幫忙的地方，請告訴我。）

需要別人幫忙協助：

- ちょっと手伝って。（請幫我一下。）
  cho.tto.te.tsuda.tte

- ちょっと助けて。（請幫我一下。）
  cho.tto.tasu.ke.te

明知不好意思，還是得拜託對方……

真不好意思。但萬事拜託了。

I'm sorry, mind¹ if I ask you for a favor²?

<ruby>大変<rt>たいへん</rt></ruby><ruby>申<rt>もう</rt></ruby>し<ruby>訳<rt>わけ</rt></ruby>ないのですが³…

tai.hen.mou.si.wake.na.i.no.de.su.ga

- 商務場合中，如果有事情要拜託對方，但會造成對方困擾時，可以先說出日文主題句表達自己的「反省態度」，再說出自己的要求。

- 主題句的「<ruby>大変<rt>たいへん</rt></ruby>」也可以替換成「<ruby>誠<rt>まこと</rt></ruby>に」（實在、真的）。

❶ 介意 [maɪnd]
❷ 請你幫忙 [æsk ju fɔr ə ˋfevɚ]
❸ 非常抱歉

相關用法

用 hate to bother you：表示不願意麻煩對方

I **hate to bother you**, but I <u>really</u> need your help
[het tu ˈbaðɚ ju]   非常 [ˈrɪəlɪ]
on this.

（很不希望麻煩到您，但這次非常需要您的幫忙。）

用 了承する：表示諒解

<ruby>大変<rt>たいへん</rt></ruby><ruby>申<rt>もう</rt></ruby>し<ruby>訳<rt>わけ</rt></ruby>ないのですが、<u>ご<ruby>了 承<rt>りょうしょう</rt></ruby>ください。</u>

請您諒解

tai.hen.mou.si.wake.na.i.no.de.su.ga、go.ryou.
shou.ku.da.sa.i

（非常抱歉，希望您能諒解。）

用 お願いします：表示請求

<u><ruby>誠<rt>まこと</rt></ruby></u>に<ruby>申<rt>もう</rt></ruby>し<ruby>訳<rt>わけ</rt></ruby>ないのですが、<u>よろしく**お<ruby>願<rt>ねが</rt></ruby>い**</u>
真的   請您多多幫忙
します。

makoto.ni.mou.si.wake.na.i.no.de.su.ga、yo.ro.si.
ku.o.nega.i.si.ma.su

（真的很抱歉，要請您多多幫忙。）

說完要麻煩對方的事情之後，可以用「お<ruby>手数<rt>てすう</rt></ruby>を
おかけします」，再度表達自己的歉意：

● お<ruby>手数<rt>てすう</rt></ruby>をおかけします。
（麻煩您了。）
● お<ruby>手数<rt>てすう</rt></ruby>をおかけしますが、よろしくお<ruby>願<rt>ねが</rt></ruby>いし
ます。
（麻煩您了，請您多多幫忙。）

檸檬樹出版社
Lemon Tree Publishing House

檸檬樹網站·日檢線上測驗平台 http://www.lemon-tree.com.tw

3國語言系列　06

一本搞定！中·英·日上班族會話手冊：
融入美英加、日本職場的外語實力【附 中→英→日 順讀MP3】

初版一刷　2013 年 6 月 6 日

作者	Jessica Wang · 黃子菁
封面·版型	陳文德·洪素貞
插畫	許仲綺·劉鵑菁·南山
責任主編	邱顯惠
協力編輯	方靖淳·蕭倢伃

發行人	江媛珍
社長·總編輯	何聖心
出版者	檸檬樹國際書版有限公司 檸檬出版社
E-mail	lemontree@booknews.com.tw
地址	新北市 235 中和區中安街 80 號 3 樓
電話·傳真	02-29271121 · 02-29272336
會計客服	方靖淳
法律顧問	第一國際法律事務所 余淑杏律師

全球總經銷·印務代理	知遠文化事業有限公司
博訊書網	http://www.booknews.com.tw
	電話：02-26648800　傳真：02-26648801
	地址：新北市 222 深坑區北深路三段 155 巷 25 號 5 樓

港澳地區經銷	和平圖書有限公司
	電話：852-28046687　傳真：850-28046409
	地址：香港柴灣嘉業街 12 號百樂門大廈 17 樓

定價	台幣 399 元／港幣 133 元
劃撥帳號·戶名	19726702 · 檸檬樹國際書版有限公司
	* 單次購書金額未達 300 元，請另付 40 元郵資
	* 信用卡·劃撥購書需 7-10 個工作天

檸檬樹出版

檸檬樹出版